本书由大连市人民政府、辽宁省教育厅（LN2016YB029）、教育部（10YJC760046）资助出版

东北民俗喜剧的
文|化|传|承

卢晓侠◎著

中国社会科学出版社

图书在版编目（CIP）数据

东北民俗喜剧的文化传承/卢晓侠著. —北京：中国社会科学出版社，2019.8
　ISBN 978-7-5203-4675-7

Ⅰ. ①东… Ⅱ. ①卢… Ⅲ. ①喜剧—戏剧小品—研究—东北地区　Ⅳ. ①I207.36

中国版本图书馆 CIP 数据核字（2019）第 136359 号

出 版 人	赵剑英
责任编辑	郭晓鸿
特约编辑	张金涛
责任校对	王佳玉
责任印制	戴　宽

出　　版	中国社会科学出版社
社　　址	北京鼓楼西大街甲 158 号
邮　　编	100720
网　　址	http://www.csspw.cn
发 行 部	010-84083685
门 市 部	010-84029450
经　　销	新华书店及其他书店
印　　刷	北京明恒达印务有限公司
装　　订	廊坊市广阳区广增装订厂
版　　次	2019 年 8 月第 1 版
印　　次	2019 年 8 月第 1 次印刷
开　　本	710×1000　1/16
印　　张	16
插　　页	2
字　　数	218 千字
定　　价	88.00 元

凡购买中国社会科学出版社图书，如有质量问题请与本社营销中心联系调换
电话：010-84083683
版权所有　侵权必究

目　录

导　论 ··· 1

第一章　东北民俗喜剧的生成与流变 ································· 14
　第一节　二人转的生成与流变 ······································ 15
　第二节　东北喜剧小品和影视喜剧的诞生 ·························· 29

第二章　东北民俗喜剧文化因子传承之一：方言文化 ················ 39
　第一节　词汇的地域文化因子传承 ·································· 40
　第二节　修辞的地域文化因子传承 ·································· 56

第三章　东北民俗喜剧文化因子传承之二：文化原型 ················ 83
　第一节　悍妇原型 ·· 84
　第二节　傻子原型 ·· 102
　第三节　傻子与悍妇原型的乡土文化空间 ·························· 128

第四章　东北民俗喜剧文化因子传承之三：表演特征 …… 145
第一节　二人模式 …… 146
第二节　叙事策略 …… 158

第五章　东北民俗喜剧文化因子传承与文化生态 …… 192
第一节　在乡土与都市间游移 …… 193
第二节　在民间与庙堂间徘徊 …… 209
第三节　在传统与大众间摇摆 …… 225

参考文献 …… 240

后　记 …… 251

导　论

"对自己的过去和对自己所属的大我群体的过去的感知和诠释，乃是个人和集体赖以设计自我认同的出发点，而且也是人们当前——着眼于未来——决定采取何种行动的出发点。"[①] 对过去的追寻奠基现在与未来，这是社会记忆——历史、回忆与传承共同的精神指向之一。同时，记忆也是对当下日常的丰富、补偿和反思。日常存在是海德格尔反思、批判的对象："平均状态是常人的一种生存论性质。常人本质上就是为这种平均状态而存在……平均状态先行描绘出了什么是可能而且容许去冒险尝试的东西，它看守着任何挤上前来的例外。任何优越状态都被不声不响地压住。一切源始的东西都在一夜之间被磨平为早已众所周知之事……庸庸碌碌，平均状态，平整作用，都是常人的存在方式。"[②] "平均状态"是生存的沉沦，海德格尔意欲通过回归大地、回归艺术的"诗意地栖居"将"常人"拯救出来，走进异于"常在"的他者。从某种意义上说，非物质文化遗产也是未剪断与日常联系的脐带同时

[①] ［德］哈拉尔德·韦尔策编：《社会记忆：历史、回忆、传承》，季斌、王立君、白锡堃译，北京大学出版社2012年版，代序第3页。

[②] ［德］海德格尔：《存在与时间》，陈嘉映、王庆节译，生活·读书·新知三联书店1999年版，第127页。

使"常人"得以解脱的"例外",它是历史,也是传承;是过去,也是现在;是"缺席",也是"在场"。作为社会记忆的一部分,非物质文化遗产凝聚了集体认同,并在代代相传中不断累积、强化、生成这种认同,它不仅是人类丰富多彩的文化景观的呈现,也是对"源始"的激发、对灵魂的反思。

2003年10月17日,联合国教科文组织出台了《保护非物质文化遗产公约》,对非物质文化遗产的概念进行了界定:非物质文化遗产,是被各群体、团体,有时是个人,视为其文化遗产的各种实践、展现、表达、知识和技能,以及与之相关的工具、实物、手工制品和文化空间;各社区、各群体为适应他们所处的环境,为应对他们与自然界和历史的互动,不断使这种代代相传的非物质文化遗产得到创新,同时为他们自己提供了一种认同感和历史感,由此促进了文化多样性和人类的创造力。关于这一界定,高小康教授给出了进一步的解释:"非物质文化遗产的意义首先在于使特定文化群体自己具有文化认同感和历史感,这是产生文化凝聚力的社会心理根据。同时对这种民俗文化的保护不是消极地保护某些遗存物,而是积极地创新发展,从而促进文化的多样性。""'非物质文化遗产'指的就是活的、社区的、具有历史承传和族群认同意义的文化形态。"[①]

一

2006年,东北二人转被列入国家非物质文化遗产保护名录。

东北二人转作为非物质文化遗产,承载着东北人对地域文化的认同,自300多年前一直传唱至今。以二人转为母体的吉剧和龙江剧在20世纪五六十年代由政府牵头组织创建。作为戏曲样式,吉剧和龙江剧比二人转更为规范,演员无须跳进跳出角色和剧情,角色明晰,一人一扮。然而经过几十年的发

---

① 高小康:《都市文化建设与非物质文化遗产》,《人文杂志》2006年第2期。

展，吉剧和龙江剧却双双沉寂，而携存着独特地域文化因子的二人转却顽强地存活下来，并在20世纪80年代改革开放后将其本体特征予以充分释放。张庚在《中国大百科全书·戏曲曲艺卷》的《中国戏曲》中将农村歌舞难以发展为戏曲的主要原因归结为农村经济发展落后，这一归结虽难免有简单化之嫌，但从另一个角度说，经济落后虽不是必要条件，却往往为包括二人转在内的农村小戏与歌舞的相对原生态发展提供了更多自由的空间。近几十年来，大众传媒的迅猛发展与城市化脚步的加快都在一定程度上弱化了二人转的本体特征，但从发展势头上看，二人转将吉剧和龙江剧甚至在它基础上稍做改造的单出头和拉场戏都远远抛在后面，其民俗文化因子也并未消逝，而是融入了东北喜剧小品和影视喜剧，并以新的形式存活在当代。就艺术形式而言，二人转、东北喜剧小品和影视喜剧似乎各自独立，但在民俗文化因子的传承上却一脉相承，从文化原型、方言使用、表演特征、叙事方式等方面不约而同地展示了东北的民俗事象，从这个意义上可将二人转、东北喜剧小品和影视喜剧统称为东北民俗喜剧——一种活的、社区的、具有东北历史承传和族群认同意义的非物质文化遗产。

然而，二人转的非物质文化遗产之路并不平坦。二人转自诞生以来便饱受非议，曾多次因"有伤风化"被查禁，而走进当代的东北民俗喜剧则面临着更多的生存困惑，不仅多被诟病为品位低俗，就其作为非物质文化遗产，能否实现东北族群文化认同和情感归属的功能也反复遭受质疑。国家非物质文化遗产保护工作专家委员会副主任乌丙安教授毫不客气地指出："赵本山的这些弟子们各有绝活，名声越来越响亮，但是说句不客气的话，我们至今还没有看到这些人来一台从头到尾专场的二人转演出。"针对一些人认为刘老根大舞台的二人转是保护与创新的说法，乌丙安尖锐地指出："那不是开玩笑吗？怎么能说它这个是最好的保护？遗产就是遗产，你萨克斯也吹上了，流行歌曲也唱上了,模仿秀也上去了,这跟二人转无关。"① 并声称赵本山假如传承这样的二人转,将可能被取消国家级传承人资格。也有学者指出,"二人转的脏和丑,在其二百多年的发展史上,于今为烈。……有的演出一开始,即是脏口的开始。开戏即开骂,直至剧终、闭幕、散场。……一副架互骂,骂给他们伴奏的乐队,骂生养他们的父母,乃至骂自己。概括而言,均属于自污自辱性质。"② 清华大学教授肖鹰认为小沈阳不是二人转演员,"第一,'二人秀'的表演是'说学逗唱',以说为主,把舞丢了,把'扮'换成了'学',实际上是把二人转的'跳进跳出'的表演艺术变成了以滑稽逗乐为目的的模仿秀。第二,在表现内容上,'二人秀'普遍通过模仿拼凑表现对怪异、残疾和智障者的嘲弄、戏耍,甚至凌辱,表演者为了博取观众的笑声、掌声,不仅亵渎高雅文化,而且肆意践踏我们社会基本的伦理道德,父子夫妻的关系,是'二人秀'表演中最通常的恶搞和践踏对象。第三,'二人秀'在审美趣味上,追求低俗,甚至恶俗,几乎所有表现对象,在其表演中都要被丑化和恶俗化。'二人秀'的表演,丝毫没有彰显东北传统的刚健而诙谐的生命品格的意图,相反,是不遗余力地去表现当代都市中的油滑、恶诈、怪异、悭吝的市井俗气。"③ 这些观点都指出了包括二人转在内的东北民俗喜剧在当代的生存困境。

针对上述问题,也有专家给出了相应的解决办法。民俗专家陈连山在2010年2月10日下午做客中新网访谈时表示,赵本山的二人转团队有些节目不太适合上春晚。二人转里有一些拿"性"开玩笑的作品要注意传播范围,应该考虑进行分级。小沈阳有个别好节目,但他大量的作品是没办法公开演

---

① 《民俗学家乌丙安:赵本山徒弟现在演的不是传统二人转》,2009年6月18日,中国文明网(http://archive.wenming.cn/yyf/2009-06/18/content_16841678.htm)。
② 王木箫:《民间二人转现状幽思录》,《戏剧文学》2002年第11期。
③ 郝近瑶:《警惕"二人秀"逐灭"二人转":清华大学教授肖鹰谈赵本山的"文化革命"》,《中华读书报》2009年8月24日。

出的。老百姓喜欢看这个东西，本也无可厚非。只是这种节目要注意它的范围，在一定范围下，它的正面效果会比较多，给人造成的伤害少，给人带来的娱乐多。可是如果拿到中央台去就很不适合。所以这个东西应该分级。① 也就是说演出语境不同，表演内容也要做适时调整。这种做法在传统二人转演出中并不鲜见，如"唱'子孙窑'，非常讲究'紧睁眼，慢张口'，如炕上坐着一大家子人，有姑娘，有媳妇，你若还尽出丑相，说脏口，人家该把你訇出去了"。"徐大国在大车店啥都敢往外掏，可到唱'子孙窑'时，半句脏口也不带。"② 而唱网房子，"唱唱时除了别说不吉利的话外，没啥别的讲究。他们爱听喜段子，爱听笑料口，也有一些人想法让你春点、粉点唱"。③ 实际上，在民国时期，二人转演员在演出前首先要看观众构成，在表演恶俗的内容之前要先让女人和小孩退场。此外，应对"恶俗"还可以对内容进行艺术化的处理，如"荤谜素猜""荤段素解"或相反等。如说口《桃花杏美人》利用谐音的修辞方式"你得意前七（妻）呀，还是后七（妻）"，制造虽不高雅但亦不恶俗的喜剧效果。说口《增和桥》中两个进京赶考的遇到一女子姓氏字谜"我姓良家一女子"被难住，谜底揭开时"这俩小子一拍大腿说：'哎呀，大嫂啊！为了找你这个娘，我们俩一宿没睡觉啊！'"④ 显然是遮掩的辈分玩笑。这些经过处理的内容在一定程度上收敛了恶俗气。

关于当代二人转核心文化因子的丧失问题，概括起来表现在以下几个方面。

第一，关于晚会化和大众文化化。虽然二人转的蜕化和变异并未涵盖所有的二人转舞台，但晚会化、大众文化化、商业化确是目前二人转演出的一

---

① 参看《专家：二人转该分级 小沈阳大量作品不能公开演》，中国新闻网，2010 年 2 月 10 日（http://www.chinanews.com/cul/news/2010/02-10/2119947.shtml）。
② 《二人转史料 4》，吉林省地方戏曲研究室，1982 年编印，第 92 页。
③ 同上书，第 97 页。
④ 《二人转说口汇编 1》，吉林省艺术研究所内部资料，1984 年 10 月，第 144 页。

个病症。都市舞台上的二人转演出大多在节目开始唱一两个人们熟悉的小帽，如《小拜年》等，并且多由年轻的不知名演员来表演，其余节目大多是说口、绝活、杂耍、模仿秀等混杂在一起的笑闹。据此得出"作为非物质文化遗产的二人转在当下已经在很大程度上失却了自身的核心文化因子"的判断在某种意义上是成立的。但二人转演化为"二人秀"和"二人闹"的情况并非这么简单。以"模仿秀"为例。如果演员以流行歌曲本来的演唱方式表演，这种模仿便是晚会性的；但将流行歌曲作为表演材料，"化"为东北民俗喜剧的一部分，则不存在晚会化的问题。赵本山的早期作品《小草》也是流行歌曲大串联，但赵本山不是以一个歌手，而是以一个乐观的东北老太太形象出现，他不彰显演唱技巧和水平，每首歌都只能完成一部分，从一首歌转到另一首歌也是无意识中跑调所致，所以小品展示的不是流行文化，而是一个东北老太太的自娱自乐，凸显了东北人民间化生存的乐趣。这是作为流行歌曲演唱者的小沈阳和作为二人转及喜剧小品演员的赵本山的差别。所以，问题的关键不在于二人转中该不该有"模仿秀"，而是如何将"模仿"做东北喜剧化的处理。如果"模仿"的只是材料，而不是表演的本体和目的，则"模仿"依旧可以承载东北文化的族群认同。

第二，关于地域文化个性。当下东北民俗喜剧表演从"模仿秀"到说口和绝活都有共性化倾向，并且带着很清晰的大众文化的影子。有很高的模仿当红歌星演唱的水平也可以看作演员的一项绝活，但这一绝活被泛化甚至很多只是低水平的模仿，就失却了传统二人转演员对绝活的"个性化"要求。传统二人转演员几乎都有绝活，但每个有影响的演员都有自己的"撒手锏"，如同为出相，在20世纪30年代被称为"江东第一丑"的刘大头擅长出"妖相"，而同时代的徐大国则以出"娃娃相""掉胯骨相""哆嗦腮帮子相""斜嘴相""动耳朵相"等为特色。其他艺人有的以即兴说口见长，有的以唱功见长，但都有自己的表演个性。在当下，二人转演员的个性化表演缺失，除了因为缺乏传统二人转演员走南闯北的江湖经历外,也有当代大众传媒普及化的影响。对于传统二人转演员来说,技艺不公开是行业的潜规则,所以"偷艺"的事常有发生。同时,传统二人转没有固定的演出场所,具有很强的随机性,二人转演员在走街串巷的表演过程中,抄袭自己的程式化表演不会招致观众的反感,因为他们的每一场表演都只能在有限的范围内传播,而不会如当下般迅速蔓延。传媒力量在当代文化的无孔不入对二人转演员的创造性演出提出了严峻的挑战,而二人转演员多出身于社会底层,文化水平低,很难应对人们强烈的出新要求,因而被指机械重复也在所难免。二人转在当代的尴尬处境并非二人转这一种民间艺术所独有,恐怕是民间艺术当下生存的普遍问题。

第三,关于叙事性。在传统二人转中,绝活表演只是正戏之外的边角料,而在今天的二人转表演中却演化为主体内容,致使二人转舞台面临与大众文化舞台的同质化危机。东北喜剧小品实际上是截取了二人转的说口部分,而对二人转的叙事部分却只保留了基本的情节框架。在央视春晚舞台上表演的东北喜剧小品还清晰地保留着二人转的叙事性,有着完整甚至曲折复杂的情节线索,但都市舞台上的喜剧小品甚至放弃了叙事性,成了没有情节支撑的纯粹笑闹。只跳出,不跳入,或者说只有故事世界之外的游戏世界,没有了故事,也就没有了虚构的艺术世界。东北民俗喜剧叙事功能的弱化,强化了其本有的游戏性,加之当代娱乐文化的助阵,使之演变为一个笑闹场。当然,东北民俗喜剧叙事功能的弱化在不同的表演场合程度不同。当下农村二人转演出很多坚持传统唱法,如韩子平等演员的唱段在当下农村依然很受欢迎。二人转演化为喜剧小品是当代文化叙事功能弱化的一个表征。当代文化的快餐性难以容纳传统二人转的长篇大唱,激烈的竞争环境、电子传媒的迅猛发展、大数据时代等因素使观众没有精力、没有耐心也没有需求面对传统的二人转表演。二人转如此,其他艺术形式也在劫难逃,所以在很大程度上这不是二人转本身的发展问题，而是时代使然。

第四，关于游戏性。游戏性是二人转的基本属性之一，它在当代人对娱乐的强烈需求中得到了更加淋漓尽致的发挥。但二人转的笑闹有着自己的幽默特质，如利用特殊的语言机制（一顺边口、各种修辞手法等）制造的喜剧效果无可替代，这是东北民俗喜剧牵连于东北文化、承载东北文化的根底所在。失却了这些幽默特质，东北民俗喜剧也便失去了文化之根。在当下的东北民俗喜剧舞台上，很多笑闹等同于网络笑话的堆积，东北文化特有的幽默机制被时尚化，没有了本体归依。甚至在2010年央视春晚小品《捐助》中，东北民俗喜剧特殊的语言机制不复存在，虽然保留了一些如服装、道具、表情、动作等东北民间文化符号，但"东北化"的经典依旧缺失，因而无法赢得如以往赵本山喜剧小品在观众中的一片叫好声。从这个角度看，当代东北民俗喜剧在一定程度上失去了东北文化依托。东北民俗喜剧营造了两个世界：故事世界和游戏世界，而后者更能凸显东北民俗喜剧的本质。所以东北民俗喜剧以游戏性见长并非过错，问题是这种游戏性是否包含着东北人特定的幽默趣味，是否简单照搬大众娱乐文化。

由此看来，东北民俗喜剧在当代的生存困境根源于它在和当代大众文化接合过程中如何保持自己的个性即"东北化"的问题，因而这一困境也并非简单的道德申斥抑或强制性的规范所能化解，二人转在产生和发展过程中所携带的核心文化因子只有与东北民俗文化两相参照，才能获得存在的意义；也只有嵌入东北民俗文化系统中，二人转的当下存在才能获得合理的解释。所以对当下二人转发展的种种失当行为既不能放纵，也不能一棍子打死，更不能简单地责骂，而是要在细密梳理二人转中哪些要素（包括内容和形式）承载了东北核心文化因子、如何承担东北民俗文化的叙述功能的理论研究入手，并据此提出符合二人转自身规律的未来发展之路。

二

"民俗"和"民俗学"的概念最早由英国考古学家汤姆斯（W. J. Thoms）于1846年提出，英文为"Folklore"。"他认为民俗是'在普通人们中流传的传统信仰、传说及风俗'以及如'古时候的举止（manners）、风俗，仪式（observances）、迷信，民曲（ballade）、谚语等等'。"① "汤姆斯的意见表明：（一）民俗是在普通人中流传的，即民间的；（二）民俗是传统的信仰、传说及风俗；（三）这些传统信仰、传说和风俗大都是精神的。"②

在汤姆斯之后，关于"民俗"的界定出现了分歧。如把民俗看成旧时代"遗风"，或认为民俗是俗文化中的传统遗存，或认为民俗是宗教的退化，或把民俗和民间故事相等同，或将民俗和口传大众文学画等号，等等。这些概念虽然各有所指，但其共同点是都把"民俗"看成传统文化遗留。

在这些概念的基础上，博尔尼进一步指出了"民俗"作为一种"精神存在"的文化特质："它（指民俗，本书作者注）把流行于落后民族或保留于较先进民族无文化阶段中的传统信仰、习俗、故事、歌谣和俗语都概括在内。它包括有关生物与无生物自然界，人类性质和人所创造的事物，精灵世界和它与人类的关系，以及有关巫术、咒语、灵物、护符、命运、预兆、疾病和死亡等方面的古老而野蛮的信仰，它还包括诸如婚姻和继承，童年和成年生活，以及节日、战争、狩猎、捕鱼、饲养牲畜等方面的习俗和礼仪；也包括神话、传说、民间故事、叙事歌曲、歌谣、谚语、谜语和儿歌等。简言之，民俗包括作为民众精神禀赋的组成部分的一切事物，而有别于他们的工艺技术，引起民俗学家注意的，不是耕犁的形状，而是耕田者推犁入土时所举行的仪式；不是渔网和鱼叉的构造，而是渔夫入海时所遵守的禁忌；不是桥梁

---

① 《人类学词典》，台湾商务印书馆1975年版，第89页。
② 陶立璠：《民俗学概论》，中央民族学院出版社1987年版，第6页。

或房屋的建筑术，而是施工时的祭祀以及建筑物使用者的社会生活。民俗实际上是古人的心理表现。"① 由此可见，民俗更多地不是呈现在物质层面的东西，而是精神传统，是文化心理。

按照高丙中教授的考证和梳理，"西文的'民俗'是 folklore，字面意思是'lore of the people'，人民的知识，包括传说、歌谣等口头文学，节庆活动、祭祀仪式等。中文通常说的民俗，还有囊括各种手工技艺的民间工艺、民间艺术，等等，实际上相当于包罗万象的'民间文化'"。②

简言之，民俗是"口头、物质风俗或者行为等非正式和官方的形式创造和传播的文化现象，是一种约定俗成的东西，它不是什么人宣扬和倡导的内容，也不是人们自我标榜的东西，而是人们在日常生活中自觉和无意识地遵循和维护的一种行为规范、道德伦理、认知方式和思维模式"。③

东北民俗是以口头或物质形式存在于民间的反映东北人的行为规范、道德伦理、认知方式和文化心理的一系列文化现象。这些文化现象在二人转、东北喜剧小品和影视喜剧中或隐或显地呈现出来，具体表现在人物原型、方言、表演形式以及叙事方式等方面。简言之，这些喜剧样式承载着东北民俗文化。

"喜剧"是舶来词，意为"快乐的演出"。柏拉图、亚里士多德、康德、黑格尔、柏格森等人都探讨过喜剧的本质，其中亚里士多德对喜剧的界定对于研究东北民俗喜剧有一定的启发："喜剧是对于比较坏的人的模仿，然而'坏'不是指一切恶而言，而是指丑而言，其中一种是滑稽。滑稽的事物是某种错误或丑陋，不致引起痛苦或伤害。"④ 虽然喜剧也运用讽刺、批判等手段

---

① ［英］查·索·博尔尼：《民俗学手册》，程德祺等译，上海文艺出版社 1995 年版，《引言》第 1 页。
② 高丙中：《中国民俗学三十年的发展历程》，《民俗研究》2008 年第 3 期。
③ 王娟：《民俗学概论》，北京大学出版社 2002 年版，第 11 页。
④ ［希腊］亚里士多德：《诗学》，人民文学出版社 1983 年版，第 295 页。

以达到匡正社会不良现象的目的，或以弱讥讽的方式从反面歌颂社会风尚，但通过对丑的模仿达到滑稽的效果，给人带来轻松愉悦感也是喜剧自诞生以来要承担的重要使命。在"喜"与"剧"二者间，二人转更侧重"喜"即快乐的氛围，而轻"剧"即情节或矛盾冲突的制造："对于二人转，喜剧性的含义似可做较宽泛的理解，凡是能够提供'喜兴'和'热闹'，能够引起'笑'的艺术行为，如嘲讽、讽刺、滑稽、怪诞、风趣、幽默、诙谐、巧、美、浪、俏、欢等，甚至一些纯形式、纯技巧的展示，均属此类。"[①] 东北民俗喜剧虽然也会讽刺与歌颂，但主要不以道德教化、意识形态担当为己任，而是更注重生产快乐，因而不乏狂放的举动和粗鲁的调笑，同时调动音乐、舞蹈、情节、人物、唱词、说口以及绝活等手段极尽搞笑之能事，所以东北民俗喜剧是"快乐的喜剧"。

在二人转生成和发展初期，东北恶劣的气候条件和生产力发展的迟滞以及当地少数民族相对闭塞的生活空间，成为二人转生成的催化剂，同时奠定了二人转的基本性格——"穷欢乐"；清代流民文化催生的精神需求为二人转的流动演出提供了稳定的受众群体，并使其"穷欢乐"的性格得以固定甚至放大；东北独特的民风民俗以及民间艺术成为二人转的艺术滋养和形式范本。这些因素有些持续影响二人转至今，有些虽已退出历史舞台，但所积淀的核心因子依然可以在二人转舞台上或显或隐地找到身影。二人转生而有之的"自娱自乐"的文化基因在此后的传承中一波三折。民国时期，二人转与官方文化、精英文化格格不入，被看作下三烂的村俗野曲，甚至因为"有伤风化"被视为官方文化的死敌，二人转演员也常常自视低人一等，不敢暴露自己的演员身份。中华人民共和国成立以后，二人转与其他艺术一样被收编进官方主流文化和精英文化队伍里，并与之一起承担起宏大历史叙事的使命，这既

[①] 刘振德主编：《二人转艺术》，文化艺术出版社2000年版，第346页。

可视为二人转翻身做主,也可看作其在文化生态系统中生存空间的缩小——被革命性改造后核心文化因子缺失致其面目全非。20世纪80年代后,科技发展从根本上改变了人们的生产生活方式以及思想观念和精神需求,市民社会得到进一步培育,民主和平等意识提升,个体自我受到更多关注,二人转的快乐神经被激活,并传承于其变异形式——东北喜剧小品和影视喜剧中。

三

二人转在发展中。从艺术形式到精神内核,东北喜剧小品和影视喜剧都可视为二人转的变异形式。东北喜剧小品在很大程度上是传统二人转"说口"的扩展版,甚至原文照抄照搬,而东北影视喜剧更倾向于喜剧小品的拼接,因为相较于一般影视喜剧对人物、情节的关注而言,东北影视喜剧却可以拆分成一个个独立的喜剧性单元,更注重东北化的喜剧效果,同时情节拖沓缺乏逻辑性,人物性格单一,艺术处理粗糙,所以尽管收视率很高,但在专家学者眼中并不叫好。东北喜剧小品和影视喜剧因为既承袭二人转又迥异于二人转的"四不像"处境,无疑激起了人们对二人转发展前景的怀疑。学者们纷纷提出解决的良策,包括恢复传统二人转长篇大唱的叙事模式,以及由政府部门负责打造和规范管理二人转演出队伍,严格按照传统二人转的演出方式运作,等等。这些对策能够在一定程度上缓解二人转的变异问题,但从根本上说,不符合非物质文化遗产传承与发展的基本规律。

联合国教科文组织颁布的《保护非物质文化遗产公约》指出:"'保护'指采取措施,确保非物质文化遗产的生命力,包括这种遗产各个方面的确认、立档、研究、保存、保护、宣传、弘扬、承传(主要通过正规和非正规的教育)和振兴。"这意味着,除了确认、立档等基本工作外,非物质文化遗产的保护重在确保生命力以及承传与振兴。和物质文化遗产的相对固化不同,非物质文化遗产的变异不可避免,而且其意义也在变幻的时空语境下不断被丰富和阐释。"传统并不完全是静态的,因为它必然要从上一时代继承文化遗产的每一新生代加以再创造。在处于一种特定的环境中时，传统甚至不会抗拒变迁。"① 就二人转而言，观众对过去和现实的感知方式和需求也在时代的变迁中调整。"新的一代人将会以自身的方式对他们所继承的独特世界作出反应，吸收许多可追溯的连续性，再生产可被单独描述的组织许多内容，可是却以某些不同的方式感觉他们的全部生活，将他们的创造性反应塑造成一种新的感觉结构。"② 传统在活态中传承，变迁是包括二人转在内的所有非物质文化遗产无法回避的魔咒。从这个角度说，"原生态"只能是一种幻想，或者说"原生态"本身也在一定程度的变迁中。二人转是"活"的艺术，也是"杂"的艺术，莲花落、东北大秧歌、山西柳腔、民间故事、杂耍技艺、五音大鼓、萨满教仪式等都是二人转产生和发展的土壤，也是二人转用以丰富自身的艺术元素。到底哪些艺术类型与二人转的"原生态"挂钩，二人转的"原生态"具体指哪个发展阶段，都是难以解答的伪命题。但这并非意味着二人转的本质属性是无解的。作为非物质文化遗产，二人转的本质属性即使东北人获得身份认同与情感归属、体现东北文化精神的一系列特质。这些特质不会因时空语境的变化而遗失，而是作为稳定的文化基因始终存于二人转母体中。有了这些文化基因的支撑，二人转就能作为非物质文化遗产为东北人提供精神的栖居之所，也能为丰富多样的世界文化宝库提供一种别样的景观。

作为与时空相勾连的"活态文化"，二人转既是一种回忆，也是一种再生。它在几百年的历史承传中与其所处的文化生态系统亦敌亦友、亦亲亦疏，其核心文化因子也在或强化或弱化或嬗变中起起落落。这些起落如何发生？它对二人转的生存与发展产生了什么样的影响？作为非物质文化遗产的二人转如何走得更远？诸如此类的问题亟待得到回答。

---

① ［英］安东尼·吉登斯：《现代性的后果》，田禾译，译林出版社2011年版，第33页。
② 陶东风：《中国当代文艺思潮与文化热点》，北京大学出版社2008年版，第304—305页。

第一章　东北民俗喜剧的生成与流变

关于二人转的起源时间，学界基本认定为清康熙末年至嘉庆初年（1700—1800），史称"小秧歌"。李微在《东北二人转史》中提道："据《中国戏曲志·辽宁卷》编辑部 1985 年发掘的一份资料载：锦州在雍正年间（1723—1735），已有蹦蹦艺人，艺名'孙大娘'。1735 年，孙收落魄长街的少年王骞为徒，教授竹板、花棍及蹦蹦唱词。常在锦州西关老爷庙戏台、城内天后宫戏台、东关关帝庙土台子演唱蹦蹦，二人扮成男女，被时人称为'双玩艺'。此时孙大娘已是暮年，他年轻从艺，当在康末雍初（1723）以前。"① 这是迄今为止关于二人转演出最早的记载了。"二人转"一名，可资史料查证者，最早见于 1933 年《泰东日报》："本城三道街某茶馆，迩来未识由某乡来演二人转者，一起数人，即乡间蹦蹦。"② 至此，继小秧歌、蹦蹦之后，二人转的称呼得以固定下来，直至今日；同时，这些记载也呈现了二人转从农村走进城市的时间和基本情况。

二人转是东北民俗喜剧中最重要的一支，也是东北民间审美精神的大旗。

---

① 李微：《东北二人转史》，长春出版社 1990 年版，第 25—26 页。
② 《泰东日报》1933 年 4 月 27 日，第七版。

它与主流文化、精英文化甚至都市文化格格不入的审美取向将自己抛入一个沉浮不定的宿命圈,但其乐天、大俗、狂欢的生命本质虽历经风吹雨打,却始终坚毅地存活并以文化因子为载体,传承于各种艺术形式——东北喜剧小品和影视喜剧是其中最典型的形态。

东北喜剧小品和影视喜剧诞生于20世纪80年代,此后数十年间,一直活跃于城乡各大舞台以及各类文化传媒,尤以赵本山自1990年凭借小品《相亲》登上央视春晚舞台并连续21年在这一平台演出为代表,同时富有浓郁乡土气息的系列东北影视喜剧《刘老根》《马大帅》《乡村爱情》等也借力央视传播于大江南北。2014年至今,虽然东北喜剧小品和影视喜剧的影响力萎缩,但依旧活跃于地方电视台和网络媒体。

第一节　二人转的生成与流变

一　应"运"而生

(一) 二人转起源的地域文化生态

东北人需要"穷欢乐"。

东北地处中国北部边陲,气候条件恶劣,常年低温,生产力发展较为迟缓。一些少数民族如鄂伦春、鄂温克、赫哲等长期生活在环境封闭的林区和草原,同先进民族经济文化的交流较为困难,农业发展也相对迟滞。"如室韦族,北魏时'夏则城居,冬逐水草',过着不定居的游牧生活。……加上'气候寒冷,夏雾雨,冬霜霰',不利于农业生产,所以到唐代仍然'田收甚褊','逐水草而处',过着不定居的游牧生活,农业生产发展极为缓慢。再如肃慎系的肃慎、挹娄和勿吉,汉魏时,挹娄'有五谷、麻布';晋时,肃慎'有马不乘,但以为财产而已。无牛羊,多畜猪,食其肉,衣其皮',未见载有农业。就是挹娄的所谓'有五谷、麻布',也不能说其农业生产不落后。在这一时期的东康遗址中,铁器的出土数量极少,仅有三件,而网坠和石镞的数量则极大,这表明当时渔猎业在挹娄人的经济生活中仍占主导地位,农业生产仍非常落后。"① 这仅是东北少数民族生产和生活状况的一个片段,却足以说明东北土著民族曾经的困顿生活。在冰天雪地里摸爬滚打的人们需要大碗喝酒、大块吃肉来抵御极寒,乐观刚毅、实用豪放、厚道朴实的族群性格也得以滋养。在审美取向上,东北人喜欢鲜艳张扬的大红大绿,推崇壮美与崇高,善于将悲剧引向狂欢,颇有魏晋文人的及时行乐之风。据《后汉书·东夷传》载:"东夷率皆土著,喜饮酒歌舞……行人无昼夜好歌吟,音声不绝。"② 蹦蹦跶跶的二人转就诞生在这样的文化热土。

同时,因为寒冷,东北人在冬季较少室外活动,而是以"猫冬"的方式打发漫长的寒冬。"猫冬"时节,人们喜欢三五成群聚在一处,讲故事说笑话即俗称的"哨",培养了东北人独特的语言幽默机制。在田间地头,这种游戏又成为农民舒缓劳动压力的最佳途径:

> 我和你说一说,当年就发科。发科就买马,买马就拴车。拴车上营口,营口挣钱多。一去拉白面,回来拉海蘑。刚下虎头岭,辕马跑了坡。大车翻进沟,马腿被砸折。又遇土匪抢,赔进了货和车。(《哨车老板》)
>
> 无牙老翁曰:我年轻牙赛铁,生吃牛肉不用切,临老不中用,打个沉雷不当耳旁风。盲人老翁曰:我年轻眼赛辉,千里能见蠓虫飞,临老不中用,打个对面不认谁是谁。跛子老翁曰:我年轻腿赛风,日行万里程,临老不中用,撒尿都蹲了坑。(《老翁吹牛歌》)③

---

① 孙海:《略论古代东北少数民族农业发展的特点》,张志立、王宏刚主编《东北亚历史与文化》,辽沈书社1991年版,第57页。
② 转引自李微《东北二人转史》,长春出版社1990年版,第2页。
③ 朱介凡:《中国谚语论》,台北新兴书局1964年版,第62页。

在语言游戏中，人们获得的不是诗意和深度，而是纵情的狂欢，这为二人转的形成提供了民间文化基础。二人转从本质上说是"游戏"的艺术，是东北民间游戏尤其是语言游戏的强化和艺术化，二人转不啻为满足东北人"穷欢乐"需求的最好精神食粮。

二人转生成的重要契机是清代流民闯关东。东北历代是中原汉人的避难所，但清代以前，汉人只是把东北当作暂时的避风港，一旦灾荒或战事结束，他们依旧回归故土，所以在清代以前，汉人尚未成为东北的主人。到了清代，山东、河北等地的汉人大批出关。为了恢复农业生产，顺治时清廷多次下令："招徕流民，不论籍别，便开垦荒田，永准为业。"[1] 顺治十年，又正式颁布《辽东招民开垦条例》，致使流民蜂拥而至。自此，东北人口激增，汉人也成为东北人口的主体。然而流民在心理上依旧有异乡异客之感。尤其是自康熙初年开始至乾隆时期日渐强化的封禁政策，使流民不仅在经济上无所依靠，更在政治上遭受压迫和歧视。在颁布封禁令的同时，清廷制定了一系列的严酷刑律，并在山海关以柳条边为关口严行稽查，一旦发现有"贪图私利"偷送流民出关的"奸民"，则"将图利引送流民偷越之奸民枷号一月，限满，杖四十，示众，仍严加管束"[2]。虽然封禁政策最后宣告失败——不仅未能"封禁"，流民反而越来越多。封禁政策给流民的心理施加了重创，流民始终缺乏对东北土地的认同感，东北对他们来说更多的是谋食之地，而不是精神的皈依之所。然而为了生存，他们又不得不停留在这块土地上，于是形成了一种得过且过的文化心态，寻找快乐也成了他们理所当然的精神选择。

（二）二人转起源的艺术土壤

二人转的起源问题历来众说纷纭。

---

[1] 路遇：《清代和民国山东移民东北史略》，上海社会科学院出版社1987年版，第35页。
[2] 《三姓副都统衙门档案》19卷，辽宁省档案馆藏，第27页。

第一种观点认为二人转起源于莲花落。王铁夫认为"二人转起源于莲花落",① 靳蕾和陈钧从音乐的角度都认同这个看法②。孙红侠认为"二人转源于说唱艺术莲花落,在它的形成过程中吸收了传入东北的山西柳腔,之后又不停地吸纳各色东北的民间技艺,这些所有的艺术因子在东北的民俗环境之中交流与融合,经过漫长而渐进的历史过程,形成和产生了二人转艺术"。③原因是:二人转供奉的戏神有丐帮的范丹老祖这一现象说明二人转与唱乞艺术莲花落之间的因袭关系;二人转在音乐上因袭莲花落;演出形式上,二人转继承了对口莲花落一丑一旦边说边唱、载歌载舞的叙述故事形式;二人转的剧目与莲花落存在明显的因袭和移植等。

第二种观点认为二人转起源于东北大秧歌。最早提出这个观点的是任光伟先生,他通过二人转与辽南秧歌的比较得出结论:"东北二人转的母体是辽南大秧歌。"④ 王木箫提出"东北大秧歌是二人转的源头。"⑤ 李微认为,东北秧歌是二人转的母体,莲花落直接催生了二人转,东北民歌是二人转词曲的基础,另外喇叭戏是二人转的一支。⑥ 这种观点虽不否认其他艺术形式对二人转形成的影响,但都把大秧歌作为二人转产生的母体。

第三种观点认为二人转起源于其他艺术间的相互融合,如王兆一、王肯提出:"正是基于这样的认识,如果只从秧歌和莲花落对产生二人转的作用来说,我们认为,在东北大秧歌和关内莲花落之间,首先是二者的合流、交汇、互相渗透。而后才是在这个过程当中,给二人转的孕育与胚胎打下了一个坚

---

① 王铁夫:《二人转研究》,春风文艺出版社1962年版,第2页。
② 靳蕾:《二人转编曲研究》,《艺术研究》1993年第1期;陈钧:《二人转音乐与莲花落》,《沈阳音乐学院学报》2003年第3期。
③ 孙红侠:《二人转戏俗研究》,博士学位论文,中国艺术研究院,2007年,第32—33页。
④ 任光伟:《艺野知见录》,春风文艺出版社1989年版,第48页。
⑤ 王木箫:《二人转的源流》,《艺术研究》1999年第6期,第22页。
⑥ 参见李微《东北二人转史》,长春出版社1990年版,第1—36页。

实的基础。"① "东北大秧歌给予它（指二人转）的是火爆、热烈、载歌载舞的表演功能，和那些同观众打成一片、同欢同乐、亲密无间的'观''演'关系……只有莲花落，才给它带来了丰富的节目，充实了它的内容，增强了它的艺术感染力，使观众既可以得到歌舞、音乐享受，也可以得到曲艺或戏剧性的内容比较丰富的艺术欣赏。与此同时，莲花落给予二人转的，除了毛竹板、节子和手玉子等击节乐器之外，还有的就是那种由江湖艺人流浪而形成的流动性、随意性和丰富性与多样性。"② 与此相似，白晓颖提出二人转是"乾隆年间莲花落艺术流入热河对五音大鼓产生作用形成二人大鼓唱的新的表演形式"，"二人转是在热河五音大鼓、莲花落、地平跷以及满族'道瓦喇'等艺术形式融合的基础上形成的"。③

上述基本是围绕二人转起源于大秧歌还是莲花落，抑或是多种艺术综合作用而展开的讨论。本书倾向于第二种观点，即大秧歌是二人转的母体。第三种观点虽然综合考虑了二人转形成的艺术基础，但基本上将各种艺术样式对二人转的影响等量齐观，没有突出二人转的主要特征；第一种观点把莲花落作为二人转的母体，过于注重二人转的表演性，而忽视了二人转的核心文化特征。从表演形式上看，二人转更多吸收了莲花落的音乐、舞蹈、说唱以及一丑一旦的特点，但在文化特质上则与大秧歌相通。

首先，二人转和大秧歌都是"穷欢乐"艺术。清初《柳边纪略》描述了当时秧歌演出的盛况："上元夜，好事者辄扮秧歌。秧歌者，以童子扮三四个妇女，又三四人扮参军，各持尺许两圆木，戛击相对舞，而扮一持伞灯卖膏药者前导，傍以锣鼓和之，舞毕乃歌，歌毕更舞，达旦而已。"演出秧歌的动机在这里被描述为"好事"，表明秧歌是无事者为自己寻找的快乐。东北大秧

---

① 王兆一、王肯：《二人转史论》，时代文艺出版社 2002 年版，第 58 页。
② 同上书，第 59 页。
③ 白晓颖：《二人转的早期形态探析》，《承德民族师专学报》2000 年第 4 期。

歌的风格，火爆热烈、欢快奔放，好秧歌要"扭得浪"，不但舞姿要优美，而且腰胯摆的幅度要大，节奏感要强，表情要有感染力，似乎只有这样夸张的表演才能释放东北人的豪爽热情，转移他们积郁在内心的穷困潦倒。在这一点上，二人转和大秧歌有相通之处。二人转也是图热闹的民间艺术，讲故事、传授知识以及思想教育对二人转来说只是很小的一部分，二人转的核心文化特质在于制造乐趣，所以艺人们总是不忘在长篇大唱中加上游戏性的因素："若观众不太爱听了，就加点笑料口，像《花子拣金》等等。一般唱三四段就收了。收时先向四下施个礼，然后说：听了三四段，大伙也累了；再往下唱，我也不会了。阴天夹杖子——失陪（湿培）了；小白菜——再见（摘间）了。"[1] 和秧歌一样，二人转也是满足东北人穷欢乐的艺术。

其次，秧歌中有两类角色，一类是彩扮戏曲中的固定角色，如《西游记》中的四师徒、过海的八仙以及年画上常见的公子丫鬟、渔樵耕读等。虽然并不演绎故事，但形象本身无疑会强化故事联想，所以在一定程度上有了故事性。另一类角色则不用于故事叙述，如披红挂绿的大姑娘、小媳妇儿，抽长烟袋的老侉、县官、"傻柱子"以及"呛驴""跑旱船"等加带其他道具的表演，这类形象完全服务于快乐需要，是随机选取生活形象之后的夸张描绘。这样的角色设置可以说是二人转"跳进跳出"结构的前奏。二人转的跳进跳出既发生在故事叙述内部，也发生在故事世界和游戏世界之间，后者和秧歌中的两类角色安排如出一辙。

最后，秧歌中孕育了二人转的情节。"各村秧歌队每年还要聚集，进行秧歌赛会，历史上称为社火。对这种大型的赛会，简单的表现形式及内容，已不适应。各秧歌队不但加强了群歌群舞的花样，还使大秧歌发展成形式多样，又有'跑旱船''大头人''跑驴''竹马''耍狮子''耍龙灯''推车儿'

---

[1] 《二人转史料4》，吉林省地方戏曲研究室内部资料，1982年编印，第118页。

'老汉背少妻'等。这对二人转的舞蹈、表演、故事情节以至插科打诨,都有一定影响。"①

二人转起源于秧歌的观点还可以从下面的记载中找到依据:

> 蹦蹦的起源,我总以为是秧歌。由《马寡妇开店》和《小老妈》二剧,尚可看出它的遗迹。在北方的秧歌,多半是唱的;近二十几年来,不但唱,而且加以扭唱秧歌的乐器锣鼓钹和喇叭。从《小老妈》和《马寡妇》的身段,也可看出扭的存在。……按承上启下的唱句,还是唱秧歌的上答下问。秧歌是不讲究舞台布置的,只要圈一个场子,化上装;唱的时候便是在舞台上,不唱不动便算是在后台。②

由此可见,秧歌中包含了二人转的一些基本文化因子,所以相较于莲花落以及其他艺术形式,二人转和秧歌有着更多本质上的相似和因袭之处,所以本书认为,二人转起源于以秧歌为核心的多种民间艺术形式。

二 应"时"而动

(一) 小秧歌:游走于江湖

在清代,二人转被称为"小秧歌",在农村颇受欢迎。"小秧歌与大秧歌的分离,是在小秧歌内容更加丰富,演技更加高超,具有独立演出能力之后,这大约始于清嘉庆年间(1796—1820)。少数技艺精绝的艺人分离出去,专唱小秧歌。"③ 这表明二人转和大秧歌之间血脉相连的关系。

小秧歌是从大秧歌中独立出来的戏剧性较强的部分。小秧歌的表演多在大秧歌演出完毕进行,演员也是大秧歌表演队伍中培育出来的较为出色的。他们有时白天演大秧歌,晚上接着演小秧歌。小秧歌形式简单,只是大秧歌

---

① 李微:《东北二人转史》,长春出版社1990年版,第6页。
② 《大晚报》"火炬"专栏,民国二十五年即1936年4月15日。
③ 王兆一、王肯:《二人转史论》,时代文艺出版社2002年版,第39页。

中本已存在的"一副架",即一上装一下装独立出来表演具有戏剧性的内容。演出时不用布景、道具,演员手里拿着彩棒、手绢、扇子、竹板之类,无论露天还是室内,有几平方米空地就可开场,顶多是设一张彩桌及几只板凳或搭个小台子。老百姓坐在院子里甚至炕头上就能看戏。演员化装和道具都很简陋,一般上装用青布包头,称为"包头的",衣服、裤子则色彩鲜艳,化装一般用红纸洇湿后涂在脸上做胭脂,脸上拍白粉。下装的打扮则更加随意,只需扎腰包、戴丑帽用以表示丑的身份即可。由此可见,二人转形成初期,还保持着土香土色的本土风格,也没有形成系统的艺术套路。

在内容上,小秧歌短小活泼,缺乏情节性,没有长篇大唱,但趣味性强,多表现农家小院欢快、逗趣的生活场景,如表现新媳妇搜刮娘家的《小住家》,叙述小两口像孩子一样吵架分家的《小分家》等,都充满了生活情趣。早期二人转的演唱者多为农闲时的农民,称为"高粱红唱手",即农忙时节干农活,农闲时才出来演唱,贴补家用。尤其是"猫冬"时节,天寒地冻,人们无法室外活动,待在室内又闲极无聊,二人转就成了他们打发漫长寒冬和寻找快乐的方式之一,所以在农闲季节,二人转艺人们在民间很受欢迎。那些长期居住在寂静山林中的"老洞狗子",很少下山,缺乏与别人的交流,尤其欢迎二人转艺人的到来。此外,大车店、煤窑、赌局、棒槌营、粮当、林场等,都是孤独者或江湖流浪汉的居住场所,也是艺人们经常光顾的地方,所以二人转艺人的流动性非常强。他们为江湖人送去快乐,自己也成了江湖人中的一员。有些以唱二人转为职业的四季常青唱手,则常年游走四方,他们在为别人送去快乐的同时,自己也感受着流离的悲苦。但这也成为补充二人转文本的最重要生活资源,并为二人转的发展奠定了又一基本格调,使二人转不仅始终围绕底层叙事,而且随性、激越、狂放和傲视主流秩序。二人转在其成长过程中能保持文本开放性和灵活性与此紧密相关。

二人转艺人流浪江湖,一方面为寻找演出市场,所以走南闯北,不断扩大演出领域，尤其在鸦片战争爆发后，随着清政府所开矿场增多，艺人大批涌入矿场，辽宁各地的矿山都成为艺人们大展身手的卖艺场所。另一方面，艺人外出闯荡也出于学艺需要，如老艺人刘士德回忆自己三十二岁时专程访艺人曹瞎耙子的经历："五月份动的身，到了辽宁省，走了沙河子、辽中县、海城、大孤山、小孤山。都进腊月门了，才在牛庄王家屯找着他。"[①] 艺人们流浪江湖为二人转艺术的互通有无提供了条件，使这门民间艺术迅速成长起来。"二人转艺人的这种投师、访友、学艺、比艺，实质上正是一种竞争意识。同时，也是二人转生存、发展、提高的必由之路——在学习中发展、提高，在提高、发展中继续不断地学习。"[②] 在清代，有包括唱二人转的"新兴义""吉星照"等班社，清末有非常活跃的郭春发班和庞凤班，其他如林大寡妇班、周半拉子班等二人转小班也风起云涌，形成二人转表演的大气候。这一阶段，演员世家频出，如清道光年间海城高家的高云清、高凌霄、高振德三代人，而其他如董傻子、刘大头、火亮子、赵富、张相臣、王宝珍、庞凤、陈荣、马玉、王荣等活跃在当时二人转舞台上的艺人则各有戏路，如赵富善于打碗碴儿和烟袋杆，刘大头以说口闻名，并被称为"江东第一丑"，王宝珍的说口快而清晰等，他们的技艺代表了当时二人转表演的最高成就。

（二）蹦蹦：在夹缝中生存

在民国，二人转被称为"蹦蹦"或"狗蹦子"，足见二人转所受到的歧视。二人转自产生之日起，就屡遭查禁。如清光绪三十三年（1907年）六月十日的《盛京日报》载：铁岭"西门外演蹦蹦戏"，"其唱词亵态均系违背伦理，而观者之妇人，伤风败俗莫此为甚，有地方之则者，曷不禁之"。到了民国，蹦蹦所受歧视变本加厉，民国二年（1913）八月十二日，奉天行政公署，

[①] 吉林省地方戏曲研究室：《二人转史料4》，1982年编印，第4页。
[②] 王兆一、王肯：《二人转史论》，时代文艺出版社2002年版，第123页。

以戒恶惩淫为由，下令对小河沿、西门口外之蹦蹦，"从严禁止，勿稍容纵"。民国六年（1917年）九月，奉天县公署，令四路警察分所查禁蹦蹦。同年十月十八日《盛京日报》载："（长春）新市场洛子园演唱洛子中带有蹦蹦一戏，过于淫荡，经警厅取缔，该园昨日倒闭。"民国八年（1919）五月，奉天县公署，令警察事务所查禁蹦蹦。同年七月三十一日，奉天城北田义、小韩等十余村竞演蹦蹦，《盛京时报》发文要求"有地方之责者应速即查禁"。民国十四年（1925）十月，奉天王家窝棚有吴栋者，控告村长招演蹦蹦戏，由县公署将被告撤职，并于全县张贴布告禁演蹦蹦戏。民国十七年（1928）十一月，辽宁道尹公署令沈阳县查禁蹦蹦戏，伪康德十一年（1944）五月，日伪当局再次发布取缔蹦蹦戏的公告，伪军警大肆搜捕蹦蹦艺人。"有的警察不愿看戏，却专爱找病，是咱艺人的大敌。"① 演"蹦蹦"在民国时期是违法的事，艺人常常被捕，所以不得不经常地下演出。艺人蔡兴林回忆自己在民国时期唱二人转所遭受的屈辱，颇为感慨，以至因为难以忍受被打骂和随意罚劳工而改行学裁缝，直到1945年以后才有勇气重拾旧业。②

在遭到官方查禁的同时，二人转在民间却颇受欢迎。老艺人刘士德回忆当年唱二人转的情景，总是感慨万千："在谁家唱，在谁家吃、住。富人家有钱，包得多；穷人家没钱，聘裤子当袄，也要看。"③ 唱"网房子"，"他们对咱艺人好，尽挑大鱼大肉给咱炖着吃。下晚睡觉也把背风的地方腾出来，让咱们睡。"④ 唱"朝鲜屯"时，"在那一直唱了半个多月，屯里男人抢着和咱磕头拜兄弟，不磕不行，磕完就天天拽你上家吃饭，又勒狗，又杀猪，又套狍子，不把你灌醉了不让你撂筷。""穷人真得意二人转"，⑤ "警察欺压咱，

---

① 吉林省地方戏曲研究室：《二人转史料4》，1982年编印，第100页。
② 同上书，第341—342页。
③ 同上书，第93页。
④ 同上书，第97页。
⑤ 同上书，第98页。

穷人护着咱",①"城里有知识的人也有得意听唱的"。② 其余唱"金场"、唱"山屯场"、唱"棒槌营"、唱"大烟市"、唱"煤窑"、唱"缸窑"、唱"木帮",二人转所到之处,都受到热烈欢迎。不仅在民间,土匪窝、抗日军营甚至警察署也对二人转情有独钟。老艺人刘士德讲述他给抗日军营唱二人转的情景,只唱了四天,抗日军就遭遇日本兵,但突围了一天之后,"累得炕都上不去了,抗日军还来和我们商量,想听两出唱,真听迷了"。③ 在土匪窝,土匪也给他们好酒好肉招待,一唱就是几天。在警察署半个多月的演唱,更显示二人转的魅力。一个本来对二人转先入为主没有好感的警察署长在看了表演后,不仅迷上了二人转,而且强行要求有钱有势的人点戏捧场,并出手大方,还为艺人们开绿灯,允许他们随便在他的管区唱二人转。由此可见,二人转在民国的生存处境是双重的。一方面,常常因为"有伤风化"被官府查禁;另一方面,在民间却颇有威望和市场。

民国时期,二人转发展更为成熟,"几乎每个乡村都有几个蹦蹦唱手。半农半艺的高粱红唱手多得无法统计,仅四季长青职业唱手,有一定造诣和影响,今日仍能使人们回忆起来的,在辽宁至少有三五百人之众"。④ 可见当时蹦蹦发展的盛况。同时,尽管各种戏曲样式对蹦蹦有所冲击,但因其独特的"分包赶角"、说唱结合的形式以及贴近民众生活的狂欢化特点,使之在民间的地位不可替代。这一时期,二人转从内容到形式都已发展成熟,受众更为广泛,从乡间到都市的街头巷尾、茶馆、书社,都有二人转艺人的影子,虽然在说书馆里二人转艺人经常要等待说书结束后"拣板凳头",或者在热闹的场所随时"撂地"演唱,但在百姓中间却深入人心。这时的二人转从表演形式上也更为成熟,集说唱、戏曲、舞蹈、杂技等于一身,唱段丰富,改造了

---

① 吉林省地方戏曲研究室:《二人转史料4》,1982年编印,第101页。
② 同上书,第113页。
③ 同上书,第138页。
④ 李微:《东北二人转史》,长春出版社1990年版,第82页。

很多传统戏曲曲目，一些经典唱段如《西厢》《蓝桥》《密建游宫》《冯奎卖妻》《丁郎寻父》《马寡妇开店》《回杯记》《包公赔情》等在当时都形成了稳定的表演模式。

（三）二人转：从民间走向庙堂

中华人民共和国成立后，"二人转"这一名字才得以使用，二人转的发展也走向专业化道路。在伪满洲国和解放战争时期，二人转仍被视为有伤风化的下九流而常被查禁，类似张相臣被打而含冤去世、"小骆驼"王兴亚冻死大街上的遭际在二人转演员中并非个案。与此同时，二人转演员也利用舞台宣传抗日和解放，并且参与中华人民共和国成立的前期准备工作，《穷人翻身》《搞土改》《干活好》《姑嫂劳军》《参军真光荣》《送公粮》《地主马大肚子》《土地大翻身》《搞生产》《搞副业》等符合革命、建设需要的二人转作品纷纷登台。中华人民共和国成立后，二人转的社会地位得到提高，最有代表性的例子是"1951年末，沈阳籍二人转艺人程喜发（艺名程傻子）应吉林东北师范大学（音乐系）聘请，前去任教。'下九流'一步迈上了大学讲坛，这是过去做梦也想不到的事"[①]。且看今昔对比：

老艺人徐小楼，在二人转班里一直唱上妆，挑大梁。可是，他的生活一直不成样子，连件衣服都买不起，净买故衣穿。有一天晚上，演出结束后睡在舞台上，连那件故衣也被偷走了。他就买了件日本人穿旧的大和服，改一下将就着穿。[②]

1960年9月，在沈阳召开辽宁省首届文代会，二人转老艺人徐小楼被选为辽宁省文联委员。他还是沈阳市政协委员，和各界代表一起，商讨国家大事。[③]

---

① 李微：《东北二人转史》，长春出版社1990年版，第147页。
② 霍长和、金芳：《二人转档案》，春风文艺出版社2004年版，第150页。
③ 李微：《东北二人转史》，长春出版社1990年版，第148页。

与徐小楼具有同样命运的是蔡兴林。他在1945年以前唱二人转时因挨打受骂改行学成衣,1953年却被调进北京中央人民广播电台说唱团,由一介艺人摇身成为文化界骨干,专门负责二人转在中华人民共和国的发展。

同一个演员的今昔对比差距之大表明二人转在中华人民共和国命运的转变。二人转被誉为民间艺术的瑰宝,演出场所由农村转向城市,二人转演员队伍进一步专业化。辽宁省的辽源、铁岭,吉林省的长春、白城以及西丰、榆树、梨树、德惠、双辽、扶余等县,相继成立了地方二人转剧团。某些二人转团队,采取以团带校的办法招收新学员,有的省戏曲学校还增设了二人转学科,对二人转学员进行全面素质教育和专业训练,打造了一支专业化的二人转创作和演出队伍。这使"二人转艺术无论在挖掘传统、开展理论研究方面,还是通过继承传统剧目及面对现实生活创作新剧目的艺术实践中,均取得了长足的发展"。[①]

然而,在二人转被请进艺术殿堂的同时其本体问题不禁引起人们的思考。这一时期的二人转紧紧围绕社会主义建设的核心价值观展开,二人转从昔日的"穷欢乐"艺术一跃成为社会主义建设的股肱之臣。虽然仍旧是老百姓喜闻乐见的艺术样式,但从内容到形式都发生了巨大变化。于永江、王也夫编写的《吉林二人转选·现代作品集》的69篇作品,"各自从不同角度,反映了社会主义建设进程中劳动人民的生活和精神面貌,讴歌了新的人物新的世界,激励人们向上进取、奋发图强地建设有中国特色的社会主义"。[②] 这时的二人转艺人不仅是"快乐"的,而且有所担当,从昔日的"下九流"晋升为新时代的建设者。对于包括二人转在内的关东戏剧在中华人民共和国成立后的发展,人们总体看好,认为它终于摆脱了地位低下的处境,走进了高高在

[①] 刘振德主编:《二人转艺术》,文化艺术出版社2000年版,第115页。
[②] 于永江、王也夫编:《吉林二人转选·现代作品集(编后记)》,时代文艺出版社1991年版,第574页。

上的艺术象牙塔。"关东戏剧的发展总好像是左顾右盼。一不留神,它升华了;再不留神,它又跌落了。此等忽冷忽热的艺术氛围,真让圈里人士诊脉不准,又让圈外人士惊诧莫名。"① 然而对关东戏剧"升华"或"跌落"的评价更多是站在主流意识形态的立场上,作为民间艺术,关东戏剧的发展之路却复杂得多。中华人民共和国成立以前,二人转没有专业创作,完全靠艺人之间的传承和互相切磋对剧本口头流传和加工改造。虽然缺乏系统性和规范性,却充分发挥了二人转文本的开放性优势,使之真正成为一门"活"的艺术。没有框架束缚的二人转强化了其即兴性,更容易达成与受众之间的交流和沟通。然而被专业化绑缚的二人转从内容到形式都更为刻板、机械,内容缺乏个性,民间性、狂欢性被弱化甚至遗失,说口变质,出相少见,装扮细致,弱化了"跳出"结构,也就弱化了"游戏世界"的呈现。"正如社会主义初级阶段难免出现经济的、政治的曲折一样,二人转在这一历史阶段同样也出现了运行轨迹的扭曲。比如对旧二人转的改造,始有准纲准词、定腔定谱,改变'跑梁子',剔除'脏口',益于净化。然而在'政治工具论'束缚下的矫枉过正,却遗失了二人转灵活、土俗、风趣的本体特色。"② 如传统二人转《二大妈探病》写二大妈探望邻居生病的二姑娘,后得知病因是二姑娘与人私订终身,担心母亲不同意所致。作品看点在二大妈和二姑娘之间的喁喁絮语和"神调"部分富有神秘感的唱段,可以说,传统的《二大妈探病》形式的魅力大于内容。然而经过1956年的改编后,作品剔除了被认为有封建糟粕倾向的"神调"部分,曾经在舒缓音乐"纱窗外"铺排开的喁喁絮语也大部分由对白代替,戏剧性、情节性成为改编后作品的关注点,提倡婚姻自由的教化主题被放置在作品的核心,形式上的"无目的的合目的"之美大打

---

① 刘恩波:《在文化变异中升华的关东戏剧》,吉林省戏剧理论学会《关东戏剧论》,吉林文史出版社1998年版,第97页。

② 刘振德主编:《二人转艺术》,文化艺术出版社2000年版,第115页。

折扣，专业创作在一定程度上剥夺了民间艺术特有的魅力或说民俗文化因子。又如发表在《参花》1983年第6期的二人转《两朵小红花》讲述大宝和小桃两个少年成功劝解各自家长宽容对方，成为互帮互助好邻居的故事。作品集中笔墨讴歌了两个少年的优秀品质，如大宝的唱词："小桃啊，咱十二三岁不算小，从来少年志气高：刘文学敌人面前不示弱，刘胡兰铡刀在前不弯腰……小红花要学英雄人小志不小，可别学那软胎胎、嫩娇娇的大乏包！"作品在结尾处则明确点题："这都是人民教师教育得好，红花吐蕊分外娇。"类似直白的教化文字在同时代的二人转作品中比比皆是。可以说，在被赋予政治担当这一点上，这一时期的二人转与其他艺术并无二致，在很大程度上失去了民俗文化因子的传承功能，其被雅化的实质也是被异化。当二人转被框定在固定范式内，牺牲娱乐性，只发挥批判或歌颂的功能，就不再是狂欢的艺术，成为意识形态的工具和高高在上的道德与政治训教者。

第二节 东北喜剧小品和影视喜剧的诞生

一 东北喜剧小品的产生和发展

喜剧小品是中国80年代改革开放后的新生事物。"小品"一词借用于公元4世纪佛教经典《般若经》，由于一种译本篇幅较长，被称为《大品般若》，另一种篇幅较短的译本便被称为《小品般若》，可见"小品"一词起初指篇幅较短，后被移用于指短小精悍的文学或其他艺术作品。广义的小品包含广泛，狭义的小品泛指较短的关于说和唱的艺术，它的基本要求是语言清新，形态自然，能充分表现出各种角色的性格和语言特征，最有代表性的是喜剧小品。小品的历史由来已久，我国喜剧小品起源于20世纪80年代初，它继承和发展了话剧、相声、二人转、小戏等剧目的优点。小品在当代的兴起与快节奏的生活紧密相关。当代生活的"快餐性"使大篇幅的叙事作品往往难有市场，这也是喜剧小品应运而生的基本文化依据。小品以其精巧凝练的艺术风格为人们高效率地生产快乐和意趣，因而深受处于高度竞争状态的当代人的欢迎。喜剧是当代人文化诉求的重要组成部分。改革开放后，中国人从意识形态的沉重绑缚中解脱出来，关注国计民生和理想主义的文化范式逐渐退却，代之而起的是对个人化感受与体验的关怀和世俗文化的兴起。喜剧以其轻松愉悦的风格给欣赏者带来自始至终的审美快感，这正迎合了当代大众的心理需求。尤其是伴随着科技的迅猛发展，借助于传媒的巨大力量，"寻找快乐"以其不可阻挡之势迅速蔓延。颠覆传统、取笑秩序、欲望泛滥成为这一时代的文化景观，人们从中收获新鲜与快适，感受身心的整体放松。

东北喜剧小品应改革开放后的文化需求而生。"当前学者们将中国的喜剧小品划分为三大类，即京津喜剧小品、南派喜剧小品和东北喜剧小品。……东北喜剧小品起源于二人转，以赵本山、高秀敏、黄宏、潘长江等为代表。"[①]自20世纪80年代开始，二人转的民间性逐渐增强，大有回复到其诞生之初的态势。赵本山和潘长江合演的《大观灯》（也称《瞎子观灯》）已经有了当代喜剧小品的端倪，主要表现在游戏性的增强。"在观众中，曾有'看热闹大观灯，品滋味大西厢'之说。为什么？主要是：能够演唱很多民歌小唱，加上演员幽默风趣的表演，说有词儿，逗有哏儿；一反一正，一逗一捧，上问下答，自然成趣儿。使观众得到了很好的艺术享受。"[②] 和中华人民共和国成立后、改革开放前相比，二人转《大观灯》突出了趣味性和娱乐性。这一改变开启了东北民俗喜剧发展的新里程。而后赵本山在拉场戏《摔三弦》中出演盲人张志，其"瞎子相"的出色表演和作品蕴含的浓厚时代气息，使该戏

[①] 李季云、姜婷婷：《东北喜剧小品言说张力的语言学批评》，《社会科学战线》2005年第3期。
[②] 《瞎子观灯"附记"》，吉林省地方戏曲研究室：《二人转传统剧目汇编3》，1982年11月，第526页。

获得辽宁省农村曲艺调演表演一等奖,被拍成戏曲电视剧后,又获得中国戏曲电视剧鹰像奖三等奖。此后,赵本山和巩汉林合作表演小品《如此竞争》,赵本山依旧以盲人扮相出场,但和《摔三弦》的悲剧氛围不同,小品《如此竞争》呈现出浓郁的狂欢色彩。1988年,赵本山将拉场戏《一加一等于几》带到了央视国庆晚会,从此,东北喜剧小品迅速蹿红,并几乎跑步进入中国娱乐文化市场。先是赵本山挟带着经过普通话改造的东北方言小品《相亲》在1990年央视春晚一炮走红,继而一发不可收:1991年《小九老乐》,1992年《我想有个家》,1993年《老拜年》,1995年《牛大叔提干》,1996年《三鞭子》,1997年《红高粱模特队》,1998年《拜年》,1999年《昨天·今天·明天》,2000年《钟点工》,2001年《卖拐》,2002年《卖车》,2003年《心病》,2004年《送水工》,2005年《功夫》,2006年《说事儿》,2007年《策划》,2008年《火炬手》,2009年《不差钱》,直至2010年的《捐助》,在央视春晚举办的"我最喜爱的春节联欢晚会节目评选"活动中14次获得语言类一等奖,5次获得二等奖,足见东北喜剧小品在全国观众中的影响之盛。

赵本山的喜剧小品,在诸多东北喜剧小品中最大限度地秉承了二人转的文化元素。从深层次看,东北喜剧小品除了对二人转的诸多文化因子如"傻子原型""悍妇原型"以及乡土文化空间的承袭外,在形式要素方面也有所继承,如语言的地域文化特征、二人模式的运用以及跳进跳出结构等。在显性层面上,如东北喜剧小品的语言模式是对二人转说口的直接搬用和延伸,喜剧色彩的创造和与观众之间的亲密互动等都明显是对二人转的传承。然而,归结起来,从二人转到东北喜剧小品,最深层次的承传是游戏性。游戏性是二人转的本质特征,语言狂欢、出相、丑旦二人的笑骂和打闹等都紧紧围绕"游戏"进行,这使二人转充满了对社会底层人物的关注,也是二人转这门民间艺术诞生的最重要理由。赵本山的喜剧小品自1990年的《相亲》开始,便将二人转的游戏因素融入其中,并小心翼翼地不断增加这一因素,虽然每一部小品都有其主题，甚至一部分小品如《牛大叔提干》《三鞭子》《红高粱模特队》《昨天·今天·明天》《送水工》《火炬手》等虽然意识形态和道德训教的色彩还很浓厚，但往往被其游戏性所遮蔽，到了《不差钱》《捐助》《就差钱》则将东北民俗喜剧的游戏性直接搬上舞台，在很大程度上，这些小品是集丑相、绝活、语言游戏、土俗风格和底层叙事于一体的狂欢。到了2010年的小品《捐助》，则将其中的游戏性发挥到了极致，乃至观众诟病其主题表现的声音不绝于耳。和1990年《相亲》中地域语言的"普通话化"相比，《捐助》搬用了更为土俗和地道的东北方言词汇如"山炮""搁那儿""岔劈"之类，更是遭到了来自观众的多方指责。但从其他角度看，赵本山之所以能打出比其他喜剧小品演员更为响亮的娱乐品牌，除了为人们公认的演技高超外，恐怕从根本上得益于他对二人转游戏因素的深入理解和继承。"当学院派不能得到观众的认同时，小品界出现了一群'黑马'，这些小品演员从民间兴起。他们未用小品的形式训练过自己的演技，所以也就不把小品与教学联系在一起。他们已经通过其他途径练就了出色的演技，现在，就以小品这种形式来发挥而已。他们对小品的理解与观众完全吻合，小品就是幽默。他们宁可牺牲教育意义，但必须要让观众笑。观众欣赏这种做法，他们成功了。"[①]赵本山的喜剧小品就是这些"笑"的艺术中出彩的一类。

在内容上，赵本山的喜剧小品多塑造农民形象，《拜年》《牛大叔提干》《三鞭子》《红高粱模特队》《昨天·今天·明天》《钟点工》《说事儿》《策划》《火炬手》《不差钱》以及《捐助》，都从不同角度戏说农民的故事。《拜年》《牛大叔提干》和《三鞭子》是对农村基层干群关系的陈述和思考；《红高粱模特队》呈现给观众的是农民对都市的向往和城乡之间的矛盾冲突；《昨天·今天·明天》《说事儿》叙述富裕农民的日常生活；《钟点工》诉说老农

[①] 杨军、曹保明：《文艺界的"东北飓风"》，《吉林日报》2004年10月28日。

民进城后心理的孤独，至于《策划》《不差钱》《就差钱》和《捐助》塑造的依旧是农民形象，却很难对其明确定位，农民形象更多作为观念背景存在，小品呈现给人们的是演技、语言机制以及情节悖谬所带来的喜剧效果。

除赵本山外，黄宏的喜剧小品表演也很富有东北地域文化特色。黄宏的小品选取多元社会题材，农民题材的如《超生游击队》《如此装修》等，军人题材的如《照相》《打电话》等，工人题材的如《打气儿》《钉鞋》等，农民工题材的如《小保姆与小木匠》，还有表现其他小人物生活的如《擦皮鞋》、凸显社会问题的如《打扑克》《家有老爸》《男家属》等。和赵本山的小品相比，黄宏的小品多了一些深层次的社会关怀，游戏性减弱，意识形态增强，因而可以名正言顺地在历届央视春晚上崭露头角，而不必像赵本山的喜剧小品那样备受争议。如《小保姆与小木匠》中对乡村生活的辩护："人有亚运村，我有寡妇村；咖啡的鸟粪味道也超出了正常人的必需，何必一味向城里人看齐？"并对农村的生活蓝图进行了勾勒："办下来养鸡场的执照你就回来。"《擦皮鞋》表达"三百六十行，行行出状元"的生活道理；《打气儿》教育当代人要善于体味生活的幸福感："现在的人儿吧，真是怪事儿，一天到晚一肚子闲气儿。你给他肉吃，他嫌有味儿，你给他鱼吃，他嫌有刺儿，你给他打打自行车，他还来气儿。对待这种人，就得去去他的味儿，拔拔他的刺儿，撒撒他的气儿。"在明确小品主题的同时，黄宏的小品也继承了二人转的喜剧性衣钵。黄宏小品的喜剧性很大程度上来源于二人转说口的语言机制，如小品《钉鞋》的开场："老年人讲究古板，青年人追求新款，干部穿鞋注意检点，农民穿鞋喜欢乍眼，女同志要穿高跟鞋，为的是把线条显，男的要穿高跟鞋，肯定是对自己个头不满。"其押韵格式遵循的就是二人转的"一顺边口"，即不讲究押韵句子的数量，不换韵而且押上声韵。

在电视媒体之外，东北喜剧小品在都市剧场的演出也在如火如荼地进行。20世纪90年代的东北地区，大小城市的二人转剧场纷纷开张，1995年在吉林市较早的林越的江城剧场，在长春市有徐凯泉1997年成立的和平大戏院，2003年，马普安成立的东北风剧场，同年赵本山在沈阳开办刘老根大舞台，作为打造"绿色二人转"的根据地，并相继在哈尔滨、天津、长春、吉林市、北京等地开办连锁剧场，二人转在都市的演出形成星火燎原之势。此外，辽源的红旗剧场，鞍山的解放电影院和繁荣电影院，以及四平、大庆等中小城市，二人转剧场也纷纷涌现，而在民间的茶社、夜总会以及其他演艺场所，在农村的各类喜庆仪式甚至丧葬仪式上，二人转和喜剧小品也是必备节目。和电视舞台的表演相比，都市舞台的东北喜剧在表演风格上表现为以下特点：一是更为狂放不羁，进一步突出其游戏特征，更加通俗甚至庸俗。这一方面体现在对主流文化的颠覆上。在电视尤其是央视春晚这一主流文化喉舌的舞台上，东北喜剧小品已经表现出一定程度的颠覆性，表现在以"意识形态担当"为辅甚至幌子，以"游戏性"为主上。而在都市民间舞台上，这种颠覆性表现得更加明显。打着"绿色二人转"招牌的刘老根大舞台往往借"意识形态"之名行"游戏"之实，即使以红色歌舞表演开头，演员着军装，唱革命歌曲，但主体内容仍是游戏式的，甚至将主流文化游戏化，经典不再是严肃的经典，反而成了被揶揄的对象。再如小品《美女桃花阵》，它将唐僧师徒四人不畏艰险去西天取经的故事变成了一男一女的打情骂俏和语言游戏。类似的情况难以计数，无怪乎人们对当下东北喜剧小品颇有微词。"当前，在市场经济条件下，民间二人转完全被商品化了。二人转艺术作为一种特殊形式的商品，一旦失去了它的意识形态的特殊属性，必然是沉沦和堕落。并非耸人听闻，二人转的脏和丑，在其二百多年的发展史上，于今为烈。"[①] 当下东北喜剧小品在表演风格上的狂放不羁还体现在对传统二人转演出形式的背离上。传统二人转说唱并行或以唱为主，但在当下二人转舞台上，很少有长篇

---

① 王木箫：《民间二人转现状幽思录》，《戏剧文学》2002年第11期。

大唱。韩子平曾是二人转舞台的领军人物,和搭档董玮一起被称为二人转"皇帝"和"皇后",但其表演如今亦渐渐式微,尤其在都市已没有了市场。当下的二人转演出在很大程度上脱离了"唱"的本体,用中国艺术研究院曲艺研究所所长吴文科的说法,现在的二人转表演"与真正的二人转艺术存在着巨大的反差。'唱曲'的主体特征基本消失,类似'戏剧小品'式的模仿逗乐和'什样杂耍'范畴的吹吹拉拉充斥其间,节目的完整性包括情节的连贯性、人物的典型性和主题的鲜明性更是无从谈起。名为二人转,而实属'四不像'"。[①] 这一评价虽然较少顾及二人转作为底层叙事的"穷欢乐"艺术这一本质属性,但符合当下二人转舞台表演的事实。演员魏三就向观众坦言:"我们俩演出的节目,说是小品不是小品,说是相声不是相声,说是戏剧不是戏剧。二人转这玩意儿就是要跟上时代潮流,跟上时代的脚步。"这里的"时代潮流""时代脚步"即消费文化的兴起,与地域文化因子传承的使命相比,当下二人转在形式上更像文化消费的对象。当下都市舞台上的东北喜剧表演风格之二是更富于时代气息,更具有开放性。如和平大戏院宫庆山写作了多个版本的《擦皮鞋》,他说:"《擦皮鞋》之所以能流传这么久,就是因为我们要把握社会热点,老百姓的议论点,肯定就是看点。在我的《擦皮鞋》里,我就写了网吧这样的生活片段:'十七的、十八的,上网不怕累趴的,家长就像心里刀扎的……'歌星走穴成风、上台假唱的时候我也写过:'走穴的、成风的,成帮结队单蹦的……缺德的、摆样的,拿着麦克瞎晃的、当着观众假唱的……'每次都赢得观众刮刮的掌声。……北京有段时间集中抓骗子,我们的演员在北京演出,让我赶快写个抓骗子的《擦皮鞋》,于是我就写了一段:'出门的、坐车的,不认不识唠嗑的,行骗的、会说的,骗子都有上托

[①] 吴文科:《从二人转"走红"看曲艺当下命运》,《人民日报》2009 年 7 月 9 日,第 020 版。

的……'"① 这体现了东北民俗喜剧作为"活"的艺术和时代文化的紧密结合。

二 东北影视喜剧的产生和发展

伴随着东北喜剧小品的迅速升温,东北影视剧也开始崭露头角。先是《刘老根》系列在央视的连续播出,继而《马大帅》系列,《乡村爱情》1、2以及《圣水湖畔》《都市外乡人》《农家十二月》《种啥得啥》《希望的田野》《美丽的田野》《插树岭》《欢乐农家》《喜庆农家》《今天是个好日子》《月儿弯弯》《柳树屯》《东北一家人》等纷纷登场。《刘老根》在央视播出时,创下10.17%的高收视率。自《刘老根》1、2两部在央视热播取得高收视率后,赵本山拍摄的东北题材电视剧一度成为春节贺岁剧的必备节目,"据央视索福瑞调查,《乡村爱情》的收视率在黑龙江是20个百分点,辽沈地区是10个百分点,南方是5个百分点,在重庆地区排在各电视剧的收视第一位,已超过当年播出的《刘老根》,创出了一个新高。"② 央视从2007年第3、第4季度到2008年第1、第2季度,共播出了包括《清凌凌的水,蓝莹莹的天》《喜耕田的故事》《插树岭》《希望的田野》等超过15部农村题材电视剧,而其中反映东北乡村风情的电视剧超过了一半。2009年,赵本山执导的《关东大先生》再一次掀起东北影视剧热播狂潮。2010年年初,《乡村爱情故事》(《乡村爱情3》)在人们还没有从春节的喜庆气氛中缓过神来,便又轰轰烈烈地上演了。在这些影视剧之外,潘长江的电视喜剧《正月里来是新春》2004年1月份在央视播出,明确以二人转为主题,其他如《笑笑茶楼》《别拿豆包不当干粮》《清凌凌的水,蓝莹莹的天》《喜临门》《城里城外东北人》等也

---

① 《擦皮鞋说的都是社会热点》,《北京娱乐信报》2004年7月31日(http://ent.sina.com.cn/2004-07-31/0646460143.html)。
② 《〈乡村爱情〉各地收视率创下新高 为啥招人看?》,《沈阳日报》2006年10月17日(http://ent.sina.com.cn)。

是东北影视喜剧中独特的风景。

东北影视喜剧的走红一方面得益于其所表现的主题紧跟时代步伐。这些剧作关注农村改革成果，反映当代新农村突破传统观念、努力奋斗发家致富的历程，这一主题几乎在上述列举的每一部电视剧中都有所体现。虽然从内容来看，还存在粗浅、虚假的问题，缺少对建设社会主义新农村、构建和谐社会进程中的现实问题的深刻剖析和反映，难以引起观众共鸣，但在很大程度上全面展示了新农村建设的崭新面貌。另一方面，东北影视剧富有地域文化特征。当下东北影视剧虽然也关注农村改革开放的成果以及在这个过程中所发生的观念冲突、情感冲突、阶层冲突甚至城乡冲突等，但带给观众更多的是东北的地域文化、民风民俗、乡村风貌和东北族群的感情世界。东北影视剧中多加入了二人转元素，如《笑笑茶楼》《刘老根》《乡村爱情》等，用二人转这一东北独特的文化产品诠释东北风情。同时，东北方言的地域文化气息也赢得观众阵阵笑声。2005年10月，"国家广电总局下发《关于进一步重申电视剧使用规范语言的通知》规定：电视剧的语言（地方戏曲片除外）应以普通话为主，一般情况下不得使用方言和不标准的普通话；重大革命和历史题材电视剧、少儿题材电视剧以及宣传教育专题电视片等一律要使用普通话；电视剧中出现的领袖人物的语言要使用普通话"。[①] 然而对东北影视剧却网开一面，虽然一方面因为东北方言更接近普通话，但另一方面与东北方言的独特魅力不无关系。东北方言有独特的押韵格式，如《乡村爱情》中的"天涯何处无芳草，何必非在农村找，找也不找你谢大脚"之类，明显继承了二人转和东北喜剧小品的语言机制。还有人物常有独特的语言记号，如长贵的"事就是这么个事，情况就是这么个情况"，刘大脑袋的口头禅"必须的"，王天来的"为什么呢"，都为人物赋予了个性化的喜剧色彩。另外东北

---

① 《广电总局"严打"方言，东北影视剧得以"幸免"》，《新文化报》2005年10月15日。

影视剧常常设置一些游戏性的情节，甚至很多情节充满了童趣，轻松烂漫，缺少成人式的成熟与沉重。如《马大帅》中马大帅和范德彪之间孩子般的吵架，《乡村爱情故事》中谢广坤用经常晚上蹲在亲家门口看车的方式要回儿子买的轿车，甚至为了将轿车开回自己院子里，不惜将大门拆掉之类的情节，把人与人之间的矛盾轻松化、愉悦化，从而为人们送去快乐和童真。这一点同样继承了二人转和东北喜剧小品的文化精髓。从这个意义上说，东北影视剧更像是喜剧小品的串联，包袱成串，喜剧效果与教育主题并行不悖，达到了寓教于乐的欣赏效果。

从二人转到东北影视喜剧，东北民俗喜剧经历了 300 年左右的发展和变革，它体验了从底层叙事到庙堂承载的"提升"再从庙堂回归民间的历程，感受过底层民众的爱戴和主流文化的排挤甚至摧残，也在当代娱乐文化的背景中如鱼得水，但始终没有脱离其地域文化特质，这也是它历经几百年风雨却能顽强生存的根本所在。

第二章　东北民俗喜剧文化因子传承之一：方言文化

　　语言是一个族群自我认同的基本符码系统，它将历史和文化的构形定格化，使个体得以在一定的价值模式、思维方式所构成的文化共同体中交流和存在。从语言模式中可以发现一个族群的整个历史、深层文化结构以及思维模式。文化沉淀在语言习惯中，不同的语言习惯发展出不同的群体认知系统，不同的认知系统使各语言社团形成独特的世界观、游戏、艺术、娱乐、信仰等都包孕在语言系统中，语言担当着文化传承的重要使命。所以曼纽尔·卡斯特说："语言，特别是发展完善的语言，才是民族自我认知以及建立一个看不见的民族边界的基本特征。……由历史的角度来看，这是因为语言是个人及公众、过去与现在的桥梁，不论国家制度承不承认有这样的文化共同体的存在。……如果说民族主义最常作为自主性的认同受到威胁时的一种反抗，那么当现代化的意识形态及强势的全球化媒体的力量，使得全世界都臣服于一种文化同质性的状况下，语言，作为文化的最直接表现，也就成为文化抗拒的战壕、自我控制的最后堡垒，以及可以确认意义的避难所。因此，民族并非为了服务权力机器而建构出来的'想像中的社区'。它们是人们共同历史的产物。"① 沃尔夫认为:"人类并不仅仅生活在客观世界中,也不仅仅像一般人所理解的那样生活在社会活动中,而更大程度地是生活在特定的语言之中,语言已经成为人类社会的表达媒介。如果以为一个人可以不运用语言而使自己基本适应现实,或以为语言仅仅是一种解决特定的交际问题或思考的随行工具,那完全是一种错觉。事实是,'现实世界'在很大程度上是无意识地建立在一个社团的语言习惯基础上的……我们看到、听到以及以其他方式获得的体验,大都基于我们社会的语言习惯只能够预置的某种解释。"②

方言是某一地域文化的确证。东北方言与其深嵌其中的生活方式的深刻背景,共同构成东北人社会生活的整体。东北民俗喜剧作为最贴近东北民众生活的艺术方式,将东北方言演绎得淋漓尽致,因此透过方言研究,可以透视东北民俗喜剧对东北地域文化的传承。

第一节 词汇的地域文化因子传承

一 命名暴力

名字是一个人用于和他人相区别的标识。名字中往往蕴含着个体成长的时空背景,如在中华人民共和国成立初期,很多人以"建国""中华""丽华""大国"等词语作为名字。更多情况下,名字蕴含着一个人出生时的特定情境和长辈对自己的情感与成长期待。此外,名字中还包含着特定的地域文化特征。"每个人都有名字,所有的文化和语言都在其中有某种区别自己与别

---

① [美]曼纽尔·卡斯特:《认同的力量》,夏铸九等译,社会科学文献出版社2003年版,第59页。
② [美]本杰明·李·沃尔夫:《习惯性思维、行为与语言的关系》,高一虹等译,《论语言、思维和现实——沃尔夫文集》,商务印书馆2012年版,第127页。

人、我们与他们的方式……对自我的知识——总是被'建构'的,虽然有时看来很像是被'发现'的——永远无法与他人独特的、用来了解我们的说法分开。"① 名字在很大程度上暗含着某一族群文化的影像,反映特定文化语境的深层结构。

东北民俗喜剧中有一个值得注意的现象,就是艺人的艺名颇具特色。除了"傻子"的艺名被普遍使用外,其他的如"小红鞋"(清道光年间的二人转艺人,真名不详)、"小骆驼"(王兴亚)、"高豁牙子"(1844年即道光二十四年前后的二人转艺人,真名不详)、"老叉婆"(王伦生)、"孙大娘"(男艺人,真名不详)、"王四猴子"(王宝珍)、"赵破裤子"(赵富)、"杜大下巴"(杜国珍)、"王三乐子"(王尚人)、"含糊"(李泰)等对艺人都明显有"丑化"之嫌。在当代东北影视剧中很多人物形象都有自己的外号,如"大辣椒""药匣子""嘎牙子""肥子"(《刘老根》),"韩老实""陈快嘴""徐三懒""老鸹子""郭老歪""黄老三""黄老四"(《圣水湖畔》),"马趴蛋""二歪""牛二损""四驴子"(《插树岭》),"谢大脚""王老七""赵四"(《乡村爱情》)等,这种情况在小品中也频频出现,如"赵老蔫""三胖子"(《拜年》)。不难看出,其命名或者突出人物的外形缺陷、生理缺陷和性格缺陷,或者显示人物的性别错位,或者将人物化,或者将人符号化。概括地说,将人"非人化"。

将人非人化并非东北民俗喜剧的专利,在西方现代派作品中充斥着符号化的人物形象,《变形记》中的大甲虫、《审判》中的K等都只是一个符号的空壳,其命名目的是指涉当代人"异化"的生存处境,至于有血有肉的人物自身并不是作品要表现的对象。当代小说中也有很多傻子形象遭受命名的暴力。余华《我没有自己的名字》中的傻子来发,除了陈先生,小镇上再无人

---

① [美]曼纽尔·卡斯特:《认同的力量》,夏铸九等译,社会科学文献出版社2003年版,第2页。

知道他的名字，人们以"傻子""老狗""擦屁股纸"等词语来称呼他，这"意味着作为社会的人的主体性被取消，个体在社会秩序中合法性的丧失，同时也即宣布了个体话语和行为的无效性"。①

东北民俗喜剧中人物命名的"暴力"现象与上述文学作品不同。在这些名字的背后，隐藏着东北文化的深度模式。

作为偏安中国一隅的东北文化，既远离中原传统的教化文化，更与受西洋文化熏陶的沿海地区文化迥然有别。东北文化根植于寒风凛冽、冰天雪地的"大荒"之中。《山海经·大荒北经》中说："东北海之外，大荒之中，有山名曰不咸，有肃慎氏之国。"② 这个大荒的环境中，素来人口稀少，即使在清军入关之后有大量的流民补充进来，但其人数和广袤的东北平原比较起来，仍显清冷。清代200年的封禁政策，又在很大程度上阻挡了流民的脚步，在这样艰苦的生活环境中，"生存是第一要义"的信念似乎更加深入人心，个体的生存越发离不开群体，互相帮扶也成了生存的必要条件。于是自古以来，东北人便在无意识中形成一种"亲近"的共识，从而形成了与中原教化文化相区别的东北文化。

和中原文化相比，东北文化缺乏人为规定的等级秩序和礼法规范，显得无序和随意。东北人的日常生活少有君君臣臣父父子子的纲常，东北文化也没有对于理想人格、君子之风的上下求索，缺乏对人生境界的形而上思考，而是立足于现实生活，在柴米油盐酱醋茶和情感的磕磕绊绊中感受着生活的过程。尽管东北文化缺乏人为的刻意塑造，却能在一种集体的认同中保持人与人之间的和谐，其原因在于，东北文化是以情感而不是以规范和秩序为核心维系的文化。东北人日常生活中对规范和秩序的尊重意识相对滞后。东北人更多从感受和情感的合理性出发思考问题，尽管"合理性"因人而异，有

---

① 沈杏培、姜瑜：《当代小说中傻子母题的诗学阐释》，《理论与创作》2005年第1期。
② 袁珂校注：《山海经校注》，上海古籍出版社1980年版，第419—421页。

着明显的主观性和不确定性，但东北文化不需要更多人为规定来强制性地维系人伦的和谐，要归功于本质上人和人之间更为亲近的关系。这些从其他文化视角看待的粗俗命名在东北人那里并非恶意攻击或贬损，也没有西方现代派文学的符号象征意义，将人"非人化"只是东北人言语交际的一种方式，包含着东北人对自我与他人关系的独特理解：对方的取笑是亲近的表示。所以对于这种具有丑化倾向的粗俗命名，东北艺人不仅没有表现出反感，反而欣然接受。艺名最简洁地概括了艺人的表演特长，是对其技艺的认可，更重要的是，它是观众亲近艺人的信号。无论是夸大缺陷还是人的物化，都只是强化艺人的某一方面特征，甚至是夸赞艺人在舞台上的精湛表演。

　　东北民俗喜剧中的人物关系也在这暴力命名中得到改善。小品《拜年》叙述一对农民夫妇给乡长拜年，一开始很礼貌地称呼"乡长"，但当二人误以为乡长被撤职时，称谓发生了变化："啊呀呀呀也别过了年了，谁听不明白呀，现在我就明白了，那还用问哪，肯定是包给你小舅子了，你俩合伙包的，我说三胖子……"从"乡长"到"三胖子"的称谓变化，并非农民夫妇的恶意嘲弄，对此，农民丈夫的台词做了很好的解释："哎呀我的妈呀，你下来你早说你看把我两口子累的。这家伙下来也就平级了我也不用怕你了，哎呀下来了。""三胖子"的称谓一出口，人物之间的关系也被拉近了。"三胖子"不再是须仰视才见的乡长，而是和自己可以进行平等对话的对象。在长辈对晚辈以及亲近的同辈人之间，这样的称呼常常能够拉近对话双方的距离。类似的情况在下面的文字中也可以感受到：

　　　　大辣椒哈哈笑着指点刘老根："好你个死老根儿，一见面就叫我外号。我这外号是你给我叫出去的，我下辈子也饶不了你！"（《刘老根》）
　　　　"你看你那头长得跟扁铲一样，丁香能看上你？"
　　　　"你看你往那一坐跟粪堆一样。"（《刘老根》）

对他人的贬损还由命名延伸到了日常对话中：

> 韩老实瞪了曹大旋网一眼说："我稀得邪你？别在那儿自觉不错了！就你长的那熊模样儿比我丑好几倍，我邪谁也邪不到你头上啊！"（《圣水湖畔》）

这是在说话双方没有心理芥蒂的情况下进行的言语行为，并非韩老实的真实想法。韩老实只不过在通过丑化对方以激起话题，以便延长对话过程从中获得辩驳的乐趣。这里，对话的内容反而成了对话本身的载体而变得无足轻重了。这种命名方式不仅出现在民俗喜剧中，在东北民间也不乏类似情况，傻柱子、狗蹦子、狗剩子、王麻子、李秃子之类，不一而足。但这些名字用于长辈对晚辈以及熟悉的同辈人之间同样并非恶意的嘲弄，即使不是有意识的亲近行为，起码是"说者无心，听者无意"的善意玩笑。"语言交往具有双重结构，只有在具备了人际之间的交往关系的同时，才有可能就命题内涵进行交往。而这正体现了人所特有的认知能力和行为动机与语言的主体间性之间的相互作用，语言所发挥的是一种转换功能：由于诸如感觉、需求以及情感等心理过程被转移到了语言的主体间性结构中，因此，内在事件和内在经历就转变成了意向内涵，而认知则转变成了陈述，需求和感觉则转变成了规范期待（戒律或价值）。"[①] 东北民俗喜剧中的粗俗命名是东北这一特定文化空间中人与人之间交往方式的呈现，它或者是表面上贬损，实质上赞美；或"贬损"只为引出和维持话题进行的形式，对话的过程本身才是目的。不论哪种情况，暴力命名的目的都不在"暴力"本身，倒很可能是善意的曲折表达。

暴力命名在东北民俗喜剧中之所以有这样的特别内涵，源于东北文化的"游戏"特征。如同巫术是原始人精神生活的最重要内容一样，游戏是东北人

[①] ［德］尤尔根·哈贝马斯：《合法化危机》，刘北成、曹卫东译，上海世纪出版集团2009年版，第13页。

精神生活的一面大旗。客居他乡和政治上的不合法地位，使清代东北流民有一种独特的文化心理——流浪汉式的快乐。收获这种快乐的最简单和无奈的方式就是在彼此的笑骂中努力赢得一点在智力上胜过对方的扬扬得意。寻找快乐、制造快乐历来是东北人寻求精神安慰的方式，互相取笑逗乐使他们在语言狂欢中获得了跃出生活常态的"异在"现实，但它又融于现实，成为生活的重要组成部分，从这个角度看，东北人既将生活游戏化，也将游戏生活化了。所以他们不沉重，没有瞻前顾后之忧，更不想刻意挖掘语言的深层隐喻功能，只关注语言的游戏乐趣。在这里，语言的外涉与内指功能都宣告失效，"傻子"不是弱智的代名词，"高豁牙子"和"杜大下巴"也不是对被命名者的讥讽，而是东北人收获快乐的言语策略。从这个意义上说，东北民俗喜剧用粗俗命名编织了一个制造快乐的梦工场。

　　语言和文化互相孕育，语言在文化中诞生，又强化了其所在群体的文化属性。"在很大的程度上，其实世界是无意识地建立在人类集团的语言习惯之上的。从来没有两种语言相似到足以被认为是反映同一社会实际的地步。不同的社会所处的世界乃是各有区别的世界，而并非同一世界被贴上了不同的标签。"[①] 东北民俗喜剧中的粗俗命名折射了东北文化的狂欢属性，使它不仅向善，而且向美。但它既不通过美丑对比突出美，也不通过主观评价化丑为美，而是直接择取人的缺陷进行夸张，使之从生活的常态中逸出，感受这非常态的乐趣。所以粗俗命名是一种发现，更是一种创造乐趣的方式。

　　当我们惯于从寄寓思想内涵的审美期待中看待东北民俗喜剧的暴力命名时，会感到它如此不可理喻，因为它分明没有"告诉"或"教给"我们什么，而只在"无谓"的笑骂和胡闹中分享简单的快乐；当我们从别样的文化视角审视被"暴力"命名者的态度时，更感到困惑和不解，因为他们不仅不

---

① 童恩正：《文化人类学》，上海人民出版社 1989 年版，第 130 页。

会对此行为反感，反而常常以此为乐。但这恰恰是东北民俗喜剧的特别之处：化"暴力"为快乐，化腐朽为神奇。

二　具象思维

感觉是人类认识世界的第一扇窗，也是人类生存意义的最重要组成部分。"生存作为体验"似乎是个颠扑不破的真理，它吸引人们不厌其烦地拓展感觉范围、创造感觉对象、延长感觉过程。对感觉的依赖和留恋是人的宿命，对此，亚里士多德这样论述："求知是人类的本性。我们乐于使用我们的感觉就是一个说明；即使并无实用，人们总爱好感觉，而在诸感觉中，尤重视觉。无论我们将有所作为，或竟是无所作为，较之其他感觉，我们都特爱观看。理由是：能使我们识知事物，并显明事物之间的许多差别，此于五官之中，以得于视觉者为多。"[①] 在诸种感觉中，视觉尤为重要。"在思维活动中，视觉意象之所以是一种高级得多的媒介，主要是由于它能为物体、事件和关系的全部特征提供结构等同物（或同物体）。视觉形象在多样性和变化性方面堪与语言发音相比。"[②] 视觉由于更大限度地还原事物本身，得到了人们更多的青睐，于是人们通过各种方式制造视觉形象以取代抽象生涩的概念判断。

语言是人类创造的概念符号之一。尽管各个民族的语言在产生之初都和形象有着千丝万缕的联系，但语言是符号而不是形象本身，即使形义结合较紧密的语言，也无法代替图画的功能。语言的形象性是语言可向图画转化的特征，但"语言只不过是思维的主要工具（意象）的辅助者，因为只有清晰的意象才能使思维更好地再现有关的物体和关系。语言的功能基本上是保守的和稳定的，因此，它往往起一种消极作用——使人的认识活动趋于保守和

[①] ［希腊］亚里士多德：《形而上学》，商务印书馆1991年版，第1页。
[②] ［美］鲁道夫·阿恩海姆：《视觉思维——审美直觉心理学》，滕守尧译，四川人民出版社1998年版，第309页。

静止"。① 语言是人类最重要的交流工具，但由于语词会使概念凝固，所以常对意义的表达起限制作用，这是庄子"言不尽意，得意忘言"产生的根由。

然而语言的消极功能并非不可逆转。东北方言善于打破语言的概念性模式，通过将语言转化为一套知觉形式——听觉的、动觉的、视觉的——的集合，形成了独具特色的具象性。

（一）知觉还原

"在视觉艺术中，由各种形状和色彩式样构成一个特殊的陈述性意象。语言文字的形态（形状）则要加以削凿，使之集中唤起一种意象。至于这种意象的个性则是通过各种标准的符号的结合间接地诱导出来的。"② 汉字虽然是表意符号，但在长期的定型使用中，很多语词失却了形义之间的本然关联，已经不能给人带来符号之外的更多形象联想，而转化为或更多地被用作其他含义。如"之"的原本含义"走"在现代汉语中逐渐淡化甚至被遗忘，此外诸如吃醋、续弦、狐疑、哽咽、矛盾、鸡眼、薪水、吹牛一类的词在产生之初，富于视觉、听觉乃至触觉的质感，但其具象譬喻的特征在长期使用后也为固化的概念所替代。东北方言在汉语的具象思维一定程度上失效的情况下重新建构语义与形象之间的密切联系，打破语义的僵化模式，唤醒了人们去重温形象的美好体验。

东北方言中有很多语词如"白眼儿狼""苞米瓢子嗑""病篓子"（病秧子）"车轱辘话""大眼儿灯""连汤水不涝""水裆尿裤""水水汤汤""汤是汤水是水的""瘪茄子色儿""矮地缸子""光腚光""滚刀肉""猴儿头儿八相""黄嘴丫子""懒牤子""狼虎""驴性八道""驴粪球子""十个头""小闷头户""烟儿炮""爷态""一担头子""茬子""直巴筒子"等都是把

---

① ［美］鲁道夫·阿恩海姆：《视觉思维——审美直觉心理学》，滕守尧译，四川人民出版社1998年版，第325页。

② 同上书，第340页。

视觉、听觉、触觉等组合在一起，构成一个个知觉的链条，展示事物的状貌和性质。如"苞米瓢子嗑"将"嗑"这一听觉现象和视觉的"苞米瓢子"组合在一起，在通感的基础上把苞米瓢子的"难以下咽"和"话语引起对方不快"的性质联系起来，意为"难听的话"却又比这一语义丰富而细腻，因为它描绘了难听的程度和具体感受。"水水汤汤"兼具视觉、听觉和动觉，其意义同样超越了"做事不够利落干净"的简单判断，把水和汤如何被不小心地东泼西洒使环境变得凌乱不堪的状貌生动地摆在人们面前。"瘪茄子色儿""矮地缸子""滚刀肉""猴儿头儿八相""黄嘴丫子""懒忙子""狼虎"（轻声）"驴性八道""驴粪球子""小闷头户""爷态""茬子""直巴筒子"等都用于形容人的长相或品性之类，文字上却似乎与此毫不相干，而是"声东击西"，顾左右而言他，将意义转移到相关或相似的意象组合上。人恐惧或劳累到气色如"瘪茄子"的程度，矮且粗壮似"地缸子"，难以调教堪与"滚刀肉"相比，没有经验像嘴角还泛黄的幼鸟（黄嘴丫子），懒惰如牛（懒忙子），脾气暴躁似驴（驴性八道），长相和"驴粪球子"一样疙疙瘩瘩，刁钻难以对付像治疗疖子这类顽症般艰难（小闷头户），称王称霸到以"爷"的地位自居（爷态），和"茬子"一样令人望而生畏，性情直率得像一个不会拐弯的筒子（直巴筒子），用语简洁却蕴含想象和联想意义。

东北方言是活蹦乱跳的语言，充满着感受和体验的精神。还形象于语言使人的生生不息的生命本质得以真正展示，也是托物以连类和引怀的诗意精神的体现。如古人所说："盖正言直述，则易于穷尽，而难于感发。唯有所寓托，形容摹写，反复讽咏，以俟人之自得，言有尽而意无穷，则神爽飞动，手舞足蹈而不自觉。"[1] 这段文字用于形容东北方言恰如其分。

（二）动态链接

在形象的静态呈现之外，东北方言还有更为生动的形象联想：

---

[1] 周寅宾点校：《怀麓堂诗话》，《李东阳集（第二卷）》，岳麓书社1985年版，第535页。

八竿子打不着，矬子里拔大个儿，掰不开镊子，掰扯，掰理儿，白楞，帮狗吃食，绑钉儿，包渣儿，背包罗伞，不上线儿，抽条，穿兔子鞋，大拿，地出溜，查桃毛，街溜子，横晃，横踢马槽，急头掰脑，进盐酱，开瓢儿，快溜，牢绑，露一鼻子，卖呆儿，磨豆腐，拿不出手，拧腚儿，胖揍，刨食儿，撒儿咧儿，撒丫子，撒目，臊皮，手拿把掐，耍单儿，耍狗砣子，耍圈儿，耍驴，耍耳音，甩钢条，耍小脸子，体登，歪扯斜拉，歪门靠框，五雷嚎风，五迷三道，舞马长枪，絮窝，轧马路，摇头拨拉角，针儿扎火燎，嘴返潮，坐窝儿，撂下脸儿。①

这些词语都有动词，大部分是动宾结构，然而在东北方言中其语义基本脱离了"做什么"的本义，变成了对人的状貌和性质的描摹。列举意义如下：

八竿子打不着——距离、关系遥远。

矬子里拔大个儿——因选择范围有限，难以选到好的人才或事物。

掰不开镊子——手脚不能灵活运动。

绑钉儿——一直做某事。

查桃毛——做事慢，磨洋工。

横踢马槽——故意惹是生非，制造混乱。

急头掰脑（脸）——性情急躁。

进盐酱——接受他人的建议。

甩钢条——显示自己本事大。

针儿扎火燎——娇气，不能承受些许困难或别人的批评。

这些动词短语不仅失去了本义，也失去了作为动词短语的语法功能，而变成了情态和特征的描述。

---

① 选自马思周、姜光辉：《东北方言词典》，吉林文史出版社2005年版。

上述方言语词的意义转换可以切分为两个方面：变符号为图画；变图画为动画。"语言是语词在一个维度上（直线性的）的连续排列，因为它被理性思维用来标示各种概念出现的前后次序。"① 语言不是图画而是符号，是一系列概念有序接合形成的语词串。东北方言打破语言仅在时间维度上的直线式流动，用一种譬喻式的推理变符号为图画。"诗的图画的主要优点，还在于诗人让我们历览从头到尾的一序列画面，而画家根据诗人去作画，只能画出其中最后的一个画面。"② 诗人用语言作画，图画在时间和空间两个维度的延展中，实现语言概念表达和形象体验的双重功能。

上述语词意义转换的另一个方面是化静态的知觉链条为动态的知觉网络。它们不是画面的简单呈现和并置，而是画面的有机连接。"八竿子打不着"是用八个竿子连接在一起去打的场面，具体谁打、怎样打、打什么以及为何打不着则是巨大的形象空白，等待受话者依靠想象去填补。填补后的画面不是静态的形象，而是一个个连续播放甚至纠结在一处的画面，一个令人眼花缭乱的热闹的生活图景。经过动态场景的描摹，知觉链条进一步组合为知觉网络，视觉、听觉、触觉等感觉交织在一处，难解难分，图画链变成了动画网。

（三）语义跨越

在东北方言和民俗喜剧中，歇后语的使用极为频繁。歇后语由两个部分组成，前部分截取人们熟悉的生活场景，即"引"或"譬"，后部分在前部分的基础上做抽象概括，为"注"或"解"。

　　冻面条——一碰就折

　　小猫吃小鱼儿——有头有尾

---

① ［美］鲁道夫·阿恩海姆：《视觉思维——审美直觉心理学》，滕守尧译，四川人民出版社1998年版，第327页。
② ［德］莱辛：《拉奥孔》，朱光潜译，人民文学出版社1997年版，第76页。

第二章 东北民俗喜剧文化因子传承之一：方言文化

旗杆顶上绑鸡毛——好大的胆（掸）子

癞蛤蟆蹲到菜板子上——硬装大堆肉

包脚布子满天飞——美得都不知哪国旗号

屎壳郎掉粥锅里头——净充大粒黑豆

耗子掉面柜里头——净充白胡子老头

大马勺炒砂子——干汤干卷

耗子进书房——口口嗑窟窿（咬文嚼字）

大姑娘裁裤子——闲置忙用

武大郎玩鸭子——什么人玩什么物

苍蝇落蒜地——净搬大头

  从审美效果上看，这些歇后语里面包含着两个对抗性的跨越。一为形象之"大"向概念之"小"的跨越。歇后语只拣取形象的一部分要素，抽取出概念内核，或者说形象和概念之间只存在部分对应关系。很多歇后语一语多解，或一解多语，前者如"小猫吃小鱼儿"既可以解释为"有头有尾"，也可以概括为"理所当然"或其他，只是所取的形象片段不同而已。后者如二人转的零口《小帽是引子》中关于"小帽"的歇后语："烟袋锅不叫烟袋锅——小帽""高粱壳不叫高粱壳——小帽""酱斗帘子不叫酱斗帘子——小帽""玻璃花眼睛不叫玻璃花——小帽"。一个形象可以表达多个概念，反之，一个概念也可以由多个同类形象来表达，概念与形象之间只存在局部的对应关系。在从形象的模糊、漂移到概念的确定的跨越中，想象被充分调动起来。二为形式向内容或本质的跨越。为引求解是一种猜谜的语言游戏，为解提供一个形象场的依托又使抽象本质得以从感受中获得。猜谜是形象感受和设想多种意义可能的过程，但结果往往出其不意，在设想期待落空和丰富的形象感受转化为逼仄的抽象概念的一瞬间，人的心理也经历了一次跨越。

  歇后语在本质上是一种隐喻。它把外在世界理解为一个连续的、充满生命的整体，一个"实体性"的焕发生命气息的世界。它通过推己及物、推物及物的类推思维，在不断变动的直观感觉中获得意义。它把个别的事物集合起来抽象出一个共同的性质，在熟悉的事物中归纳出范例或理想的图像，并在相似性和统一性中，由个别形成普遍。"（隐喻）是最受到赞赏的，如果它使无生命的事物显得具有感觉和情欲。最初的诗人们就用这种隐喻，让一些物体成为具有生命实质的真事真物，并用以己度人的方式，使他们也有感觉和情欲，这样就用它们来造成一些寓言故事。所以每一个这样形成的隐喻就是一个具体而微的寓言故事。"① 从这个意义上说，东北方言词语也可以看成一个个具体而微的寓言故事，里面充满了质感和活跃的生命气息。

（四）情感投射

移情和感性知觉的相生相伴是审美活动中的普遍现象。"在一个美的对象前面我感到一种欣喜的情感，这句话就等于说，我感到这种情感，是由于看到那美的对象所直接呈现于我的感性知觉或意象。我感到这种情感，是当我观看这个对象，也就是对它注意得很清楚而把它一眼摄进知觉里的时候。"② 形象常和情感紧密结合，因为形象给人体验和感受，而情感是感受的升华。中国诗歌充分把握审美心理的这一特性，提出"因物而感、因感而作"的诗歌创作路径。

语言可"达意"，也可"传情"，但不同的语言系统"传情"的能力和方式有别。情感可以直接表达，但往往单薄缺乏回味。由形象激发的情感却内蕴丰富，因为形象感受相对于直截了当的判断来说，是在时间和空间中延展的过程。东北方言在形象的描绘中常常包裹着浓厚的情感因素。如下面的词语：

---

① ［意］维柯：《新科学》，朱光潜译，人民文学出版社1986年版，第180页。
② ［德］里普斯：《移情作用、内模仿和器官感觉》，伍蠡甫、胡经之主编：《西方文艺理论名著选编》中卷，北京大学出版社1986年版，第468页。

第二章　东北民俗喜剧文化因子传承之一：方言文化

大拿，十个头，手拿把掐，汤是汤水是水的，八竿子打不着，矬子里拔大个儿，白眼儿狼，白楞，帮狗吃食，背包罗伞，不是好饼，穿兔子鞋（逃跑），矮地缸子，地出溜，查桃毛，街溜子，光腚光，滚刀肉，横晃，横踢马槽，猴儿头儿八相，黄嘴丫子，急头掰脑，懒牝子，狼虎，连汤水不涝，驴性八道，驴粪球子，磨豆腐，拧腔儿，胖揍，刨食儿，撇儿咧儿，耍狗砣子，耍圈儿，耍驴，甩钢条，要小脸子，水裆尿裤，水水汤汤，说出大天，歪扯斜拉，歪门靠框，五雷嚎风，五迷三道，舞马长枪，小闷头户，絮窝，爷态，一蛋头子，一溜十三遭，针儿扎火燎，直巴筒子，缺德带冒烟儿，美出鼻涕泡，四六不上线①。

这些词语都有着鲜明的褒贬态度，形象取材和组合本身已经决定了其情感倾向。如"十个头"不仅仅描述十个人一起点头的场景，更进一步表达赞赏的情感态度。从"背包罗伞"里包覆盖着包、伞重叠着伞的情境中也透视出身体进而心理的沉重。"穿兔子鞋"除了表达像兔子一样跑得快之外，还包含着对远离责任与义务的贬责。"磨豆腐""拧腔儿""刨食儿""撇儿咧儿""针儿扎火燎""絮窝""一溜十三遭"等似乎很中性化，但在东北方言中都有非常明显的对人或事物贬低的倾向性，如"撇儿咧儿"是对人说话态度的轻蔑，"刨食儿"是艰难地寻找生活来源，"絮窝"指人邋遢如动物，"一溜十三遭"形容白费努力，等等。如果脱离东北方言使用的文化语境，这些词语将失去特定意义。

这些具象化语词的使用包孕着比概念化的陈述更为浓厚的情感因素，以己度物、以物度己、推己及人、推物及物，总之在人与人、人与事物以及事物与事物之间建立起了普遍的联系。李泽厚在《形象思维续谈》中，指出

---

① 选自马思周、姜光辉：《东北方言词典》，吉林文史出版社2005年版。

"情感性比形象性对艺术来说更为重要。艺术的情感性常常是艺术生命之所在"。① 从这个角度看，东北方言的具象思维和情感的充分表达之间构成了手段和目的的关系，形象化的东北方言成了东北人内心充盈情感的"客观对应物"。东北方言实现了情、景、意的交相融合，体现了东北人的诗性智慧。

语言常使概念从直接体验中分离并稳定。"在大多数情况下，语言会抵消知觉活动把事物看作'纯形式'的倾向。由于语言是按照人类的实际需要创造出来的，所以它总是暗示出事物在功能方面所属的范畴，因此，它总是设法超出纯粹的表象。"② 东北方言用相应的具象使概念生动可感而有所依托，让形象在语言中回归自身，超越了语言对事物功能范畴的暗示，使语言从单薄和僵化的模式中复苏，以立体、形象的方式呈现生命画卷，触发人们脑海中储存的各种表象联想，把一个个枯燥的概念还原为感觉的交织运动。

这一过程实际上是把语言已经萎缩的形象感受过程再次延长，"艺术中的视像是创造者有意为之的，它的'艺术的'创造，目的就是为了使感受在其身上延长，以尽可能地达到高度的力量和长度，同时一部作品不是在其空间上，而是在其连续性上被感受的。"③ 经过知觉还原、动态链接、语义跨越以及情感投射，东北方言实现了概念与图像、理性与感性、本质与个别的调和与统一，将概念性的认知引向了审美。

东北方言为"感觉"这一人类文化的宿命提供了最为恰切和日常化的表达方式，人们在日常语言交流中时刻感受到丰富的形象、浓郁的情感和语义跨越的乐趣。东北民俗喜剧将东北方言的这一特性发挥得淋漓尽致，并因此赢取了观众的不竭掌声。东北方言的具象思维特点体现了东北文化的"集体

---

① 李泽厚：《美学旧作集》，天津社会科学出版社2002年版，第204页。
② [美]鲁道夫·阿恩海姆：《视觉思维——审美直觉心理学》，滕守尧译，四川人民出版1998年版，第319页。
③ [俄]维克托·什克洛夫斯基：《作为手法的艺术》，朱立元、李钧主编《二十世纪西方文论选》上卷，高等教育出版社2002年版，第188页。

无意识"：对形而上思维的淡漠和对感性直观性的依恋。东北人把眼睛更多盯在实实在在的点滴生活。由于生存条件的恶劣，他们无暇沉思，柴米油盐酱醋茶和日常情感的磕磕绊绊几乎占据了他们生活的全部；又由于远离中原文化的教化，他们既无兴趣也无能力思索形而上的问题，缺乏家国同构的忧患意识。东北人对世界的理解更多地来源于现实的感性直观，来源于踏踏实实的生活，这一点从本书所列举的语言实例可以明显感觉到。从动物类的"狼、狗、兔子、猴儿、马、驴、牛"到事物类的"汤、水、包、伞、饼、鞋、缸、桃、肉、豆腐"乃至"鼻涕泡"都是东北人最生动的生活场景的组成部分。维柯说："诗性语言的产生完全由于语言的贫乏和表达的需要。诗的风格方面一些最初的光辉事例就证明了这一点，这些事例就是生动的描绘，意象，显喻，比譬，隐喻，题外话，用事物的自然特性来说明事物的短语，把事物的细微或轻易感觉到的效果搜集在一起的描绘，最后是加重语气的以至累赘的附加语。"[①] 但对东北方言来说，语言的形象性与其说反映了东北语言的贫乏和无能，毋宁说体现了东北人的智慧。对形而下的关注是否喻示着东北人仍旧保留着童年式的思维方式，和这一族群智力的低下？是否意味着这种"跟着感觉走"的文化在当代文化中的不合时宜？在本书看来，情况恰恰相反，正是对形而上思维的淡漠催生了东北方言的独特性，也使东北民俗喜剧成为人类已经进入理性时代的今天一道独特的文化景观。

---

① ［意］维柯：《新科学》，朱光潜译，人民文学出版社1986年版，第213页。

第二节　　修辞的地域文化因子传承

一　语音修辞

"气韵"是中国古代的一个审美范畴,最早见于南朝谢赫《古画品录》中的"气韵生动是也",在这里"气韵"是品评画作的标准。"气"既是自然之气——生命的原初动力,也是人的性格、情感与气质风度。"韵"从"匀"、从"音",是通过气流从肺部到口腔的流动以及口腔对"气"的吐纳方式对语音时间流的切割所产生的节奏。"气韵"即在对语音时间流的切割节奏中所展示人的原初生命力和性格、气质。"气韵""生动"即"气之韵""生之动",它们都是人的生命信息的呈现。从这个角度理解,气韵就不仅体现在审美活动中,而且体现在人的一切生命活动中。言语活动恐怕是最能体现"气"之流动的人类行为之一。言语行为是一套动作系统,它伴随必要的肢体动作和表情。"韵律……从历史上看它一直和舞蹈密切相连,二者的联系依然保持不变,这基本是无可置疑的。这至少符合某些'韵式'。要么是运动形象,即舞蹈的感觉形象,要么是想象的和初期的运动,后者可能性较大,它们随着音节而出现,并且构成了音节的'诗韵动态'。"[①] 在言语动作与肢体动作的紧密结合中,人的生命节奏得以舒展和呈现。而所谓"言为心声",人在言语中的动作方式直接表明他的情感态度,他的"气"的本质。而某一族群的语音之"韵"也是这一族群之"气"的反映。

东北方言是一种"杂交语言",主要由三部分组成:一部分是移民带来的

[①] [美]艾·阿·瑞恰慈:《文学批评原理》,杨自伍译,百花洲文艺出版社1997年版,第127页。

京、津、冀、鲁、豫等地的方言，一部分是土著少数民族和历史上陆续移民而来的少数民族语言，还有一部分是周边国家语言渗透和影响后的遗留物。这些复杂的语言成分和东北特定的地域文化相结合，就构成了接近普通话却显现出很多独特特征的东北方言语音体系。

（一）拟声词

语言中以语音的形式对自然界的声音进行模拟而形成的词为拟声词。但拟声词和自然界声音的关系并非一一对应，语言从根本上是一种文化记忆，"语言是一系列符号的产物。语言的象征性首先不是因为形式，而是因为发声。……语言一直都是记忆，而且是先于特殊的形式构成之前的记忆，是集体经验和集体方向的存储器。"① 在拟声词的发展过程中，很多被"拟"之声渐渐模糊甚至被遗忘，但语音在不断使用过程中所积累的情趣却被固定下来，并成为一种文化标记印证了一个族群的心路历程。

东北方言中有很多可以用单字表达的意义却被延伸为四字词：

酸巴溜叽——酸，淡拉巴唆——淡，直巴楞登——直，贱巴喽嗖——贱，浪巴溜丢——浪，长巴咧些——长，黏大呼哧——黏，透亮什奔儿——透亮，二虎巴登——虎，干巴拉瞎——干，艮拉吧叽——艮，湿拉古（轻声）叽——湿，虎拉巴叽——虎，烂的忽（轻声）吃——烂，水拉咣当——水，水拉巴查——水，瘸拉嘎唧——瘸，瘦筋嘎拉——瘦，水拉吧唧——水，水拉巴叉——水，乌拉巴涂（阴平）——乌，稀巴楞登——稀，稀里逛当——稀，瞎目忽噔——瞎，直巴楞腾——直，贼巴溜秋——贼，恶心巴拉——恶心，半拉咔叽——半拉，毛楞三光——毛楞。

---

① [德] 扬·阿斯曼：《文化记忆》，选自 [德] 阿斯特莉特·埃尔、冯亚琳主编《文化记忆理论读本》，北京大学出版社2012年版，第5页。

这些词语的意思和后面的单字意思基本相同，但加上拟声后缀，意义的表达效果便有了很大的差别。上述例子中的后缀大部分是在单字意义的基础上加上了否定性的情感评价，"酸巴溜叽"不仅"酸"，而且包含着对这种"酸"的厌倦；同时，上述词语都采用了"重音实词+轻声拟声词+阴平拟声词+阴平拟声词"发音格式，轻声拟声词前承重音实词，以轻声之弱反衬作为本词中心意义的第一个字，并且拉长它的发音时间，起到强化其意义的目的；后接两个阴平字，在轻声的衬托下有被突然抛出之感，增强了语音的起伏变化；两个阴平读音是在强调第一个字所表示的性质的单调，而且常常叠韵，如"楞登""溜秋""喽嗖""拉瞎""巴拉""咧些""巴查""逛当""嘎拉"等，更富于音乐的美感。

类似的情况也出现在下列三字词中：

木个张——木，蔫古龙——蔫，蔫不唧——蔫，胖得乎——胖，生呲拉——生，湿的涝——湿，甜不叽——甜，黏古（轻声）嗒——黏，臊巴嗒——臊，蔫巴登——蔫，扁大哈——扁，臭大哄——臭，轻大撩——轻，阴忽（轻声）拉——阴

上述三字词读音的基本格式为"重音实词+轻声拟声词+阴平拟声词"，其语音效果与以上的四字词基本相同。

上述格式的词语构成总的说来可以分为两部分，实词部分为基本意义叙述，轻声拟声词用于延长这一基本叙述；读音为阴平的拟声词通过特殊的拟声音响制造抒情效果，所以可以概括为"叙述+抒情"或者"说+唱"的表达格式。《毛诗序》对艺术传情达意的功用有如下的论述："诗者，志之所之也，在心为志，发言为诗。情动于中而形于言，言之不足故嗟叹之，嗟叹之不足故永歌之，永歌之不足，不知手之舞之，足之蹈之也。""嗟叹""永歌"

由于可以更多地释放生理之气从而达到释放心理之气的目的，所以是对"言之不足"的补充和延伸。当"言"与"嗟叹""永歌"乃至"手之舞之""足之蹈之"相结合，人的全身器官都被调动起来时，情感的表达才真正达到淋漓尽致的程度。但"嗟叹""永歌""手舞足蹈"作为意义和情感的表达符号和语言符号相比，还有着诸多的限制和不足，东北方言便将"温和的歌唱"附加在语词之后，既保持了语言符号的优越性，又强化了语音的动作性，实现了平淡的叙述同升华了的情感的结合。这种"一唱三叹"式的结构方式还体现在下列几组拟声词中：

踢里踏（阴平）拉，踢里喤啷，踢里秃噜，稀里哈嗒，稀里忽噜，迷拉马哈

呜嗷（阴平）的，忒儿塌的，嗞儿咂的

一嗷（去声）嗷的，一呜（去声）呜的，一喻（去声）喻的，一哇（去声）哇的

鬼魔哈眼儿，吭哧瘪肚，乱马营花，漓拉歪斜，秃噜反帐，乌漆麻（阴平）黑，伴呆二怔，油渍麻花，扎拉巴沙，紫拉豪青

眼泪巴查，疤癞咔叽，嘴巴嘟叽，鼻涕拉瞎，长毛搭撒，大舌头嘟叽，破衣捋嗦

下列拟声词中，语音几乎承担了意义表达的全部功能，用字本身没有任何意义：

巴巴的，蹭蹭的，飞儿飞儿的，嘎嘎的，威儿威儿的，喉儿喉儿的，日日的，仍仍的，柔儿柔儿的，钢钢的

上述词中的"巴""飞""嘎""威""喉""日""仍""柔""钢"等声调皆为阳平，字义和词义之间几乎没有关联，文字只起到记录作用，意义则

59

完全是通过拟声、儿化、叠音以及阳平音的强化使用而获得，虽然没有文字本身意义作为支撑，但其表达情感的能力不仅丝毫不减，反而动感和描摹性更强。叠音强化了意义的表达，阳平声调音高由低到高的调型和情绪、情感的不断升扬相契合，适于描绘速度之快、性质之强以及力量之大等。和以上所列举的几组拟声词相比，这类拟声词几乎完全不用于冷静地叙述，而是指向描摹和抒情。

拟声词的大量使用体现了东北人以情感和感受为核心的文化取向。"拟声"本为模仿自然界声音，但当拟声词的内涵超越了所拟的声音对象而固化为一种情感态度时，拟声的言语行为便有了深层的文化痕迹。东北方言拟声词的拟声部分虽然有时可以补充意义，如"大舌头啷叽"中的"啷叽"是对"大舌头"所呈现样态的补充，但大部分没有实在意义，比如"水拉吧唧"中的"吧唧"，但它可以延长"气"的运行过程，使情感的表达更为夸张和透彻。中国古人历来重视"言"与"气"的关系，韩愈的"气盛言宜"说揭示了"气"对"言"的决定作用："气盛则言之短长与声之高下者皆宜"，[①]这里的"气"是人的生命状态和生命活动中的性格、情感、气质、风度等，是人的"心理之气"，它决定"言"的风格和样态。反过来，"气"的流动要通过"言"来表达，便是节奏和韵律。所以与其说东北方言中的拟声词是对自然界声音的模仿，不如说是东北人吐纳生命之"气"的一种方式：它通过轻声制造短暂的断裂感，并在轻重对比中强化语义；通过叠韵造成连贯的气势和回归原始的重复与单调；通过声调的高低起伏变化制造动态交错而富于生活趣味的韵律感。分析发现，东北方言拟声词中大量的"重＋轻＋阴平＋阴平"的语音格式和东北秧歌中的鼓点韵律是一致的。语言在产生之初就和音乐结下了不解之缘，人类早期文化形态中的诗歌、音乐、舞蹈的"三位一

[①] 韩愈：《答李翊书》，北京师范大学文艺理论教研室《中国古代文论选注》，陕西人民出版社1983年版，第278页。

体"就是很好的佐证。其后语言与音乐虽然经历了分分合合的起落，但即使在分道扬镳之后，它们在本质上的相通从来就没有被割断。语言与音乐同为人类"气"的抒展路径，虽然抒展方式不同，但无疑同样遵循某一族群在发展过程中所承袭的情感原则，与民族文化心理具有同构关系。所以，这些拟声词和秧歌中的鼓点一样，是东北人生命的律动和心理的节奏。

（二）押韵格式

押韵，是指相同的"韵"（同韵或近韵字）在语音的时间流动中按照一定规律的再现。"韵"是中国古代诗歌尤其是近体诗必备的美感要素，也是语音的一种复沓性的流动格式。"韵"所体现的重复而有变化的美感法则和自然界的运行方式及人的生命状态都是一致的。日出日落、四季更替、宇宙周而复始的运转、人的脉搏跳动乃至生老病死等，都体现着重复性的律动这一宇宙存在的普遍法则。所以可以说，语言上的押韵是人类原始而恒久的审美法则的呈现。但在遵循"重复中有变化"这一基本规律之外，语言的押韵方式更多取决于是否与发音主体的心理结构相契合。从这个意义上说，不同的用韵方式是发音主体内心情感的规律性呈现，或者说是语音与人的内心世界共鸣的结果。对此，黑格尔进行过这样的论述："'我'是在时间里存在的，时间就是主体本身的一种存在状态，既然是时间而不是单纯的空间形成了基本因素，使声音凭它的音乐的价值而获得存在，而声音的时间既然也就是主体的时间，所以声音就凭这个基础渗透到自我里去，按照自我的最单纯的存在把自我掌握住，通过时间上的运动和它的节奏，使自我进入运动状态；而声音的其他组合，作为情感的表现，又替主体带来一种更明确的充实，这也使主体受到感动和牵引。"[①] 声音和时间同为主体存在，声音在时间中的流动方式也就是主体内心世界的存在方式。东北民俗喜剧中语音的押韵格式展示着

---

① ［德］黑格尔：《美学》第 3 卷上册，朱光潜译，商务印书馆 1981 年版，第 351 页。

东北人的内心世界，也是它令人开怀畅笑的一个重要原因。

押韵是中国古代诗歌美感特质的重要来源。对此，朱光潜在谈到"韵在中文诗里何以特别重要"时说："中国诗的节奏有赖于韵，与法文诗的节奏有赖于韵，理由是相同的：轻重不分明，音节易涣散，必须借韵的回声来点明、呼应和贯串。""韵的最大功用在把涣散的声音联络贯串起来，成为一个完整的曲调。"① 朱光潜说"诗为有音律的纯文学"，也基于中国诗歌应"韵"而生的音乐美。诗以韵律传达着缠绵不尽、循环往复的情趣和情感，或者说用韵律表达内心的惊叹之"气"，区别于用于"尽事理"因而不必"一唱三叹"的散文。中国诗歌以营造意象和意境著称，这些意象和意境拓宽、深化了生活，也虚化和疏离了生活，它制造了一个超越于现实生活的想象空间，供人们感受和体味。押韵强化了中国诗歌的这一特质，因而"诗必押韵"几乎是中国古诗的一道铁律。但当人们已经习惯于将诗歌作为押韵的唯一联想物时，东北民俗喜剧却把日常生活叙述和用于抒遣情怀的押韵联系在了一起。东北民俗喜剧是对普通百姓实实在在的日常生活的展示，没有缱绻柔情和哲学沉思的回旋往复，也缺乏诗意的想象空间，因而将押韵用于说口和台词犹如给村妇披上一件华贵的外衣，显得极不协调。这正如"天地一笼统，井上黑窟窿。黑狗身上白，白狗身上肿"。一类的打油诗，本只描绘一个普通的场景而已，却煞有介事地"一唱三叹"起来，于是在内容与形式的不协调中制造了喜剧性。这是东北民俗喜剧对诗歌审美定势的挑战和背离。

传统诗歌的押韵有一系列严格规定，东北民俗喜剧中说口和台词的押韵却非常松散和随意。它几乎打破传统诗歌对押韵的一切规定，另起炉灶形成自己独特的押韵风格。格律诗的押韵总要受到严格限制，如句数和每句的字数都有限定，一般只有五字言句和七字言句两种形式。此外，用韵也有限定，

---

① 朱光潜：《诗论》，上海世纪出版集团2005年版，第148页。

一般一首诗只用一个韵,而且是平声韵。除起句可不用韵外,凡双数句都须用韵,且用韵字不可重复。起句入韵时准许用邻韵,但其他双数句一般不得用邻韵以及讲究平仄对仗等。古体诗在字数、句数、用韵、平仄等方面虽没有严格规定,但仍然要遵循一定的规则。东北民俗喜剧中的押韵却突破了古代诗歌的押韵方式,极为随意和松散。具体体现在:

1. 句数和字数没有任何限定,可长可短。

  本人虽说村长落选,但思想工作还是要搞。在家开个心理诊所,专门治疗人的大脑。欢迎大家前来就诊,有钱给点儿,没钱拉倒。

(小品《心病》)

2. 经常使用仄声韵。

  瞎么杵子上南极根本找不着北,脑血栓练下叉根本劈不开腿,大马猴穿旗袍根本就看不出美,你让潘长江去吻郑海霞,根本就够不着嘴。

(小品《拜年》)

3. 押韵不分单双句,而且经常连续押韵,形成独特的"一顺边口"。

  听说他不当厨师改防忽悠热线了,竟感扬言再不上当受骗了,残酷的现实已直逼我心理防线了,今年我要不卖他点儿啥,承诺三年的话题我就没法跟观众兑现了!

(小品《功夫》)

  我们俩越来越老了,剩下的时间越来越少了,以前论天儿现在论秒了。

(小品《昨天·今天·明天》)

  这叫啥话呢!人家那是感情达到那地步了,她也板不了啦,我也憋不住了,所以就恋恋乎乎和和睦睦了,基本上到了六十度了,我生活里也就像加了味素了。

(二人转《窗前月下》)

4. 可以随时开始和停止押韵,也可以随时换韵。

上得场来,唱个小帽,排排腔,遛遛调,试试嗓宽窄,合合弦高矮。没有五音难正六律,干啥有啥规矩。唱完小帽,再说几句,看戏的提提神,咱俩再喘喘气。
（二人转说口《秃丫头》）

5. 在韵脚后经常附带助词或词缀。

你说我儿子尽出新鲜事儿,让我这当爹的替他相媳妇儿,你说现在都九十年代了,我这当老人的还跟着往里掺和啥劲儿。我说不来吧,他就跟我来气儿,那孩子哪点都好,就是有点驴脾气儿,这也不怪他,我也这味儿。
（小品《相亲》）

我寻思这二年日子得好了,回乡下去,种点地儿,养点儿小鸡儿,收点儿鸡子儿,老两口闲得没事儿,抽袋旱烟儿,喝点茶水儿,扯个闲皮儿,嗑点儿瓜子儿,有说有笑,那有多得儿!
（小品《相亲》）

真正的服装表演?不就头上包个绸子,露个肩膀头子,一身玻璃球子,走道还直晃胯骨轴子。
（小品《红高粱模特队》）

6. 不讲究词性和词义的对仗工整。

当爹又当妈,挣钱不敢花,白天下地干活累得一身臭汗,晚上回到家里还得做菜做饭,缝缝补补,洗洗涮涮,喂鸡打狗,赶猪上圈。
（小品《相亲》）

和传统诗歌的押韵方式相比,说口和小品台词的押韵方式呈现出完全不同的面貌:押韵句子的数量和每句的字数都很随意,没有任何刻意规定的痕迹,似乎信手拈来,又可随手抛掉;上声韵在传统诗歌中较少使用,但在东北喜剧中,却频频出现,而且经常用上声韵一押到底;传统诗歌押韵有间歇,一般是在偶数句上用韵，用韵与不用韵的交替使"气"的抒发缓急兼备，错落有致，符合人的生理和心理需求，而一顺边口却是句句押韵，一气呵成，用单调的韵脚形成语流的气势，使听者享受耳不暇接的快感和突破传统诗歌隔句押韵的新鲜感；传统诗歌一首诗一般只押一韵，而二人转说口和小品台词却可以连续押不同的韵，韵脚数量随意，可以两个、三个或者更多；传统诗歌韵脚在句末，韵脚后不会附带助词或后缀，但说口和台词中的韵脚却可以附带助词或词缀。

这样松散和随意的押韵方式是对传统诗歌严格押韵方式的颠覆，给人带来耳目一新的感觉。它像诗，因为它满足人们对节奏的本能需要；却又不是诗，因为它不过是给口语加上押韵的形式包装，而内容表达和形式风格仍旧是东北式的，所以与其说这是审美因素的强化，不如说是在颠覆中制造快乐。押韵在东北民俗喜剧中是语言游戏的一部分，它抒发的不是传统诗歌的或缠绵悱恻或沉郁顿挫或清新俊朗之"气"，而是东北人的快乐精神。赋予日常琐事叙述以音乐美，化悲为喜，化琐碎为崇高，这就是东北人的快乐原则。东北民俗喜剧中说口和台词的押韵是与东北人的心理同构的乐音，渗透在东北人的自我意识里。

（三）发音部位和方法

在拟声词之外，东北方言在语音的发音部位和方法上也有自己的独特之处。东北人选择发音响亮的韵母以展示情感的热烈奔放。如"钢钢（阳平）的"，韵母为"ang"，"疙瘩"在东北方言中韵母"e"被改为"a"，开口大，声音响亮；拟声词词缀"巴拉""楞登""哈嗒"等的韵母也都具有发音响亮的特点。"a"的大量使用，是因为它更易于迸发，更适宜个体发泄最强烈的情感。此外，为使口腔很好地发挥共鸣的功能，东北方言中很多音的发音部位靠后，如泞（neng，去声）忽，那（neng 去声）么，哪（neng，上声）么，"ying"也为"yeng"所取代，在普通话中发音部位本来很靠前的元音音素如"i"被后鼻韵"ng"的夸张发音拖累靠后,"干啥"在普通话中的发音"gansha"在东北方言中也读成了"gaha"。"ng"同"h"的发音部位都在口腔后部,强调这两个音实际上是要尽力打开口腔,形成充分共鸣,从而使语音响亮、高亢,所以东北方言常常给人中气十足、声音响亮,感情表达强烈,甚至说话像吵架的感觉。

东北方言常常在一个句子中强调某些字音而弱化甚至吞掉其他的音,使得整体发音的高低起伏明显,重点突出,如"干啥"的发音"gaha"中,"ga"的音高为51,而音高本来是35的"ha"音高则变成了34。在对比中,前一个字的发音显得急促甚至暴力,有突然冲出的感觉,于是本来音高很高的阴平和阳平常常被弱化音高。这是东北人强化情感的一种方式,也是东北方言"冲"的标志之一。心理学认为,人们在受到外界刺激时,经常无意识地选择他认为重要的那一部分作出反应,称为选择性注意。在言语行为中,人们为强化某些意义和情感的表达,也往往无意识地将注意力集中于他们认为有价值的那部分,并通过各种方式将其突出出来。在小品《小崔说事》中有这样一段对话:

你说你这主持人当得,你这应变能力太差了,几个嗝儿就把你给打蒙了。这么的吧,你坐下,我先采访你几句儿。

这段话在文字组织上和普通话没有明显差异,但在实际表达中,第二个"你""太""蒙""这么"被强化,使这一言语行为有了东北方言情感表达"冲"的特征。

平翘舌不分,也是东北方言的一个特点。这在辽宁和黑龙江两省表现尤为明显。平翘舌不分并非东北方言的独特之处,但平翘舌不分和响亮的韵母、刻意的口腔共鸣以及被突然强化的语音相结合,则显得随意和懒散,如把"人"(ren)读作"银"(yin)等:

〔白云〕绯闻，绝对的绯闻，没有新闻的领导不叫领导，没有绯闻的名人那算不得名人，做人难，做女人难……

〔黑土〕做一个名老女人（音"银"）……难

(小品《说事儿》)

东北方言在发音部位和方法上的特点体现出东北文化强悍、直率、随意的本性，这一特征在东北人对疑问句的使用中也有所体现，无论是责难、劝诫、质疑，都步步紧逼，急于解决问题和表达情绪，所以常常连用疑问甚至反问，颇有不容分说以及不马上说服对方决不善罢甘休之势：

喜鹊："谁瞎联系了？那张立本不叫杨叶青留在咱们村子，咱村子能这么乱套啊？"

(《插树岭》)

马百万："我不是说你，你在农村生活这么多年了，你拽个柴火你死乞白赖，你跟谁赌气呢？你说这要过个小孩儿，给人家砸着，怎么整？你不又沾包了吗？"

(《插树岭》)

黄金贵睁眼睛看了看，横她说："瞎叫唤啥呀？让蝎子蜇了咋的？"

(《圣水湖畔》)

这段疑问的情感态度用气势汹汹来概括并不为过，如果不用问句的形式来表达，则语意的强烈程度将大打折扣。

二 语义反叛

"反叛"是人的天性。人类发展的历史从某种程度上说就是和自己知觉的机械性进行斗争的历史。拓展生存、体验的时间和空间是人不倦的追求，也是人和动物相区别的根本标志。和动物只能被动地接受直接给予的"事实"不同，人还通过创造"理想的世界"以超越"现实性"的规定，审美是实现这一超越的重要途径。然而审美也会疲劳，在审美惯性中美原本具有的令人震撼的效果终将被消解。艺术是人创造出来使自身向"可能性"行进的符号。艺术化的语言是对现实语言知觉惯性的反叛，它运用悖论、反讽、隐喻、象征等手法对现实语言加以改造之后使人感到新鲜、陌生和惊异，主体在惊异中跃出生活的常态，进入审美的语言世界。

东北民俗喜剧给人们带来不尽欢笑的一个重要原因是它通过一系列修辞方式的使用打破语言的自动化模式，编织出一个个和现实语言模式相悖的语言世界。但并非所有的变形语言都能带来喜剧性的效果。文学作品尤其是诗歌的语言也在寻求各种方式摆脱日常语言惯性的控制，以唤醒人们对世界的敏锐感受：复义为文学提供多样化的意义解释；隐喻将可感和不可感的两种事物并置，旨在扩大和强化对事物的感受；张力在语言的概念意义之外增加联想意义；悖论和反讽通过字面意义与实际意义的相互碰撞产生复杂的意义。这些修辞方式的使用都服务于一个目的：强化和深化语义或扩大语义的范围，以延长语言感受的时空域限。但东北民俗喜剧的语言反叛并未仅仅停留在这一层面，它将变形的语言放置于和现实语言完全对立的两端，即在最大限度上拉开了和现实语言的距离，从而在期待与结果的巨大反差中造成喜剧性的效果。

（一）语义的消解

1. 诗意与非诗意的转化

小沈阳小品中的台词"朋友见了朋友面——拨去乌云，又是一个阴天"是对"朋友见了朋友面，拨去乌云，又是一个晴天"的颠覆。同样，"走别人的路，让别人无路可走"和"下自己的蛋，让别人说去吧"（小品《策划》），是对"走自己的路，让别人说去吧"的反叛。"走自己的路，让别人说去吧"是鲁迅的名言，它倡导的自主、独立以及斗争的精神也众所周知。"走别人的路，让别人无路可走"是在鲁迅名言的基础上进行了一次语言游戏，其意义却和前者截然相反：由崇高变为卑琐，由严肃变为嬉戏。小品《昨天·今天·明天》中宋丹丹的台词："啊，白云，黑土向你道歉，来到你门前，请你睁开眼，看我多可怜。今天的你我能否重复昨天的故事，我这张旧船票还能否登上你的破船！"用"破船"这一日常语言完全消解了"客船"的诗意。而"师傅领进门，忽悠在个人"（《功夫》）则用"忽悠"取代"修行"，混淆了正直与邪恶的界限，把诗意转化为非诗意甚至卑琐。

与此相类似，"肝胆脾胃尿泡""人不可貌相，海水不可瓢揸"以民间口语对书面语言加以改造，用杂乱无章消解书面语言的工整、对仗或将诗意戏谑化；而"给朋友们来个另类点的台湾著名歌星陈水扁的歌送给大家"则把政治人物陈水扁冠以歌星的名号，是对严肃的嘲弄。

与上述情况相反，东北民俗喜剧经常在日常语言中穿插富有诗意的语句：

高秀敏：我是你老姑。

范伟：老姑？

高秀敏：啊，咱俩原来一个堡子的，父老乡亲，小米饭把你养大，胡子里长满故事，想没想起来？

高秀敏：你上中学走那天我还去送你了么，临别时送你上路，你回头跟乡亲们一摆手，当时老姑的心呐，默默无语两眼泪。

赵本山：耳边响起驼铃声吗！

（小品《拜年》）

我们相约五八，大约在冬季。

（小品《昨天·今天·明天》）

把诗意的歌词穿插进日常对话，为非诗意的语言装饰上华丽的外衣，是对日常语言功能的偏离、颠覆以及对这种偏离的炫耀，由此诞生了喜剧性。以非诗意消解诗意或相反，既是对语义的反叛，也是对语言规则与秩序的挑战。日常语言体系是一种通信体系,叙述性强,主要功能是"达意"而非"表情",没有刻意的语言加工,也缺乏丰富的想象空间。但诗意的语言须突破日常语言规范,突出语言的音响性和图像性,以便强化接受者的视听感受,达到情更深、意更切的表达效果。东北民俗喜剧的语言破坏了语言功能的原有次序,打破了人们对语言的使用习惯,并在两极语义的不和谐并置和对这不和谐的不自知与炫耀中制造了喜剧性。

2. "意义建构—意义消解"的循环

交际活动的顺利展开需要对话双方遵循合作原则,即对话参与者明确对话的目标或方向,并共同将语义指向这一目标,才能使交谈持续有效地进行。东北民俗喜剧却常常运用"反合作"原则,在交谈中即时消解对方的语义,再开启另一个交谈行为和使之戛然而止。在如此反复循环中制造和甩掉一个又一个"包袱"。

[黑土] 你好!你嘚嘚瑟瑟还上精神病院给人讲演去了。

[白云] 嗯。

[黑土] 讲一天一宿。

[白云] 怎么的,精神病都出院了。

[崔永元] 有效果。

[黑土] 大夫疯了。

……

[崔永元] 出场费也不少吧?

[黑土] 她八十,我四十。

[白云] 都税后。

[崔永元] 那都给哪儿剪彩呀?

[白云] 都是,大中型企业。

[黑土] 大煎饼铺子、铁匠炉啥的。

〔白云〕啊……俺们那嘎达有个挺老大个养鸡场,那都是我剪的。

〔黑土〕是,她剪完就禽流感了,第二天。当时,死了一万多只鸡,最后送她个外号,叫"一剪没"。

(小品《说事儿》)

宋丹丹：我年轻的时候那绝对不是吹,柳叶弯眉樱桃口,谁见了我都乐意瞅。俺们隔壁那吴老二,瞅我一眼就浑身发抖。

赵本山：哼,拉倒吧！吴老二脑血栓,看谁都哆嗦！

……

赵本山：别巴瞎,当时还有一样家用电器呢！

崔永元：还有家用电器呀？

赵本山：手电筒么！

(小品《昨天·今天·明天》)

"白云"（宋丹丹）和"黑土"（赵本山）处在话语的矛盾两端,前者的意义刚刚建立,后者即刻推翻意义。前者是一种价值参照,后者是相对于这一价值体系的异己的、离心的力量,是前者的对立面。前者的强烈渲染,使受众的感受强度加大,作为参照的价值便深深地印刻在接受者的知觉印象中,后者则将沉浸于前一个信息框架中的接受者迅速推进另一个截然相反的信息体系,在这相反的信息体系的快速往来奔波中,接受者体验到变化的快乐。前者的语义渲染越强烈,后者的反应越迅速,则前后的语义反差越大,喜剧效果也越强烈。

同样地,像"哥啊你就是我亲爹","出来吧四舅妈,那我叫你啥呢老婶！"（小沈阳小品的台词）也是先叙述一种意义,随即对这种意义实施颠覆。两种相互矛盾的意义并置,消解了话语本身的意义,有意义的只是叙述的圈套：从一种意义跌进相反意义的体验历程。在颠覆的游戏中,不是话语的内容产生意义,而是叙述方式制造了笑料。

3. "高期待"与"矮结果"

康德从心理效应上分析喜剧产生的原因,认为"在一切引起撼动人的大笑里必须有某种荒谬背理的东西存在着……笑是一种从紧张的期待突然转化为虚无的感情"。① 期待之大与结果之小的反差是喜剧发生的重要原因。东北民俗喜剧正是运用期待和结果的矛盾制造喜剧性,但它不是一般喜剧的"结果之小",而是结果和期待的对立。它在充分铺垫受众的期待之后,用与期待完全相反的结果消解期待,使期待在转瞬间化为乌有,并向相反的方向转化。

> 我虽然不是名人,朋友们,但是像我们周边这些国家,像马来西亚、泰国、越南、新加坡,还有俄罗斯哈……我都没去过。
>
> (小沈阳小品台词)

> 外国人办事还是比较利索,就说三句话,非常感人,事就办完了,让人深思,耐人寻味——拜拜!拜拜!拜拜啦!
>
> (小品《三鞭子》)

> 丑　你瞧人家小哥俩刚才唱的那玩意儿,真是胳肢窝夹蛤蟆——
> 旦　啥话?
> 丑　呱呱叫!
> 旦　那咱俩唱的呢?
> 丑　咱俩呢?也是胳肢窝夹蛤蟆——
> 旦　呱呱叫?
> 丑　叫啥!让我一使劲,夹死了。②

---

① [德]康德:《判断力批判》上卷,宗白华译,商务印书馆1996年版,第180页。
② 《艺有高低》,吉林省艺术研究所:《二人转说口汇编1》,1984年10月,第272页。

我老伴说那意思是都喜欢你主持那节目，哎呀，全村最爱看呐，那家伙说你主持得有特点，说一笑像哭似的。

（小品《昨天·今天·明天》）

作为结果的"我都没去过""拜拜！拜拜！拜拜啦""让我一使劲，夹死了"以及"一笑像哭似的"和此前的期待在语义上完全对立。这和康德所举的印度人的例子存在差别。印度人看到酒坛溢出泡沫所表现的惊奇给人一种期待：他一定有惊人的发现，但结果却出人意料：只不过提了一个很幼稚的问题。这是期待之大与结果之小的矛盾。但东北民俗喜剧期待与结果的错位却不限于此，它直接以一种语义对抗另一种语义，或者说喜剧效果的产生来源于语义对语义的消解。所以相对于其他类型的喜剧而言，它的期待与结果不仅是程度上的"大""小"之别，还是"是"与"非""对"与"错"的两极，从而最大限度地拉开了期待与结果的距离。

（二）语义与语境的错位

语境即语言环境，狭义的语境指语言的上下文，即某一语言片段在更大的语言片段中所处的位置。广义的语境除了指语言的上下文之外，还包括说话人与听话人之间的角色关系、共同掌握的背景知识以及交际的场合等。语境在语言交际过程中至关重要，可以说没有语境的语言交际是不存在的。英国语言学家莱昂斯认为，为了使语言交际顺畅进行，交际双方必须明确语境构成的六个方面：（1）每个参与者必须知道自己在整个语言活动中所起作用和所处地位；（2）每个参与者必须知道语言活动发生的时间和空间；（3）每个参与者必须能明辨语言活动情景的正式程度；（4）每个参与者必须知道对待特定情景，什么是合适的交际媒介；（5）每个参与者必须知道怎样使自己的话语与语言活动的主题相结合，以及主题对选定方言或语言的重要性；（6）每个参与者必须知道如何使自己的话语与语言活动的情景所归属的语域相适合。东北民俗喜剧将语境构成的几个方面融进交际实践，但目的不是交际活动的顺利展开，而是反其道而行之，将话语置于和语境的疏离、被动状态，从而在二者的错位中制造喜剧性。

1. 引申语义和本义的错位

语词往往具有本义和引申义等多重意义，每种意义有各自的适用语境，当语义和语境错位时，常常能产生喜剧效果。

"你还有青春年华吗？你都立秋了"（《三枪拍案惊奇》中赵本山的台词），"青春"虽与"春"有关，但人们惯常使用的是它的比喻义，然而"立秋"一词在日常使用中都以原义出现，并未被附加引申意义，将"立秋"和"青春"同时放在引申义这一语境，出现语义和语境的偏差，产生喜剧效果。同理，"哥只是个传说"（小沈阳在《三枪拍案惊奇》中的台词）中"传说"指称故事，不用来指称人，也是语义与语境的错位。

丑　我二大爷最会说话。
旦　不会说话那是哑巴。①

"会说话"有双重语义：本义为"有运用语言进行交流的能力"，引申义为"在适当的场合说适当的话"。例中将引申义扭曲理解为本义。同样，在"我是有身份的人，什么是有身份的人呢？就是有身份证的人就是有身份的人"（小沈阳小品台词）中，"有身份"脱离了它的惯常语境和语义，喜剧效果就在这错位中产生。

崔永元：今天的话题是"昨天，今天，明天"。我看咱改改规矩，这回大叔您先说。

赵本山：昨天，在家准备一宿；今天，上这儿来了；明天，回去，

---

① 《会说话》，吉林省艺术研究所：《二人转说口汇编1》，1984年10月，第86页。

谢谢！

（小品《昨天·今天·明天》）

"昨天、今天、明天"有双重语义，在崔永元的话语中已经暗示了它的使用语境，但赵本山通过故意选择错误的使用语境制造了喜剧效果。显然，在上述例子中，对话的参与者并未将自己的话语同语言活动的情境所归属的语域相结合，相反在努力让语义摆脱所该归属的语境；参与者也缺乏作为交际语境的常识、共识以及必要的推断能力，交际活动不能顺利展开，接受者对话语接受的思维线路和话语实际运动的路径发生冲突，喜剧性也由此诞生。

2. 反话正用。

将谩骂语用于赞赏，将复仇语用于感激，是东北民俗喜剧制造喜剧性的又一语言策略。

> 谨以此书送给闹心的小崔，愿你看完此书……一觉不醒，白云大妈雅正。

（小品《说事儿》）

丫蛋：如果你真能把我领上道，我感谢你八辈祖宗。

丫蛋：我这辈子都不会忘记你，做鬼都不会放过你。

（小品《不差钱》）

"一觉不醒""八辈祖宗""做鬼都不会放过你"都有约定俗成的语义和使用语境，是对人极端的谩骂和诅咒，却在东北民俗喜剧中被用于相反的场合。按照莱昂斯的说法，对话者没有针对特定的交际情境选择合适的媒介，反而有意回避合适的媒介以阻碍交流的顺利进行，所以这不仅是对规约语境的越轨，而是从根本上颠覆语言使用的社会合适性，是语义与语境极端错位的又一表现形式。

3. 此话彼用

语词往往有固定的搭配对象或使用情境，并形成习惯固定在人们的语言交际活动中。越过这一使用权限，则要么交流失败，要么意义上的和谐与形式上的不和谐之间形成张力，使意义表达更为新颖、恰切和富于冲击力。下列的语词搭配不当属于后者。

两颗洁白的门牙去年也光荣下岗了。

你长的就违章了。

（小品《昨天·今天·明天》）

35 岁，括弧：实际年龄与长相有误差，不细看问题不大，这属于表面老化。

（小品《我想有个家》）

赵本山：可不是咋的，后来更骁了，这家伙把我们家的男女老少东西两院议员全找来了开会，要弹劾我。

（小品《昨天·今天·明天》）

猪撞树上了，你撞猪上了吧，追尾是不是啊！

（小品《功夫》）

上例中"下岗""违章""表面老化""东西两院""弹劾"以及"追尾"都跃出了其习惯的使用权限，语义背叛了使用语境，但由于所表达的意义接近，并未造成说话人与受话人之间交流的障碍，反而增添了接受者的形象与意义联想，强化了意义表达。如"违章"一词在这里不仅给受众一个"长相有问题"的信息，还使人有交通违章、操作违章等的联想，并在二者本质上相似的比对中，深化对"长相有问题"这一信息的理解。"再唠十块钱儿的""你别整那个事儿，就咱这个智商抠出来上秤约，比你多二斤"（小品《卖车》）把不可量化的精神量化，将抽象形象化，在形式上是语义对语境的背叛，在本质上却是二者之间的和谐。

语境是对语义使用的限定，没有语境的语义是不存在的。东北民俗喜剧利用语境和语义的重要关系，使语义脱离、背叛其约定语境，为旧语义设置新语境或为旧语境安排新语义，在语义与语境的错位中冲击受众的接受习惯，唤醒他们的"新感性"。由此，东北民俗喜剧的"笑果"，"从言语运动特征方面来分析，正是由于欣赏主体的内部言语与笑话的言语之间同方向运动的平衡被打破，主体的思维逻辑线受到冲击的结果"。[1]

（三）谐音与错位联想

1. 谐音

谐音是利用语音的相同、相似甚至相关增强语言表达效果的一种修辞手法。谐音在本质上是一种隐喻。维柯研究发现，原始人认为自然界的各种声音是生命实体在向他们说话，因为声音是生命存在的最明显标志。原初的语言都是以谐音的方式呈现的，所以谐音在其最初意义上，是对自然界声音的模仿，重在语音上的相似性。但在东北方言中，相似性只是一种手段，语音相似性背后的意义相反才是谐音指向的目标。谐音常常一音双义，它先将人们熟悉的语音抛给接受者，接受者根据语言经验积累反应出其约定语义，继而结合此语音发生的语境发现反应错误，转而凭借自己的知识储备逾越熟悉的语义，投向经验之外的语义。谐音的一音双义扩大了语义的联想范围，从熟悉向陌生跨越的过程中，接受者内心生发出一种欣喜之情，谐音也达到了它的审美效果。

然而东北民俗喜剧中的谐音现象并未停留在这一审美层面上，它的"一音"所负载的"双义"对接受者而言不仅是熟悉和陌生的关系，在两个语义之间还往往存在尖锐的矛盾。

---

[1] 佴荣本：《笑与喜剧美学》，中国戏剧出版社1988年版，第249页。

[崔永元] 大叔啊，听说你们这次到北京是搭专机来的？

[黑土] 啊，是搭拉砖拖拉机过来的。

（小品《说事儿》）

我太有才了，上辈子我是裁缝。

（小沈阳小品台词）

秋波就是秋天的菠菜。

（小品《昨天·今天·明天》）

丑　念过书吗？

旦　念过几天死书。

丑　那叫私塾。

旦　私塾念书，都是死记硬背，那不叫念死书吗？[①]

"砖机"不仅是对"专机"的陌生化，若和所在语境结合起来，则二者在意义上相反，分别是"富贵"和"穷困"的符号，或者说"砖机"是对"专机"在意义上的颠覆。同样，"死书"对"私塾"，"裁缝"对"有才"以及"菠菜"对"秋波"在意义上都可看成对立关系。概括而言，是以普通颠覆崇高，以诗意颠覆非诗意，显示的是一种自嘲式的无奈。用语音上的和谐遮蔽了意义上的不和谐，在一般谐音的基础上又增添了一层审美效果。

谐音往往一音双义，和这种修辞现象相关的是"反音反义"，它从音义两个方面向人们熟稔的语词发起挑战。

赵本山：苏格兰调情。

毕福剑：小伙子，精辟。

[①] 《象形文字》，吉林省艺术研究所《二人转说口汇编1》，1984年10月，第299页。

赵本山：精辟啥，他是屁精。

(小品《不差钱》)

"调情"与"情调""精辟"与"屁精"在语音上相关，但顺序颠倒。"情调"和"精辟"首先以语音或字形冲击人的视听感觉，接受者对其意义作出惯性反应之后，被投进音义皆相反的语词里。在意义上，"情调"和"精辟"强调的是人的正价值，而"调情"和"屁精"展示的是人的负面品性。所以和语音相同或相近的谐音相比，这种修辞方式揭掉了语音和谐的面纱，进行了音义的双重反叛，强化了陌生化效果。

2. 错位联想

在东北民俗喜剧中常见一种造词方式，即按照一定的语言模式顺水推舟式地制造在形式上相近的语词。由于既有语言模式无力承担新语义，造成内容和形式的错位，于是喜剧效果产生。

"阿姨阿姨夫你们好"（小沈阳小品台词），阿姨和叔叔之间并不存在类似姐姐、姐夫之间的夫妻关系，所以这一语言推理失败，产生了喜剧性。"这孩子从小就是一身的艺术细菌"（小品《不差钱》），"细菌"和"细胞"只在语音上有联系——有共同的词素"细"，但在意义上不可互换。"挖社会主义墙脚，薅社会主义羊毛"（小品《昨天·今天·明天》），"挖社会主义墙脚"隐含着一个比喻：将社会主义比喻为"墙"，二者之间有可比性。而"薅社会主义羊毛"是将社会主义比喻为"羊"，在毫无相似性的两个事物之间强行寻找相似性。"戴高乐"把名字和本不相干的"戴上高帽就乐"的生活现象强行并置，表面联系和实质无关的悖论造成喜剧效果。"有困难要上，没有困难创造困难也要上"参照的是"有条件要上，没有条件创造条件也要上"，条件可以创造，但创造困难对人来说却不可思议，所以后者在语义上是不成立的。

这种修辞手法是类似联想与接近联想的结果。"阿姨"这一称呼和其他称呼之间，"细菌"和"细胞""薅羊毛"与"挖墙脚""条件"与"困难"之间有着性质上的相似或相关性，或可称为"错位联想"现象。它忽略了新词与所参照语词结构的隔阂，只关注新词与所参照语词意义上的联系，将相关语词强行嵌入人们熟悉的语言格式，造成内容与形式的断裂。这种联想是违背了常识的移花接木式的强制性联想，它利用人们对语言模式的熟悉给接受者以形式上似乎合情的错觉，并用这种错觉掩盖意义上的不合理，通过"联想—嵌入—掩盖"三个步骤，实现了对熟悉语言的创造性反叛。

（四）语义的膨胀

善用夸张是东北民俗喜剧语言的一大特色。夸张的结果是语义的膨胀，以至脱离原意。

  [白云] 签字售书那天那家伙那场面那是相当大呀！那真是：锣鼓喧天，鞭炮齐鸣，红旗招展，人山人海呀。那把我挤桌子底下去了，那一摞儿书都倒了。

(小品《说事儿》)

  旦 吃什么硬头货？
  丑 锄头板儿烙饼，铁丝子下面，枪砂子打卤。老头好喝夜宵酒，半夜炒盘大门闩。

(《吃硬的》)[①]

  丑 南京大柳树，北京沈万山，人有名，树有影，你知道大柳树有多大？
  旦 多大？
  丑 七十二个失目先生的五尺长的马杆子，围着柳树排了七天七宿没排到头，就这么粗。

---

① 吉林省艺术研究所：《二人转说口汇编1》，1984年10月，第24页。

旦　哪有这么粗的树!

丑　这还不够做我家碾管芯的呢。

旦　这碾子也太大了!

丑　大?三岁毛驴没走上一圈儿就老死了!

旦　哎呀,这么大的碾子,得推多少米呀,出多少糠啊?

丑　别说推多少米,就说那糠吧,像泰山那么大一堆。

旦　太多了!

丑　多?这还不够我家老母猪吃一口呢。

旦　你家老母猪多大呀?

丑　东天边吃食,西天边晃尾巴。

旦　哎呀,这猪可太大了!

(《南京大柳树》)①

而说口《我们家大》大到"大门耳房子生孩子,没等抱到上屋就老死了",井深深到"正月初一往井里扔块石头,等到腊月十五才听见'咕咚'一声",柴火垛高到"老鹞鹰在上边下个蛋,滚到垛当腰小鹞鹰崽蹦出蛋壳就出飞了"的程度。② 这里的夸张制造了双重幻觉世界:或情感激越或气势恢宏的虚幻迷离、超越现实的世界;异在于现实语言的语言狂欢世界。但这一幻觉世界和一般的夸张所营造的虚幻世界不同,一方面,它的夸张没有归结于《梦游天姥吟留别》式的诗意感受和沉思,更多的是形象的夸大和气势的张扬,目的是制造离奇和自我吹捧。如果说一般的文学夸张追求诗与思,东北民俗喜剧则更多追求离奇怪诞,即与现实世界的隔离。另一方面,东北民俗喜剧沉醉于语言游戏和语言技能的炫耀,沉醉于想象力的渲染本身,享受的

---

① 吉林省艺术研究所:《二人转说口汇编1》,1984年10月,第5页。
② 同上书,第12页。

是吹泡泡式的语义膨胀的乐趣，或者说夸张的修辞本身是欣赏的对象，至于夸张的指向反而微不足道了。在自我追捧与追捧的落空间隙以及语言游戏的狂欢中，笑料油然而生。

人类和知觉惯性斗争的方式形成了不同的文化特征。东北民俗喜剧和语言惯性的斗争呈现出自己的文化特点。与其说它通过语言的反叛营造了一个"理想"的世界，毋宁说它编织了一个以怪诞和荒谬的形式呈现的"异在"的语言世界。所以同为反叛，但和反讽、悖论不同。反讽、悖论是表面上不合逻辑，但实质上合乎逻辑；而东北民俗喜剧中的语言却与之相反，常常是表面上合乎逻辑，但事实上不合情理，因为话语目的只是在悖谬中制造笑料，而不是通过扭曲日常语言给人深思的余地，引发人的回味。所以和诗性语言对现实语言的背离不同，东北民俗喜剧的语言虽然在形式上最大限度地保留了民间语言的口语化特征，但内容与题旨上对日常语言的背离常常是致命性的。因为它不是为了制造诗意的想象空间，从而在日常语言交流功能基础上的诗意提升，反而常常以颠覆日常语言的交流功能为乐事，或者刻意令交流失败，并从中渔笑料之利。东北民俗喜剧的语言反叛服务于游戏的需要，所以惊异大于诗意，游戏多于思考。它提供给人们的"异在"世界也许不"理想"，但同样满足人们求新求异的需要。人们乐于"生活在别处"和"彼岸"，以别于"这一处"和"此岸"。东北民俗喜剧运用"反叛"这一语言机制在一定程度上实现了人们对"旧"事物进行脱冕的渴望，实现了人的自我解放，也体现了东北文化的狂欢特征。

东北民俗喜剧既尊重"日常"，又"塑造"日常，它把司空见惯的东北语言进行修辞化的装饰后变得熟悉而又陌生，在给观众带来欢笑的同时也强化了东北地域族群的文化认同感。

第三章　东北民俗喜剧文化因子传承之二：文化原型

原型（archetype），也称为"原始模型"，出自希腊文"archetypos"。"arche"意为"最初的""原始的"，"typos"意为形式。[①] 荣格把原型定义为"集体无意识的内容，并关系到古代的或者可以说是从原始时代就存在的形式，即关系到那些自亘古时代起就存在的宇宙形象"，[②] 即"集体表象"。荣格指出，"从科学的因果的角度，原始记忆可以被设想为一种记忆蕴藏，一种印痕或者记忆痕迹，它来源于同一种经验的无数过程的凝缩。在这方面它是某些不断发生的心理体验的沉淀，并因而是它们的典型的基本形式。"[③] "原始意象……是同一类型的无数经验的心理残迹。……每一个原始意象中有着人类精神和人类命运的一块碎片，都有着在我们的祖先的历史中重复了无数次的欢乐与悲哀的一点残余，并且总的说来始终遵循同样的路线。它就像心理中的一道深深开凿过的河床，生命之流在这条河床中突然奔涌成一条大江，而不是像先前那样在宽阔然而清浅的小溪中漫淌。"[④] 哈布瓦赫认为"记忆具

---

① 叶舒宪：《神话—原型理论的批评与实践》，陕西师范大学出版社1987年版，第14页。
② ［瑞士］荣格：《心理学与文学》，冯川、苏克译，上海三联书店1987年版，第53页。
③ 同上书，第6页。
④ 同上书，第120—121页。

有社会性"，"首先，它产生于集体又缔造了集体。其次，个人记忆属于群体记忆；人们不是单纯地活着的，人们是在与他人的关系中进行回忆的；个人记忆正是各种不同的社会记忆的交叉点"。① "集体记忆是一种连续的思潮——是一种非人为的连续性，因为它从过去那里只保留了存在于集体意识中的对它而言活跃并且能够存续的东西。"② 人类群体文化具有连续性，它承载着某一群体的必然经验和循环往复的悲哀与欢乐，并常以意象的形式呈现出来。原型就是典型的反复出现的意象，它是某一群体集体的艺术想象固化的结果。在二人转和从二人转脱胎的东北喜剧小品、影视喜剧中反复演绎着"悍妇"和"傻子"形象，虽然历经几百年的演变，但一如既往地承续着东北人独特的生命体验和审美情趣。

第一节　悍妇原型

一　悍妇原型的文化呈现

（一）文化习俗中的东北女性叙述

东北女性被想象成悍妇形象。"悍"在《辞海》中被解释为："1. 勇猛；2. 凶暴蛮横；3. 猛烈、急暴。"从字形看，"悍"从心从旱，是发自内心表现于言行的性情和品性。和中原女性的贤淑、内敛、委婉不同，东北女性被描绘为泼辣、彪悍、热烈、直率、善良的形象。"东北三大怪"的一个版本是"窗户纸糊在外，姑娘叼着大烟袋，养活孩子吊起来"，其中"姑娘叼着大烟

---

① ［德］阿莱达·阿斯曼、扬·阿斯曼：《昨日重现——媒介与社会记忆》，陈玲玲译，［德］阿斯特莉特·埃尔、冯亚琳主编《文化记忆理论读本》，北京大学出版社2012年版，第23页。
② ［法］莫里斯·哈布瓦赫：《集体记忆与历史记忆》，丁佳宁译，［德］阿斯特莉特·埃尔、冯亚琳主编《文化记忆理论读本》，北京大学出版社2012年版，第87页。

袋"在中国各地域文化中可谓独一无二。"昔日关东农家的炕上,几乎都有两个'筐箩',一个是妇女做针线活用的'活计篓',一个便是装旱烟的'烟筐箩'。抽烟和做针线活一样,是每家日常生活中必不可少的。待嫁出阁的大姑娘,本应是最文静娴雅的,但过去多数也在'烟民'之列。这一怪,足以说明以前东北吸烟风习之盛。"① 人们习惯于将东北姑娘从小吸烟的习俗解释成祛除蚊虫叮咬,但烈性旱烟能够为东北女性代代接受,这本身就对东北女人的气质塑造产生了影响。"吉省产烟叶极富,性辛烈,吸时喉管受刺激,痰唾分泌顿增,妇女酷嗜之,街市间姗姗而来者,均手携烟袋,且行且吸(妇女足镶底,底层三寸许,着衫及踝,而两端无衣叉,顶盘高髻,惟手握三尺烟筒,频频吸之,嘘气成云,顾盼豪迈),亦奇俗也。"② "养活孩子吊起来",从侧面说明东北女人体力劳动的繁重,因为劳动时无暇照顾孩子,便想出这样一个省事又安全但不免粗糙的办法。

相对于中原女性来说,不必裹脚是东北妇女的一大福祉。从宋朝到清末的近一千年间,汉族妇女都有缠足的习俗,"三寸金莲"是美女的一个重要标志。但满蒙等狩猎民族和游牧民族妇女,整日劳作于山林草原,所以对"三寸金莲"坚决抵制。"清代皇帝不仅传谕满洲妇女禁止裹脚,而且也命汉军八旗妇女放弃过去的旧习,清入关之前,甚至要在全国范围内取消妇女裹脚之俗。"③ 自清代以来,东北地区满族妇女无论出身贵贱都是不裹脚的汉族,这为汉族妇女营造了比较宽松的生活环境,受她们的影响,汉族妇女也放弃了陈规陋俗,理所当然地放开了自己的手脚。大脚板使女人和男人一样承担粗重劳动,东北的大姑娘甚至还喜欢骑马,有些少数民族女性甚至刚在野地生完孩子,把婴儿用羊皮包裹后,就带上孩子骑马奔行,足见其泼辣和彪悍。

---

① 佟悦:《关东旧风俗》,辽宁大学出版社2001年版,第7—8页。
② 胡朴安:《中华全国风俗志》(下),上海科学技术文献出版社2008年版,第383页。
③ 佟悦:《关东旧风俗》,辽宁大学出版社2001年版,第110页。

女土匪是东北文化中的一道独特景观。"驼龙""小白龙""北来""花蝴蝶""红辣椒""大白梨""阿菊""红娘子"等都是剽悍、粗犷、豪侠仗义的女土匪，打家劫舍、杀富济贫，颇富传奇色彩，很有"巾帼不让须眉"的架势。所以在东北，女性不是弱势文化群体，甚至其所作所为令男性汗颜。这样的女性形象被移植到东北民俗喜剧中，便是为自己招亲的刘金定、穆桂英以及一大批具有自主精神的悍妇原型。

东北姑娘寻偶较为自由，所以有"姑娘丢了没人找"的俗语，是说到了待嫁的年龄，姑娘会自己寻找心上人而父母不予干涉。"在婚丧嫁娶方面，东北各民族风俗不尽相同，随着汉族人口的增多，渐趋融合。宇文懋昭《金志》载：'贫者以女年及，行歌于途。其歌也，乃自叙家世，妇工容色，以伸求侣之意。听者有求娶欲纳之，即携而归，后复方补其礼，偕来女家，以告父母。'文惟简《虏廷事实》载：'虏（女真族）中每至正月十六夜，为之放偷……至有室女，随其家人出游，或家在僻静处，为男子劫持去，候月余日方告其父母，以财礼聘之。'可见满族的先民，在爱情婚姻方面，较汉民族自由开放得多。"[1]室韦是东北地区少数民族之一，"室韦的婚姻是不落夫家，服役三年，交聘礼领回妻子"，[2]而高句丽的婚俗，"男女言语已定，女方家在大屋之后，营造小屋，名为婿屋。男方每当夜幕来临之前，到女家门外跪拜求乞，如是者再三。女方父母认为男者心诚，是理想之婿，才允诺进屋就宿。直至生子长大，才让婿携妇抱子归家"。[3]此外还有"兄死妻嫂""男女多相奔诱"的习俗，都和中原汉人男性霸权的婚姻制度形成鲜明对比。

自由婚姻观念的进一步延伸便是出格的性开放。东北民间有"媳妇穿错

---

[1] 刘振德主编：《二人转艺术》，文化艺术出版社2000年版，第12页。
[2] 冯继钦：《试论部落群》，张志立、王宏刚主编《东北亚历史与文化》，辽沈书社1991年版，第183页。
[3] 李殿福：《高句丽民族的社会生活》，张志立、王宏刚主编《东北亚历史与文化》，辽沈书社1991年版，第221页。

公公鞋"的说法，在民间故事中也多有儿媳妇与公公乱伦的情节，尽管这种情况在现实生活中少有发生，但作为观念的民俗和文化想象的一部分却圈定了东北女性的性意识，从侧面说明东北女人对性禁忌的淡漠和缺失。"正月里来是新年儿，新姑爷拜年来到门前儿，小姨子一见心欢喜，嘻嘻嘻嘻跑上前儿，先问好，后问安儿，亲亲热热站在一边儿。姐夫的衣服奴家也会做，姐夫的小孩奴家也稀罕，常来常往姐夫家中住，一来二去住了好几天。"类似的隐约表述都是向伦理纲常发起的挑战。和中原女性相比，东北女性的现实生活可以说趋近于"狂欢"状态："狂欢节上没有表演者和观众之分。甚至连最初形式的舞台都没有。舞台会破坏狂欢节（正如相反，取消舞台便会破坏戏剧演出）。人们不是观看狂欢节，而是生活在其中，而且是所有的人都生活在其中，因为按其观念它是全民的。在狂欢节进行期间，对于所有的人来说，除了狂欢节的生活以外没有其他生活。人们无从离开狂欢节，因为它没有空间界限。狂欢节期间只能按照它的规律，即狂欢节自由的规律生活。"[①] 可以说，东北女性在较少清规戒律的文化氛围中近乎狂欢地生活着，也把现实的生活状态转化成了舞台艺术。

（二）艺术作品中的东北女性叙述

在民歌、民谣中，东北女性对爱情的表白大胆而直露。如民歌《双花》："着艳装，多风流，搽脂粉，解闲愁，嗯奈哎嗨哟。回家换衣服又梳头哇呼嗨，妞的抓髻头上摇，丝线穗子搭在腰，葛格勒克（长袍）棋盘领呀，宽火罗（衣服贴边），金线绦，云子扣袢十二道，嗯奈哎嗨哟。二尺半烟袋嘴里叼呀呼嗨。妞的花鞋绣得更高，木头高底仙人过桥。鞋面绣上连理树呀，绣荷花，水皮漂，绣对小鸟落树梢，嗯奈哎嗨哟。把她的心事绣在鞋上了哇呼

[①] ［苏联］巴赫金：《弗朗索瓦·拉伯雷的创作与中世纪和文艺复兴时期的民间文化》，莫斯科，1965年，转引自［苏］莫·卡冈《艺术形态学》，凌继尧、金亚娜译，生活·读书·新知三联书店1986年版，第210页。

嗨。"又如《有心不怕山隔路》："有心不怕山隔路，……倒坐门限手把一口刀，泼上生死要和哥哥交。……打死复活还要和哥哥交。……叫一声哥哥你不要怕，哪怕他人头落地高杆上挂。生铁炉子化不了金，铁锯也解不开咱二人。"① 不仅大胆直白，而且为了所爱的人即使以生命为代价也在所不惜。还有其他更为大胆赤裸的表白足以被划入"黄色"范围。与此类似的是东北民歌《大姑娘美》："大姑娘美来大姑娘浪，大姑娘躲进了青纱帐……我东瞅瞅西望望，就是不见我的那个郎。郎呀郎，你在哪疙瘩藏，等得我是好心慌"，青纱帐是男女幽会的秘密场所，如此堂而皇之地传唱可见东北女性在两性情感上的开放程度。而《送别丈夫出征歌》则充分展示东北女性以大局为重，在国家危难之际的大义情怀："骑上你的枣红马，跟着大军出征吧！……肩负家乡父老的重托，消灭罗刹勇敢冲杀！为了民族和国家，赤胆忠心去打罗刹。你心爱的妻子啊，一定等你胜利回家！"这些民歌、民谣中的女性既注重个体生命的独特感受，坚持独立自主的人生追求，又没有流于自私和狂妄。

在当代文学作品中，东北女性被塑造为真实、热烈、善良、执着和敢做敢当的形象：

> 东北女人属于最为真实的那一类，无论她们在爱着，还是恨着，都是不加掩饰的那种。交女性朋友，最好的伙伴就是东北女人，她们会为你不遗余力，甚至两肋插刀；如果你有不对的地方，她们也会当面毫不客气地指出来，虽然可能让你下不来台，但是并非故意为之，她们认为是朋友，就不能虚伪，就更应该真实和坦诚。
>
> 东北女人的性格是属于绝不含糊的那种极端，没有什么过渡，那是明摆着的一览无余，让人一目了然，这有些像东北的天气。热烈、浪漫、直率、心胸开阔、不拘小节、乐于助人、心地善良、性格活泼……这些

---

① 董森编：《民间情歌选》，中国民间文艺出版社1981年版，第12页。

就是东北女人的特点,尤其是那种女中之豪杰的大器和胆略,让东北的女人别有风采。

……

与东北女人在一起,总是快乐和开心的,她们好像天生具有某种幽默的基因,这一点从她们的语言和行动上总能让你感到这是一个心胸开阔的女人,就是她对你有看法,也绝不会背后去捣鬼,而是光明正大地说出来,或者是骂你一顿,从不管你是否爱听,但是过后,她好像早就忘掉了这件事,所以同东北女人在一起,你千万不要计较什么,那样你会吃亏的,因为她是什么事情都不往心里去的主,你太计较,可就是自讨苦吃了。

东北人管男人叫"大老爷们儿",管女人叫"大老娘们儿",这种近乎粗俗的称谓是任何一个地方都无法比拟的。

老爷们儿就老爷们吧,还前面非要加一个"大"字。这老娘们儿就更奇了,"大老娘们儿"实在是容易让人联想起母夜叉的形象。乍一看,真能把人吓出二里地那么远,给人的感觉是东北女人真是不好惹的。

东北女人的热情奔放,放之四海而皆准——无论她们对待朋友、老人、丈夫、孩子,都有一股没有穷尽的热情和力量,所以她们不一定是全中国最好的女人,但一定是最忘我、最投入、最真诚、最粗犷、最宽容、最快乐、最潇洒的女人。[①]

你会在各种场合,公共汽车、小中巴、饭店、舞厅、商店、办公室、游览与休闲场所,听见她们(即东北女人)高门大嗓地讲话,无所顾忌地放声大笑。……在东北,两个女孩在众目睽睽之下,拳脚相加、相互厮打的事,

---

[①] 《东北人》,赵无眠、余秋雨、程鳌眉等《东西南北中国人》,北方文艺出版社 2007 年版,第 130 页。

虽然大大少于男性，但也偶有发生。……在饭店、酒家，女人们豪饮啤酒，或者一杯一杯地同男士拼白酒，也是寻常的事。甚至喝得面如重枣，喝得脸色蜡黄，酩酊大醉。①

这恐怕是东北女人最真实、完整的写照。当她们被载入东北民俗喜剧时，呈现在观众眼前的便是一系列粗俗、浪荡、彪悍的女性形象，并且这种内在的群体性格特质积淀为文化记忆反复呈现。"'文化记忆'的特点有二：一是认同具体性，就是说它涉及储存的知识及其对一个大我群体的集体认同的根本意义；二是重构性：大我群体的这些知识涉及当今。"② 在与多重文化语境碰撞、融合过程中，东北女性的群体性格特质尽管不断被加工和改造，但其核心因子并未消失，甚至在当代日渐提升的民主观念的催化下，东北民俗喜剧中女性的剽悍意识不断强化，演绎出了装扮夸张、性格强悍、无视性别禁忌的一系列东北女性形象。

（三）东北民俗喜剧中的悍妇原型

用"悍妇"一词概括东北民俗喜剧中的女性形象并不为过。早在大秧歌中，就孕育了东北文化"男弱女强"的性别模式。大秧歌最经典的情节"老汉背少妻"的一种演出方式是一男一女两个演员，小媳妇因为脚疼走不动，就由老汉背着走。

    男：老汉我笑呵呵呀，
      肩上背起来我的老婆。
      今日不往别处去呀，

---

① 丁一夫：《东北人是咋样的》，金城出版社2002年版，第348页。
② [德]哈拉尔德·韦尔策编：《社会记忆：历史、回忆、传承》，季斌、王立君、白锡堃译，北京大学出版社2012年版，《社会记忆（代序）》，第5页。

　　　　找个酒楼把酒喝呀。

女：把酒喝呀，你听我说，

　　　今日你喝酒要少喝。

　　　你在酒楼喝醉了酒，

　　　躺在街上打磨磨呀。

男：老汉我把胡子撅，

　　　肩上放下来我的老婆。

　　　今日喝酒你别管我呀，

　　　我愿意咋喝就咋喝！

女：你喝多就不行！

男：你管不着！

女：偏要管！（要打）

男：你还要打人？

女：打你就打你！①

　　之后女演员揪住老汉的胡子便打，打完之后还要把老汉推倒，老头爬起来对观众说："你们笑什么？家家如此呀！"可见这种场景在东北民间的普遍性。

　　东北女性自我意识的强化从日常生活走进了艺术。依照列斐伏尔的理解，"日常生活既不是本真的原始状态，也不全是单调与琐屑、异化与沉沦的无意识黑夜，而是永远保留着生命与希望的矛盾——异质性世界。人类的幸福与希望不能诉诸日常生活之外而是日常生活之中。革命与宗教信仰都解决不了日常生活问题。日常生活的希望在于某种瞬间艺术狂欢。"② 让日常生活狂欢

---

① 李微：《东北二人转史》，长春出版社1990年版，第6—7页。
② 刘怀玉：《列斐伏尔与20世纪西方的几种日常生活批判倾向》，李小娟主编《走向中国的日常生活批判》，人民出版社2005年版，第149页。

化，进而在舞台上将狂欢精神进一步强化，是东北女性自我救赎的方式。在二人转中，"旦"和"丑"在性别上是不平等关系。在当下的都市舞台中，二人转或小品表演基本遵照这样一种格式，即先由丑上场以说口的方式热场，然后引出旦，旦出场后先就丑的长相等一番耍弄后，丑以矮子步绕旦几周，以挑衅的眼神对旦仔细打量，继之旦对丑大打出手，虽然是演戏，但明显毫不留情。这种丑围着旦转、走矮子步的表演格式不仅不会引起观众的反感，反而会引来阵阵掌声。二人转的艺谚"旦走高，丑走低""丑逗旦浪，各不一样""下装逗、上装俏，下装围着上装闹"等说法也证实了旦和丑的不平等关系。按照杨朴先生的说法，"就故事内容来说，所有二人转故事几乎都是以女性为主角的，所有二人转故事的女性又都是美女的符号，而所有二人转故事中的男性又都是地位低下男人的符号；故事的结局是女性爱上了男性，实际就是地位低下的男人获得了美女的爱"。① 虽然这一结论因为绝对化而有牵强附会之嫌，但二人转中女性对男性的相对强势确是事实。崔莺莺与张生、蓝瑞莲与魏公子、马寡妇与狄仁杰、张四姐与崔文瑞、鸾英与朱洪武等故事中，女性都是主动出击，男性反而显得被动和脆弱。二人转传统剧目《大西厢》改编自《西厢记》，而《西厢记》从《莺莺传》到董解元的《西厢记诸宫调》再到王实甫的《崔莺莺待月西厢记》乃至其他关于《西厢记》的种种版本，无一例外把张生刻画为对崔莺莺的主动追求者，但二人转《大西厢》却颠倒了张生和崔莺莺的主动和被动关系，恐怕只有这样才符合东北民俗文化中女性自我意识的实际。

在造型上，东北民俗喜剧中丑的低俗、夸张、怪异，与此相应，旦的装扮多土气、热辣、俗浪。小品"白云黑土"系列中宋丹丹扮演的形象是土气的代表。她的帽子、棉袄以及富有特色的绑腿棉裤，加上她涂黑的牙齿、褶

---

① 杨朴：《关东戏剧的根》，吉林省戏剧理论学会《关东戏剧论》，吉林文史出版社1998年版，第132页。

皱的面相、乐观知足的表情和迟缓的步态，活脱脱一个东北老太太的形象。高秀敏、李静的装扮是当下东北农村妇女的典型：普通的发式、宽体衬衣、大众化的裤子，没有塑造女性形体美的款式，完全出于舒适和劳动方便的需要。毛毛在小品《不差钱》中的装扮是改革开放前东北小姑娘最经典的形象，绿衣红袄麻花辫，热辣乍眼。而在当下二人转的民间舞台上，女演员的装扮或更多显示俗浪之气，如浓妆艳抹，各式珠光宝气的镶边，长裙托地，都市流行服饰，或展示强烈的旦角丑角化倾向，如红肚兜、花裤子，种种怪异且时尚的打扮与傻子的粗俗、邋遢，给人以强烈的感官刺激。二人转演员黄飞在舞台上穿一个滑稽的肚兜配一条花色夸张的裙裤，脚上一双棉拖鞋，在妆容上更是刻意将眉毛涂成浓黑色，脸上画出两个大红点，浓艳的口红远远超出嘴唇边界，这种错位、夸张、俗浪的怪异装扮打破了人们对女性惯有的审美期待，也从一个侧面折射出东北女性的自我认知和定位。二人转演员的装扮历来没有章法，即使在传统大戏的演唱中，女演员的装扮也是随性，虽然会根据剧情的需要进行适当的设计，但二人转的开放性使得演员在造型上也东挪西借。由于二人转的起源和莲花落关系紧密，莲花落的乞丐装扮便为二人转拿来所用，这突出表现在傻子原型上。此外，二人转和东北秧歌、评剧、太平鼓以及各种民间小曲小调密不可分，所以演员在装扮上吸收了大秧歌的热辣狂放、新鲜乍眼，借鉴了戏曲的烦琐和贵气，但也不失其民间化的土俗。有时这些自相矛盾的造型会在同一个演员身上体现出来，使之既土俗且时尚，既华丽又浪荡。这样的装扮从形式上将女演员彪悍、粗俗的形象勾勒了出来。

在性格上，东北民俗喜剧中的女性形象往往缺少中国传统女性的贤淑、温顺与节制，反以彪悍、粗俗为特征。作为东北喜剧小品曾经的当家花旦之一，高秀敏的舞台形象令人印象深刻。原因之一在于她的笑声爽朗、高亢甚至肆无忌惮，其中渗透着直率和狂野。李静在东北影视剧中出演了很多角色，都无非是心直口快的热心形象。她塑造的形象同样以爽朗的笑声和东北民间的"俏皮嗑"引人注目。她的俏皮嗑直率、形象、夸张而富于感染力。她在电视剧《刘老根》中饰演的"大辣椒"在丈夫"药匣子"面前经常指手画脚、不依不饶。宋丹丹扮演的角色也有彪悍的一面。在赵本山扮演的形象面前，无论是争当火炬手（小品《火炬手》）还是在实话实说节目（"白云黑土"小品系列）中发言，她始终处于强势地位。在较少清规戒律的"自由"状态，东北女性的自我意识强烈，反映在东北民俗喜剧中就是女性形象的俗浪。如二人转传统剧目《回杯记》中，丫鬟春红为了逗王二姐开心，讲的"小数"："张、张、张二嫂，上南园，摘豆角。一把豆角没摘了，肚子疼，往家跑，卷炕席，铺干草，老婆娘，请不少，南北大炕没搁了。只盼养个小胖小，哪曾想，事不好，噔噔放两屁白拉倒。公公骂，婆婆吵，当家的过来呱呱踢两脚"①，可谓粗俗之至。而刊载在《东北二人转》1987 年第 4 期的单出头《王二姐思夫》则把思念丈夫的大家闺秀王二姐刻画成一个无视身份和规矩的疯丫头："王二姐身倚香闺思配偶，二哥赶考咋就不回楼？想二哥呀，我头不梳脸不洗，脖颈子锈得赛车轴；想二哥呀，纽扣开了我不系，罗裙开了我用手提搂；红缎子绣花鞋张了嘴，露出了奴家的脚趾头；金莲不裹任它性长吧，看它长得多大才到头。"王二姐甚至因为气恼，想"搬个梯子要上天。上天抓住月下老儿，薅着他胡须就把嘴巴子扇"。又"摔了镜子摔镜架，气得二姐直哆嗦。伸手扯起红绫被"，稍作犹豫，"撕了吧来撕了吧，二哥回来俺俩盖一个。有心要扯鸳鸯枕，二哥回来枕什么？扯了吧来扯了吧，二哥回来枕我胳膊。"接着在绣花楼上撒泼："雪花香粉洒满地，桂花头油楼下泼，拿起镐头去刨炕，搬起石头去砸锅，手拿斧子去劈柜，喊叉咔嚓挠窗户。"完全颠覆了接受者对一个大家闺秀的形象期待。和其他戏曲样式不同，二人转中

---

① 吉林省地方戏曲研究室：《二人转传统剧目汇编3》，1982 年 11 月，第 5 页。

的旦角大多狂野、俗浪，无所顾忌。《双锁山》中"刀压脖子问亲事"的刘金定，《穆桂英》中为自己招亲的穆桂英，在这样的女性面前，本来叱咤风云的高君保和杨宗保也变得相形见绌。穆桂英不仅逼迫杨宗保答应与自己成亲，在杨宗保的父亲杨六郎因为儿子私自阵前收妻，违犯军纪，要将其推出午门开刀问斩之时，穆桂英率穆柯寨三千人马布阵保护杨宗保，而后直接闯入白虎厅，劝说杨六郎放过杨宗保。在劝说无效后穆桂英宝剑出鞘，直逼公公杨六郎，又踢翻龙虎案，将令旗令箭扔在地上，杨六郎道了句"老杨家咋招来这么个活祖宗"，便要溜走。可穆桂英揪住公公的衣领将他拉回来，并训斥他："……难道你杀了宗保就能破天门阵？难道你杀了宗保就能退敌兵？难道你杀了宗保就算保大宋？难道你杀了宗保江山就太平？你这样凿死铆没有灵活性，只想杀儿不杀敌怎能领好兵？想要走元帅大印给留下，你净身出户离开白虎厅！"最终，穆桂英帮助杨宗保破了天门阵，杨宗保保住了性命。穆桂英对爱情的热烈、大胆与执着，为爱情不惜动用武力冒犯公公，都呈现了东北女性剽悍、火爆的性格。《楼台会》中贵族小姐祝英台对爱情的表白是："你说我尼姑不能把郎嫁，我偏嫁你这小和尚。"二人转老艺人李青山说："洪月娥是个什么样的人物呢？你别看她学过武艺，有武将家风，但因为咱们给穷庄稼哥们儿唱戏，你就得让庄稼哥们儿熟悉她，喜欢她。这样就得把她唱成个爽朗痛快的泼辣性子，上马是能征惯战，下马是炕上剪子割地的刀，推碾子拉磨，捡蘑菇，采菜啥都会，姑娘媳妇一招呼：二妹子，走啊！洪月娥是挎起筐来，大步流星，跟着就走，得真像带点野性的、住在乡下泼泼辣辣的大姑娘。"[①] 二人转作品中的女性，都被赋予了东北女人的野性，人们对她们的欣赏并不遵从理性逻辑，而是津津乐道于这些人物被变形和夸张了的性格，感受用"摘星星""搬泰山"的大彩礼单子抗婚的佘太君、桥下赴盟的

[①] 吉林省地方戏曲研究室：《二人转史料3》，1980年9月，第213页。

蓝瑞莲、荼蘼架下会张郎的崔莺莺等性格的爽快、粗俗和敢作敢当。

当代东北影视剧以及与之相关的其他作品中也塑造了一批这样的女性形象，如《刘老根》中的大辣椒、丁香，《五福临门》中的响八乡，《都市外乡人》中钱秀的妻子，《乡村爱情》中的英子妈、谢大脚，以及《三枪拍案惊奇》中的陈七、麻子面馆的老板娘，《欢乐农家》中的二儿媳妇，等等。其中，《圣水湖畔》中的马莲是她们中的代表。她粗犷、豪放、不服输，性格大气，本想支持黄金贵继续做村长，但因受挤兑决定不谦让，在村民的全票支持下当了村长，而后又很体谅黄金贵，知道他只是因为和自己的土地纠纷而输掉，便又主动找黄金贵和解，愿意在黄金贵的领导下做土地经纪人。这些女性乐观、开朗，不仅"巾帼不让须眉"，而且将强烈的自我意识毫不掩饰地呈现出来。这些男性化的女子，反映的是东北民间女性那种野俗豪迈之美。

东北民俗喜剧中的悍妇原型还体现为戏里戏外的女演员表演风格的变化。跳进戏内，演员会根据剧情走进人物性格，但跳出戏外，女演员的表现往往和戏内大相径庭。二人转有"两个世界"——"故事世界"和"游戏世界"，[①] 而游戏世界为演员充分演绎自己提供了可能。演员在戏中可能是温婉含蓄的大家闺秀，走出戏外转身变成了强悍、粗俗的东北妇女。如《西厢》中的崔莺莺，在戏内"含羞带愧"，尽管对张生一见钟情难以自制，但宁愿大病卧床，还是谨守闺训。然而跳出戏外，女演员一改闺秀风范，变成喜欢打闹笑骂的东北姑娘。在教训红娘的调皮时女演员唱道："从今后再要提姓张的一个字儿，我就狠狠地打你这该大死的、还大愿的几个小杵子儿。"接着丑和旦跳出戏外说口："（丑）是巴掌。（旦）杵子打人不是更疼吗。"女演员又还原为一个东北村姑的形象。

然而"下装围着上装闹"的场景在当下的二人转舞台上有所变化。和传

---

① 参见后文"东北民俗喜剧表演特征"部分"从叙事到狂欢"。

统二人转相比，上装（旦）的说口明显占有更多的戏份，甚至呈现男弱女强的压倒之势，如李毛毛和小肥牛表演的《逗你没商量》，主要内容就是作为旦角的李毛毛的说口，丑角反而成了配角。

> 一开始就是李毛毛一个人说，小肥牛一张嘴，李毛毛就开说，小肥牛根本就抢不上话。但这不是最有趣的，最有趣的是李毛毛面向观众的"抓口"。李毛毛的眼睛瞄准了观众席中一位戴眼镜的男人，面向他飞媚眼说："我到这里来演唱，我主要是想我眼镜哥哥！去年你呀，给我送了一个秋波，整的我一年呀，神魂颠倒"；"你没事吧，嫂子让你跪洗衣板了吗？我包装了你，死鬼！"说着又是一个媚眼。"为了征服你，我学了不少歌；眼镜哥哥我总看你好看呢"；……又说："我生得伟大，我活得憋屈呀"，对着观众指着小肥牛说："我嫁给他时他家那家伙可穷了，穷到什么程度？耗子进屋走三圈，含着眼泪出去的；眼镜哥哥，我有家底，我这些年挣了一些钱，没事！"说着说着还是向眼镜飞媚眼。接着又面向观众指着小肥牛说："你看他那个傻样，有一天喝多了，回家直接就进猪圈了，搂着猪睡了一宿，第二天早晨醒了，还说媳妇你睡觉咋还不脱毛衣呢？"……直到最后，小肥牛才说："你要是把她领走，你就知道什么是飞来的横祸了。"①

这段说口几乎完全由上装完成，颠覆经典、无视禁忌、粗犷豪放，表面上看与当代大众文化的通俗性、流行性乃至戏谑的特点相应和，本质上却是东北民俗喜剧悍妇原型的又一次展演。

"出相"是二人转表演的重要组成部分，在诸多形式的"相"中，不乏李毛毛的"猛女相"、黄小飞的"虎老娘们相"、王小利的"泼妇相"等以女

---

① 杨朴：《戏谑与狂欢——新型二人转艺术论》，辽宁人民出版社2010年版，第97—98页。

性为戏拟对象者,这无疑是对东北女性长期观察进而将其性格典型化的结果。王小利演绎的乡村泼妇身着夸张的花衣服,嗑着瓜子叉着腰,刁蛮泼辣地与人吵架的情形恐怕是东北民俗喜剧中最独特的风景之一。"猛""虎""泼",几乎作为东北女性的族群性格符号被定格、传承,并在东北民俗喜剧的舞台上被进一步放大。"我自己的生活史总是被纳入我从中获得自我认同的那个集体的历史之中的。我是带着过去出生的;……若是试图脱离这种过去,那就意味着要改变我当前的关系。拥有历史认同和拥有社会认同是一码事。……所以我的根本部分就是我所继承的那些东西即一种特定的过去,它在一定范围内存在于我的历史之中。我把自己视为历史的一部分,从完全一般的意义上说,这就意味着我是一种传统的一个载体,不管我是否喜欢这种传统,也不管我是否认识到了这个事实。"[1] 从二人转到东北喜剧小品再到东北影视喜剧,虽然始终伴随几百年的社会历史沉浮而变迁,但所承载的东北女性的族群记忆却是一脉相承,并凝定为稳定的悍妇原型。

二 悍妇原型的文化解读

东北民俗喜剧中的悍妇原型承载着鲜明的地域文化特色。在清代以前,东北地区一方面是游牧和狩猎民族的聚居区,另一方面时有中原逃难汉人把这里作为避难所,但灾难过后又返回中原,所以东北从地理位置上远离中原,从自然条件到文化特质和中原差异也很大。

中原儒家文化以"礼"为核心。"礼"与"理"相通,"理"是事物的内在层次和秩序,"礼"是内在秩序显现在外的一系列规范和要求。作为中国文化源头的《周易》对男女在家庭、社会甚至宇宙自然中的关系早有界定。乾道为男,坤道为女,男人是天,女人是地,乾坤互补,刚柔相济,这恐怕是

---

[1] [德]哈拉尔德·韦尔策编:《社会记忆:历史、回忆、传承》,季斌、王立君、白锡堃译,北京大学出版社2012年版,第11页。

《周易》哲学的起点。具体到现实中,"妇人贞,吉,从一而终也;夫子制义,从妇凶也"。① 从一而终是女人的本分,也是社会秩序得以维持的根本。《周易》对女性的定位影响了后世中国女性的命运。《礼记》明确规定了女人的"三从":"男帅女,女从男……妇人,从人者也;幼从父兄,既嫁从夫,夫死从子。……夫也者,以知帅人者也。"② "三从四德"的思想到宋代则发展为"存天理,灭人欲"的宣讲和关于女性节烈观的一整套原则规范,贞女、烈女被认为是女性修身的楷模。"温柔敦厚""发乎情,止乎礼义"的文化传统在女性身上得到淋漓尽致的呈现,所以在中国经典文学史上,多闺怨诗,多怨妇,女性的爱情表白更为含蓄委婉,也衍生出表达闺怨的诸多"意象",如月、柳、花等,"今夜鄜州月,闺中只独看","月上柳梢头,人约黄昏后",都在曲折地诉说男女相思之苦。

然而这样的遭遇没有发生在远离中原教化之风的东北女性身上。"在这里,宗法权威的象征物如森严的祠堂、庄重的牌坊等等绝少见到,而维系传统道德、纲常伦理的等级制度、缛礼繁文与中原、江南相比更不能同日而语了。"③ 这一方面因为山高皇帝远,中原文化难以走进天寒地冻的东北;另一方面,作为"马上民族"的满族,其社会发展进程跨度大,没有经历奴隶社会的充分发展,便跑步进入封建社会,男性和女性同时从奴隶制度中解放出来,难免有惺惺相惜之感。男尊女卑意识的酝酿还缺乏足够的文化根基,从而女性得以获得和男性同等的社会地位。女性不是被保护和顺从男性的弱者,而是从事和男性相同的劳动,甚至和男性一样独立、强悍、勇武。同时,东北地域文化也为悍妇原型的诞生提供了土壤。不仅男性"少虑"甚至于"傻",女性也粗糙、野俗,大悲大喜如严冬和盛夏。而作为流民的一员,女

---

① 《周易·恒卦·象辞》,哈尔滨出版社2004年版,第104页。
② 王文锦译解:《礼记·郊特牲第十一》,《礼记译解》上卷,中华书局2001年版,第354页。
③ 吉林省戏剧理论学会:《关东戏剧论》,吉林文史出版社1998年版,第19页。

性在饱受流离之苦时也收藏起中原文化的温文尔雅和繁文缛节，反而在艰难的生存环境中锻炼了强健的筋骨和意志，成为在林海雪原中驰骋的男性化女人。所以，相对于中原女性，东北女人有更多自由活动的文化空间，她们更少瞻前顾后，而多了一分我行我素。如此，东北民俗喜剧中的女性往往表现出超出男性的强悍就不足为奇了。传统二人转《蓝桥》中蓝瑞莲为了与恋人私奔，大雨夜里跳过高墙；《锯大缸》中寡妇王二娘为了找个与心上人说话的机会，将一口好缸砸坏；《张四姐临凡》中张四姐为了能与穷书生崔文瑞相守，盗走了天宫所有的宝贝；《洪月娥做梦》中家境优裕又南征北战的女英雄洪月娥直接道出自己不遵从父母之命、媒妁之言并急于嫁给小罗章的心情；《摔镜架》中王二姐思夫心切，以至"镜子摔得八下搁，摔了镜子摔镜架，上炕拉倒大被格"，又拿起红菱被和鸳鸯枕撕扯。这还不够，还要"手拿镐头去刨炕，搬起石头去砸锅，手拿斧子去劈柜，香粉头油地下泼"。损坏了东西后便拿着三尺白绫要上吊，[①]可见其情之真切以及情感表达方式的泼辣。这些为情奋不顾身几至狂乱的行为在其他地域文化中是不可想象的。再回到上文所举二人转中旦对丑大打出手一例，在其他地域观众眼里实在不可理喻，但在东北文化语境中，这种情况早已司空见惯了。

东北民俗喜剧中的女性有一种俗浪之美。"俗"与"雅"相对，是没有经过贵族化提升的土俗；"浪"是行为放纵、无拘无束之意。在东北民间，"浪"更多用于形容女性，不仅指自由，还包含着在自由前提下体现在外在形貌、体态、言语等诸多方面的带有吸引男性元素之美，是东北女性特有的妩媚和风情。在东北女性那里，"浪"是一种自然流露，是根植于她们潜意识中的本能诉求，也是她们相对开放的性观念的间接反映。"它们是原始心理状态的遗存，是留在进化过程中的化石。用民俗学的术语来说，它们即是'遗留

[①] 耿英编：《二人转传统作品选》，春风文艺出版社1983年版，第15页。

物'。对于心理学家来说，它是射向史前原始心理的一束指路的光芒。"① 上文有述，东北女性不必遵照父母之命、媒妁之言寻找配偶，也没有严格的从一而终的规定，在"性"方面相对缺少束缚。反映在东北民俗喜剧中，是渴望幸福婚姻的蓝瑞莲，再嫁心切的马寡妇，与张生一见钟情并与之"手拉手牙床上，颠鸾倒凤配鸳鸯"的崔莺莺，为自己招亲的刘金定、穆桂英，思夫的王二姐，盼嫁的洪月娥等女性形象，以及《瞧情郎》《送情郎》《盼情郎》《探情郎》《情五更》《思五更》《叫五更》《盼五更》《春哥上工》《茉莉花》等小曲小调。据孙红侠考证："传统二人转情爱题材的剧目中，恋爱关系中女子采取主动的态度的这种叙事模式在三十九个故事中计有二十九个，占到四分之三。"② 这些剧目中不乏朱元璋（《小封官》）、狄仁杰（《状元图》）、刘秀（《太子藏舟》）、伍子胥（《禅宇寺》）、杨六郎（《三关认夫》）这样的王侯将相，但在二人转的情爱叙事中一并成为女性的俘虏。中华人民共和国成立后"二十二个中只有两个，占的比例是十分之一"。③ 这种比例的变化并非尽如作者所说"这是一种男性观众的欣赏趣味对戏曲表演和叙事的影响"④，笔者以为其根本原因是女性性别定位的变化。传统二人转扎根于底层叙事，是百姓自觉自愿的艺术，因而无须作伪与矫饰，所以对民间世情的反映则更真实。而中华人民共和国成立后的二人转被赋予了太多文人加工的痕迹，在内容上也紧跟主流文化的潮流，变得精致、典雅、工整，是被赋予教化甚至启蒙功能的文艺形式之一，也是"伪现实主义"的现当代文学的组成部分，所以其中的女性形象被主流文化所改写，和现实有很大差距。

东北民俗喜剧中女性形象开放的性意识历来为主流文化所不齿。二人转

---

① ［美］阿兰·邓迪斯编：《世界民俗学》，陈建宪、彭海滨译，上海文艺出版社1990年版，第132页。
② 孙红侠：《二人转戏俗研究》，博士学位论文，中国艺术研究院，2007年，第124页。
③ 同上。
④ 同上。

被禁止的原因基本是"有伤风化"。直至现在，东北二人转、小品在民间舞台的表演始终存在争议，其焦点之一仍旧是对性的表现露骨、直白以至败坏社会风气。作为人类生命本能的"性"是古今中外艺术作品的不变母题，关键在于是否能够通过艺术化的形式将其转化为审美的对象，是否能够将这一内容的表现控制在理性有序的范围内。从东北民俗喜剧这些女性形象身上，观众看到的是粗鄙的狂欢："粗鄙，即狂欢式的冒渎不敬，一整套降低格调、转向平实的做法，与世上和人体生殖能力相关联的不洁秽语，对神圣文字和谶语的模仿讥讽等等。"① 东北民俗喜剧中的女性形象表现出不同程度的彪悍、粗俗和浪荡，这从一个角度展示出东北女性的觉醒。

第二节　傻子原型

泰勒认为："从旧的习俗，为了能够鉴别其起源而保留下了许许多多的东西，虽然习俗本身采取了新的形式，因为如此使用环境，以致由于其自身的作用而继续占有自己的地位。"② 有些文化现象"它在新的事态中没有根基，而纯粹是旧事物的遗产。遗留的稳固性使得能够断言，其中表现着这类残余的人民文化，是下面的某种较古状态的产物"。③ "这些被改造过的、被改变和被歪曲了的艺术成分本身仍然带有自己历史的印记，而且，假如我们很难区分出那些成分的这种过去的历史，那么无论在什么情况下，我们都不能根据这一点去肯定：这一历史是完全不存

---

①　[苏联] 巴赫金：《陀思妥耶夫斯基诗学问题》，白春仁等译，生活·读书·新知三联书店1988年版，第177页。
②　[英] 泰勒：《原始文化》，连树生译，上海文艺出版社1992年版，第76页。
③　同上书，第75页。

在的。"① 东北民俗喜剧中的"傻子"形象就是这样一种"从旧习俗"的存在。在民间艺术中,傻子形象并不稀缺,那些在舞台上搞笑、搞怪、被嘲弄以及自嘲的角色可以说都与傻子形象搭界。但东北民俗喜剧中的傻子形象拖曳着自己"过去的历史",裹挟着东北文化习俗和族群的内在精神气质,呈现出自身独特的舞台魅力。

一 傻子原型的特征

"傻子"原型在东北民俗喜剧中由来已久。在关于二人转起源的十几种说法中,"庄王传说"中就提到了傻子:

> 庄王有病卧床,心中愁闷。找两个傻子在地下唱,没有适当的词句,只是男的包个女人头,庄王一看高兴了,病愈之后,就叫人编小曲到民间去唱。②

对二人转起源的这一解释是否可信已无从考证,但这一信息提示人们:"傻子"历来是二人转的主角。

关于二人转起源的解释众说纷纭,但人们公认二人转的产生和逃难、走江湖、行乞等有着千丝万缕的联系。一般认为,二人转的形成是"秧歌打底,莲花落镶边",而莲花落是宋代流行于民间、为乞丐乞讨时所唱的小曲。走江湖的形象很难确切描述,但不难想象,他们衣衫褴褛的状貌与舞台上邋遢的傻子形象之间确实有着某种关联。

傻子原型是东北民俗喜剧地域文化因子传承的重要载体。二人转的艺诀"不学一帅,就学一怪"③"包头的(即旦)讲究浪中稳,稳中浪;唱丑的讲

---

① [英]泰勒:《原始文化》,连树生译,上海文艺出版社1992年版,第17页。
② 王兆一、王肯:《二人转史论》,时代文艺出版社2002年版,第37页。
③ 萧萧女整理:《二人转的学艺》,《戏剧文学》2007年第12期。

究精中傻，傻中精""包头是颗菜，全仗唱丑的卖""唱丑的肚囊宽，包头的敢搬山；唱丑的肚囊窄，包头的不敢甩""三分包头的，七分唱丑的"①，都在凸显"丑"或"傻"的重要性。当代的二人转、东北小品和影视喜剧也呈现出"无傻不成戏"的局面。二人转的"丑"、小品中的傻子或者傻乎乎的形象、东北影视剧中的很多非常态人物，构成了异彩纷呈的傻子形象画廊，成为东北民俗喜剧的一道独特景观。《卖拐》系列演绎的是三个分别由赵本山、高秀敏和范伟扮演的"傻子"形象；《红高粱模特队》中范伟头戴花围巾、着衬衣西裤的时尚形象并未引起人们多少关注，他的走红很大程度上依靠赵本山为他打造的新头型——小平头，这一很平民化甚至很土气的发型配上他固执、善良而轻信的性格将他的傻乎乎的形象凸显出来。曾活跃在东北二人转舞台上的魏三，其招牌就是"傻子"形象的塑造。近年来东北影视喜剧中也诞生了很多有些傻气的人物形象：《刘老根》中的药匣子、大辣椒，《都市外乡人》中的大吵吵、钱秀，《清凌凌的水，蓝莹莹的天》中的村长钱大宝，《乡村爱情》中董事长王大拿的儿子以及"未说话先撇嘴、说话就磕巴，斤斤计较、满身是理"的刘能等不一而足。即便在传统大戏《王二姐思夫》中的秀才扮乞丐与王二姐逗趣一段也是该戏的看点。以傻子命名的说口也有很多，如《傻女婿》《傻姑爷》，和傻子相关的说口《不会说话》《学话》《会说话》《夸寿》等。可以说，傻子形象的演绎是东北民俗喜剧得以存活和发展的生命线。

东北民俗喜剧中的傻子原型极具个性。它的"傻"经常伴随并展示在怪异、彪悍、俗浪、弱智和憨厚之中，具有浓厚的东北地域文化特色。总体说来，傻子原型可以分为以下几类：

痴呆中傻。当下活跃于民间舞台上的傻子形象常常以痴呆为基本特征，

---

① 萧萧女整理：《二人转的扮》，《戏剧文学》2007年第10期。

却又不仅仅是痴呆。如张小飞表演的小品《傻柱子接媳妇》，傻柱子穿着格子上衣，歪戴破旧的解放帽，牙齿涂黑，斜挎着早已过时的黄色军用书包，趔趄着走上舞台，不时含混不清地向观众炫耀自己要去接漂亮的媳妇，而从其搭档的口中可知傻柱子所炫耀的内容只是幻觉而已。小品《奥运火炬手》中塑造的"黑土"异常紧张，手不停发抖，犯常识性错误，发言语无伦次，词语胡乱搭配几乎到了胡言乱语的程度。而"白云"关于"秋波"的解释——秋波就是秋天的菠菜，即使不算痴呆，至少也是缺乏起码的文化教育的表现。当一个人的认识水平低于某一群体智力的底线时，他自然被认为弱智或傻瓜。

憨厚中傻。范伟用他的小平头演绎着憨厚农民或市民的形象。在小品《卖拐》《卖车》中，他因憨厚和轻信不断陷入赵本山设置的陷阱，即使"大妹子"高秀敏从中劝阻也无济于事。王肯的《三放参姑娘》中那瓜三次放了参姑娘从而获得了参姑娘的爱，那瓜并不弱智，只是他的行为憨厚甚至过于善良到被认为傻的程度。

精明中傻。被弱化了傻子因素的傻子原型情况更为复杂，并非只有智力上的缺陷才被认定为傻，人们也会依据其外在形象、观念或性格而判定是否该将一个形象归入傻子的行列。如在东北民俗喜剧中就有"精明中傻"这一类傻子原型，以《卖拐》系列中赵本山扮演的傻乎乎的形象为代表。帽檐卷曲的粗布解放帽，一条东北老农民惯穿的裤子配着中山装或是西装，几乎永远是一双土布鞋。在这样的招牌装扮之外，赵本山会适时加上一些额外装饰，如经常在脖子上挎一个七八十年代很流行但现在已经过时的军用书包，或随机披一件过时的军用大衣之类。2009年央视春晚，在脖子上套了一挂大蒜，手里提着野鸡、蘑菇等。这样落伍和不合时宜的外形与央视春晚上或西装革履或繁花似锦或热辣时尚的光鲜形象形成鲜明的对照，仿佛一个傻瓜站在一群聪明人的行列，极为惹眼。但从智力上看，这样的所谓"傻子"不仅善于保护自己，甚至常常表现得很油滑和市侩。《卖拐》系列中赵本山欺骗范伟屡

105

屡得手，在《不差钱》中赵本山也很善于利用服务员小沈阳和导演毕姥爷的心理尽量节约开支和为自己争取利益。在二人转和东北民间故事中都有一个"傻姑爷"的故事，尽管版本不同，但都设计三个姑爷，其中大姑爷和二姑爷都有很好的家庭和受教育背景，给人以很高的期待，而三姑娘虽然是三姐妹中最聪明的，却嫁给了傻小子。在岳父的生日这天或其他的重要节庆场合，大姑爷和二姑爷穿戴得体，礼数周到，三姑爷却寒酸有加、不懂规矩，于是三姑爷常常成为被两个姐夫或岳父捉弄的对象，要求行酒令、对诗之类。就在大家都等着看他笑话的当口，他却能出其不意，令众人刮目相看。这是个在东北大地流传甚广的故事，经常在二人转里被当作套子口使用。它不仅是弱者被同情和激励的案例，也是东北人生存策略的展示。

狂妄中傻。电视剧《刘老根》中的"药匣子"是这类傻子的代表。他表面上很善于打自己的小算盘，却经常搬石头砸自己的脚。《马大帅》中的范德彪自以为是，不能认清自己的能力和位置，总想干出一番大事业，却总是力不从心，经常闹出笑话，只好用"论成败，人生豪迈，大不了从头再来"安慰自己。《乡村爱情》中的刘能时刻在算计利益得失，却常常聪明反被聪明误。他本想通过给怀孕的女儿刘英开庆典的方式从村民那里赚些份子钱，却反被村民算计，大家背地里商量好不给刘能一分钱。《乡村爱情圆舞曲》中的保安队长宋晓峰也是个傻劲十足的形象，自以为很圆通，长相贼眉鼠眼，做事较真死板，常常在刘大脑袋和王云夫妻间互传"情报"，在王大拿和杨晓燕之间打探消息，自己却经常充当无辜受害者角色。这些人物在智力上没有缺陷，有时甚至表现出智力上的略高一筹，但他们常因为自以为是以至傻事常做，傻态频出。

上述四种傻子形象各有其"傻"——智力缺陷、后天教育不足、过于善良不计利害、以"傻"的外表掩饰内在的精明或本不精明却自以为是。尽管各自不同，但都表现出智力和能力上的不足、不同程度的怪异以及行为或外形上的土俗。

傻子原型在造型上富有特点，可以概括为粗、丑、俗、怪、浪。东北傻子装扮粗俗、丑陋、怪异，如戴乞丐的开花帽、秃头却扎个小辫子、嘴巴很大眼睛很小、罗圈腿小分头、超短衣服配上肥大的裤子等。此外，东北喜剧演员的舞台装扮要么大红大绿，要么任情随意，即使是传统大戏的凤冠霞帔也没有其他戏曲样式的中规中矩，而是择取其他戏曲装扮的一些元素加以组合之后，仍旧搭配刺激感官的红衣绿裤之类。在传统二人转的乡间演出中，演员只是就地取材，在普通的农民装束外，头上和腰间做一点装饰而已。而在今天的东北民俗喜剧舞台上，演员的装扮更为俗浪。小沈阳曾以蓝色闪光裤子和女式破西装登场，夸张的口红配上两撇小胡子和中分的汉奸头，俗艳而浪荡。至于绿底大红花衬衣、花哨的围巾以及各种刺激感官的俗浪装束，都是东北喜剧演员们追捧的对象。不合常规的服饰搭配，穿过时的衣服，以及在正常衣服上进行怪异的加工等，使并不弱智的丑的形象平添了浓厚的傻气。"二人转，蹦蹦，在早下装非弄花脸不可。大花脸，画的白彩。有大蝙蝠、小蝙蝠、蜻蜓、大钱，都画在鼻梁上，还有小王八。谁愿画啥就画啥。你画蜻蜓我就画小王八；你画蝙蝠，我就画大钱，不重复。"[①] 此外，傻子在装扮上喜欢牙齿涂黑、面部涂黑等。傻子的语言、动作也常常表现得很俗浪，如对旦的眼神和动作经常包含着性的因素，二人甚至往来笑骂，开辈分和夫妻玩笑。小品《捐助》中王小利扮演的"亲家"因台词中连续出现"寡妇"一词而备受批评，原因在于其中包含了对异性较为强烈的期待。

怪异是傻子原型的另一特点。知名的东北民俗喜剧演员大多有一样绝活——出相。《乡村爱情2》中的"四哥"用他的"抽搐的脸"相给观众留下深刻的印象；赵本山在《关东大先生》里出"斗鸡眼"相并经常重复"我这

---

① 李微：《东北二人转史》，长春出版社1990年版，第20页。

暴脾气"；张小飞的傻子相；《乡村爱情》中范伟扮演的儿子经常拖着他的大舌头和赵本山扮演的父亲王大拿拌嘴，由于口齿不清，说话反反复复，拖泥带水，引人发笑；刘流扮演的王大拿的秘书刘大脑袋，为了掩饰自己跛脚的缺陷，经常在鞋底垫一块铁，他走路时发出的"当当"的响声和他的口头禅"必须的"相映成趣；刘能则经常打着领带，穿一件过大的西装，挽着袖口，一条绿军裤挽起裤脚，拖着罗圈腿去别人家门口偷听，用以说长道短和争得自己的一点小利益。他好争辩，却又因为口吃总是失败而归。这些可谓"光怪陆离"的丑角都有自己独特的粗俗"标志"，是不可替代的"这一个"。

"出相"是傻子原型的又一撒手锏。相是"丑"怪诞、夸张的面部表情和动作，如傻相、憨相、蔫相、疯相、喜相、小孩相等。在东北民俗喜剧舞台上，"傻相"是演出的核心内容之一。傻子多以"出相"见长，很多二人转艺人以"傻子"作为自己的艺名，如"程傻子"（程喜发）、"庞傻子"（庞奉）、"肇傻子"（肇庆连）、"郭傻子"（郭英巨）、"王傻子"（王祥）、"周傻子"（周阁臣）等。还有一些艺人虽然不用"傻子"作为艺名，但其艺名也和傻子形象有关，如"刘缩脖子""王四猴子""大玻璃棒子""杨大头""王大脑袋""滚地雷""马老窝瓜"以及曾被称为"天下第一瞎"的赵本山，这些艺名与演员在表演中经常出傻相不无关系。如民国时期名丑徐大国就有非常丰富的"相"："哆嗦腮帮子相"（腮帮子上的两块肉先快后慢均匀地哆嗦），"左嘴角往左边一咧，和左眼角就连上了；右嘴角再往右边一咧，和右眼角又连上了。眼睛还配合着，嘴角咧到哪边，哪边眼睛就看不见了，另一只眼却瞪多老大，往外鼓鼓着。"这是"斜嘴相"，"两只耳朵上、下、前、后，都会动"，"用手一端下巴，下巴就掉下来了；两手再一掐，'咯崩'，又上去了"，"眼斜了，嘴歪了，胳膊直不楞的就硬了，晃晃悠悠地往前走，和'中风'病人一样"，"三场舞扭着扭着，突然一条膀子不听使唤了，和面条一样。"① "大国演傻柱子。演到赶着小毛驴接媳妇回家,走在路上的这段戏时,他就出相了:右手拄着右腿,支撑重心;左手在腰眼拄着,帮着借力;然后屁股往左边一撅,左胯骨全支出来了,像个小车座一样,媳妇坐上,稳稳当当,一圈一圈地驮着走。"② 这些突破了身体极限的"相",不仅带给人们怪异和刺激的感官享受,也看到了傻子形象粗俗的一面。"傻相"在当代东北喜剧小品和影视喜剧中都有,如赵本山的"斗鸡眼相"、田娃的"抽搐脸相"、张小飞的"吊死鬼相"、老翟头的"对眼相"、孙小宝的"五官移位相"、王金龙的"大猩猩相"等。很多演员都有一手模仿动物的绝活。演员双手高举,双腿略微下蹲笨拙前行,胸脯向前挺起,嘴巴向前突出,一只大猩猩就活脱脱出现在舞台上。20世纪30年代活跃在二人转舞台上的江东第一丑刘大头善于模仿狗叫、驴叫,善于出"妖相":蝎子妖、猴子妖、蜈蚣妖、蛤蟆妖、乌龟妖、公鸡妖、蜘蛛妖、老虎妖,每一"相"都惟妙惟肖。如出蝎子妖相时,"身子作扁形,胳膊往回一绻,手指头一勾",出蛤蟆相时,"趴在地上往前蹦",③ 这些被模仿的动物或其出相效果易于呈现,或在民间用于笑骂的工具,如狗、驴、乌龟之类,因而出相在带给人感官刺激之余,也有演员用自我轻视来换取观众优越感,从而达到喜剧效果的功能。

归结起来,傻子原型是运用夸张的手法所创造的形体与性格都超乎常态、严重不协调的喜剧艺术形象,其目的在于使观众在一系列的错位——男性的女性化、严肃的游戏化、人的动物化和强烈的感官刺激中,体验狂欢的乐趣。

东北民俗喜剧中的傻子形象在精明和愚蠢的悖论中给人以荒诞感;因怪异令人耳目一新;它的彪悍和俗浪为人们提供了自我释放的空间;而它的憨厚又给人们带来了脉脉温情。

---

① 吉林省地方戏曲研究室:《二人转史料4》,1982年编印,第37—38页。
② 同上书,第36页。
③ 同上书,第26页。

二 傻子原型的文化解读

"傻"在《辞海》中有三种解释：愚蠢；老实而不知变通；愣或呆。归结起来，傻子是指在某一群体中因智力、能力低于平均标准，以及言行脱离基本规范，游离于群体之外或被边缘化的一类人。对于傻的理解，昆德拉认为"现代的傻不是意味着无知，而是对既成思想的不思考。"① 在东北民俗喜剧中，傻子却不仅仅是无知和缺乏对现实的批判性反思，也不仅仅是老实、愚蠢之类，而是在这些特点之外，有着自己的构成元素。

（一）东北民俗和文化想象中的"傻子"

东北方言有一个有趣的现象，就是描述"傻"的相关词汇特别丰富，"虎""彪""虎啦吧唧""傻啦吧唧""二五眼""二百五""嘲""二嘲扣""缺心眼"……与之相对应的概括某人聪明、会处事用的一个"奸"字又从另一方面传达了东北人评价他人的文化取向。在东北人那里，一句"你傻（虎）啊"并非简单地否定对方的智力，很可能只是善意地取笑甚至表扬对方的善良；而一个"奸"字则包含着这样的价值取向：即使人们并不反对崇尚智慧，但也绝不赞成在与别人交往的过程中动用过多的智慧。这样的文化风尚在日常生活中所表现的东北人的热情和对他人的缺少芥蒂，在中国各地域文化中也是独一无二的，所以才有"东北虎，西北狼"的民谚出现。"虎"是说一个人是敢闯敢拼的莽劲，"二虎""二虎杵子""二虎头"，多一个"二"字，则有了"傻"的含义，不仅莽，而且呆。在民间也有"南方的相，北方的将"之说，勇将也叫虎将。但这一与"虎"紧密相连的"傻"，其价值取向却往往趋向于正面认可。和西北人的苍凉、中原人的仕进意识不同，东北人缺乏忧患意识，缺乏建功立业、流芳百世的进取心，或者说相对而言

---

① ［捷］米兰·昆德拉：《小说的艺术》，孟湄译，生活·读书·新知三联书店1992年版，第158页。

第三章 东北民俗喜剧文化因子传承之二：文化原型

淡薄个人名利，那些效力于王侯的"虎将"更多不是出于个人实现而甘洒热血，反而多为一个"义"字去抛头颅，是《水浒传》中李逵式的为宋江的仁义而肝脑涂地，不是《三国演义》中的张飞身上所附着的忠君意识使然。这也可以解释为东北的"虎将"不是为某种既定的"信仰"而战，是为"情义"而战。善待他人给东北人带来的快乐远胜于自我实现，或者说东北人的自我实现更多定位在对他人的酬答，即使不是"宁可天下人负我，我不负天下人"，东北人也视辜负人心为最不仁不义之事，所以在东北素有"交人交心，浇花浇根"的古话。

东北人善酒。"'灌'是从硬往旁人口里灌酒的形象来的；'倒'是从主动往自己嘴里倒酒的举动来的；近来有出现'扔'，这比'倒'还凶，张开大嘴，杯不沾唇酒就扔进去了。由于新近出现了劝酒的'酒谚'：'感情浅，舔一舔；感情深，一口闷'，又出现'舔酒'和'闷酒'这样的新词，'闷'更不得了，一口闷到嘴里完完全全咽下去。而且灌的倒的扔的闷的全是白酒，这种喝法只能在北方出现。"[①] 此外在民谚、俗语、百姓流行语中也不乏东北人对酒的情感态度："宁损十年寿，莫打烧酒瓶""东风吹，战鼓擂，今天喝酒谁怕谁""酒肉穿肠过，朋友心中留""客人喝酒就得醉，要不主人多惭愧""路见不平一声吼，你不喝酒谁喝酒"，这种近乎"暴力"的喝酒方式衬托出东北人的热情、豪爽、快意当下和行事的无所顾忌。他们习惯于将自己放逐在缺乏前因后果缜密思维的处事方式中，这在他种文化中不可避免地被视为思维简单、不开化或粗俗的"傻"。人们俗称南方人为"南蛮"，东北人不蛮却"横"，在吵架中没有讲道理的耐心，而是直接出手，一打为快，这就是俗称的"瞎子狠，秃子愣，一只眼发豪横"。这恐怕是东北流民继承了燕赵志士的侠骨遗风后又融入了东北土俗文化的结果。

---

① 王肯等：《东北俗文化史》，春风文艺出版社1992年版，第271页。

另外，东北人把心思更多放在制造快乐上。东北人缺少治世安邦的雄心壮志，更多的是面对现实生活的豁达、开朗和知足。生活本身是他们关注的核心，他们善于在简单的生活中给自己寻找乐趣，所以才拼命扭着大秧歌，恣意说笑狂欢，以至演化为放荡的性的笑闹。这是一种明显出格的游戏方式，但似乎仍不能充分表达和宣泄他们内心深处对快乐的强烈渴望，所以在喜剧中，无恶意地演绎傻子的众生相，把傻子的粗俗、恶心甚至变态、无聊作为狂欢的载体。东北民俗喜剧中的傻子形象，没有明确的价值判断，"傻子"的存在价值在于他是和正常人相对的极端形象，是自由、怪异和低俗，是可以放浪形骸的对象，所以在一定意义上说，对傻子形象的追捧是东北人出格游戏的新尝试。对东北人来说，"玩"是他们生存意义的本体，喜剧以及"傻子"是他们在现实生活的笑闹之外给自己开辟的另一个游戏空间。盛行于清初的东北秧歌是二人转的母体。在传统的东北大秧歌表演中，有一个叨着长长的烟袋、戴着帽子、耳朵上挂着一串红辣椒、装扮成老太太的形象特别引人注目。他反穿着棉袄跟在队伍的后面，一边和着队伍的节奏舞着秧歌步，一边向观众做着种种鬼脸、鬼态，俗称"老㧟"。这一形象无疑沾染了傻气。但还不够。姜建平、吕殿才、陈银河在《吉林地区秧歌与满族习俗》一文中写道："吉林地区秧歌有三个重要人物，即'老鞑子''老坐婆子'和'傻子'。"[①] 辽宁的高跷秧歌中有白蛇、青蛇、彩婆子、丑公子、傻柱子等人物。这些"傻子"或接近于傻子的形象，虽然未必弱智，但一定快乐、土俗、怪异。从审美接受的角度看，"艺术中的'丑'大体同滑稽、幽默、喜剧性等联系在一起，如戏剧行当中的'小丑'和其他类型的喜剧角色。这类'丑'角或者从外观形象，或者从气质中产生出喜剧性的不协调，如个人与社会、行为意图与结果的矛盾等。这类矛盾使人物行为的常规期待落空，产生了无法

---

① 刘振德主编：《二人转艺术》，文化艺术出版社 2000 年版，第 30 页。

确定意义的背谬状态，这就是荒诞感。"① 傻子给观众带来常规期待的落空，带来意义的丧失，但也带来了快乐。

傻子形象体现出东北人的思维方式和处事方式的儿童式思维特点。东北人做事相对来说欠思考，停留于简单快乐，似乎还没有经过成人化思维的提升过程，从这个角度看，在和他者文化的比较中，东北人的"傻"不是先天弱智，而是后天缺陷，表现出来是后天发展不足给人带来的怪异感。从社会形态上说，东北的社会发展也有着明显的后天不足。东北是满族的大本营，所谓龙兴之地，但"满族在明万历年间，仍然处在原始社会末期，明万历十一年努尔哈赤起兵之后，便开始进入奴隶社会，……满族从原始社会进入奴隶社会，只有34年。……过渡到封建制社会，才经历23年，其社会历史进步的跨度是非常大的。"② 尽管中华人民共和国成立后东北居于全国重工业基地的龙头位置，但在文化发展上依旧精英意识不足，而民间传统鼎盛。

（二）流民文化与东北傻子的生成

东北历来是"丛林老树，若龙虎相搏击。熊罴豺虎鹰鹯之属，骈蹄累迹，白昼出攫人为粮。其水黝黑湍急，蛟龙鱼鳖所窟宅"。"秋季则大雪，皑皑数千里，冰厚逾丈，万物咸蛰。"③ 所以多"勇夫"而少"谋士"。东北地域辽阔，自然资源丰富，但由于常年气温低，冬天更是天寒地冻，在清军入关之前，居住在此地的只是一些少数民族。清军入关后，又对东北地区实行"封禁"的保护政策约200年。"清朝迁都北京后不久，即动工兴建柳条边。起初，主要是作为划分辽河农区与蒙古牧区的界限。……蒙古牧民游牧流动无常，而清军入关后的辽西是'沃野千里，有土无人'，因此，'插柳结绳，以

---

① 高小康：《丑的魅力》，上海文化出版社1993年版，第7—8页。
② 孟祥林：《关东戏剧刍议》，吉林省戏剧理论学会《关东戏剧论》，吉林文史出版社1998年版，第70页。
③ 《黑水先民传·自序上》，转引自赵文翰《关东大文化笼罩下的个性追寻》，吉林省戏剧理论学会：《关东戏剧论》，吉林文史出版社1998年版，第18页。

界蒙古',成为稳定辽西农区、维护发祥重地的紧迫任务。"① 但"'关外地方,佣场工价比内地较多。'辽东'力田之家,必募佣人以助耕作。佣工一年可得十二金,布两,其以日计者价倍之。故关内贫民往者甚众。"……因此,关内贫民"闯关东",到关外垦荒谋生,不仅经久不衰,而且越来越多,逐渐形成巨大的浪潮。到雍正十二年(1734),盛京地区州县属下的编籍民户,达到45089丁,比顺治十八年(1661)的5557丁,增加了八倍多。同时,在关外还有大量未入籍的流民。据官方调查,乾隆初年(1736)在八塔、塔子沟(今朝阳一带)等处蒙古牧区,关内"贫民络绎奔赴,垦地居住,至二三十万之多"。② 吉林地区仅在"宁古塔及船厂工商佣作人等,不下三四万"。③ 盛京地区未入籍的流民没有统计,但数量可能更为惊人。"乾隆年间,有大批流民深入吉林边疆地区采参,有地流民则到盛京东边外禁区伐木。"④ "乾隆帝在一七九四年八月说:关内贫民'前赴盛京、吉林及内蒙古地方就食,亦不下数十万'。"⑤ 虽然封禁政策没能完全挡住流民闯关东的脚步,但他们的到来还是没有改变东北人烟稀少的局面,这为东北地区"傻子"文化原型的出现埋下了伏笔。

东北流民主要由三部分组成:少量因文字狱被流放到东北的文人、大量因自然灾害到东北逃荒的灾民以及被发配到东北的军队。这些以下层人为主体的流民欠缺中原文化底蕴,也缺乏必要的谋生技能,生活不稳定,很多从事开矿、挖参、伐木的工作,有些人居无定所,打光棍的现象极为普遍。为了家族能够继续繁衍下去,近亲结婚也成了理所当然的选择,即所谓"姑舅亲,才是亲,打断骨头连着筋",从而形成"无傻不成屯"的人口畸形发展现

---

① 杨余练等编著:《清代东北史》,辽宁教育出版社1991年版,第159页。
② 同上书,第7页。
③ 同上书,第14页。
④ 同上书,第176页。
⑤ 同上书,第179页。

第三章 东北民俗喜剧文化因子传承之二：文化原型

象。据胡朴安《中华全国风俗志》载："满洲地方，血族结婚甚多。致有张张氏李李氏之笑话，在贫贱妇女中愈多。满洲住民之制，甚不严密。无如他省之有宗祠，又无家谱者甚多。因此不能辨别血统之同否也。"① 如此，东北民俗喜剧的形象塑造中几乎离不开"傻子"就不足为奇了。

另外，流民文化强化了东北淳朴的民风。《后汉书·东夷传》载："其人粗大强勇而谨厚"，《松漠纪闻》也说："其人戆朴勇鸷不能别生死"，都充分说明东北先民的厚朴品格。清军入关后大批流民在人烟稀少的东北同为异乡异客，在生活境遇和心理上有着强烈的族群认同感，互相帮扶也成了他们在艰苦的自然条件下生存的必由之路，所以才有"昔年行柳条边外者，率不裹粮。遇人居，直入其室。主者尽所有出享。或日暮让南炕宿客，而自卧西北炕。马则煮豆锉草饲之。客去不受一钱。他时过之，或以针线荷包赠。则又煮乳猪鹅鸡以尽。"② 对过客以朋友之礼相待，这样的场景至今在东北的偏远地区屡见不鲜，可见"东北人都是活雷锋"有它传唱的文化传统。"个体生活的历史中，首要的就是对他所属的那个社群传统上手把手传下来的那些模式和准则的适应。落地伊始，社群的习俗便开始塑造他的经验和行为。到咿呀学语时，他已是所属文化的造物，而到他长大成人并能参加该文化的活动时，社群的习惯便已是他的习惯，社群的信仰便已是他的信仰。"③ 这一"活雷锋"的文化传习，深深刻印在东北人的族群记忆中，并成为他们不自觉的日常行为选择和艺术表现对象。东北人对"不古人心"的迟钝反应也使他们游离于"精明者"甚至"常态人"之外，于是东北民俗喜剧中便常见热情、耿直、轻信的愚笨形象（如《卖拐》系列中范伟扮演的受骗者形象）。在东北人眼中，这不仅仅是如他人所认为的自嘲，在某种程度上也是一种自我确认

---

① 胡朴安：《中华全国风俗志》（下），上海科学技术文献出版社2008年版，第378页。
② 同上书，第392页。
③ [美] 露丝·本尼迪克特：《文化模式》，王炜等译，生活·读书·新知三联书店1988年版，第5页。

和欣赏。

此外，艰苦的生活条件也练就了东北人乐观的人生态度。游戏人生、及时行乐、苦中作乐，是东北人几百年不变的人生信条："极端艰难的处境反而滋生了他们（指关东移民）乐天知命的思想，这不是高度理性思索的结果，而是在生活压迫之下无可奈何的反抗。这是流浪汉的快乐，这种寻求欢乐和有趣的心理素质和社会心态，可以说是当时东北移民社会中一个主流心态。"①这种人生态度反映在东北民俗喜剧中，是对傻子形象的独特理解。如拉场戏《拉君》：

> 祝英台　（忽听傻哥唤，急忙前来见。）傻哥，唤我何事？
>
> 梁山伯　兄弟你干啥去了？
>
> 祝英台　我在后屋扎花呢。
>
> 梁山伯　你胡说！
>
> 祝英台　傻哥，你干啥去了？
>
> 梁山伯　我去玩啦。
>
> 祝英台　你上哪玩去来的？
>
> 梁山伯　上河沟玩去来的。
>
> 祝英台　干啥玩来的？②

这里的"傻哥"不是被嘲弄的对象，而是和"祝英台"一唱一和进行没有意义承载的语言游戏的形象。他反应迟钝，但给人带来了快乐。

三　傻子原型的美学阐释

（一）个性与反常："陌生化"效果的凸显

"陌生化"是 20 世纪俄国形式主义美学的核心概念之一，旨在通过"文

---

① 马平安、楚双志：《移民与新型关东文化》，《辽宁大学学报》1996 年第 5 期。
② 吉林省地方戏曲研究室：《二人转传统剧目汇编》，1982 年 11 月，第 465—466 页。

第三章　东北民俗喜剧文化因子传承之二：文化原型

学性"的突出以强化文学和现实的界限，延宕接受者在文学世界中的感受阈限，从而最大限度地实现文学对现实的超越功能。"那种被称为艺术的东西的存在，正是为了唤回人对生活的感受，使人感受到事物，使石头成其为石头。艺术的目的是使你对事物的感觉如同你所见的视像那样，而不是如同你所认知的那样；艺术的手法是事物的'反常化'手法，是复杂化形式的手法，它增加了感受的难度和时延。"① 究其根本，形式主义陌生化概念的关键是制造艺术和生活的距离，力图给人们一个与现实生活迥然不同的新世界。这一点上，东北民俗喜剧的傻子原型具有陌生化特点。和各类戏曲中的傻子形象相比，东北民俗喜剧中的傻子形象更富于个性。除了必备的绝活如耍手绢、扇子之类外，几乎每一个东北喜剧演员都有自己独特的表演风格。如20世纪二三十年代，有善出"猴相"的尹喜亭、善扮老太太的乐不够、善演老雕的赵瘸子、擅长"鬼相"的李殿真……近几十年活跃在东北喜剧舞台上的演员也各有特色：唐鉴军的老太太相、张小飞扮演的傻柱子、蔡维利的小品《傻子上学》……都独具特色，不可替代。个性化实际上是制造审美距离的一种方式。个性化的实现依靠突出和夸张，当一个形象的某一特质被夸大时，它就脱离了现实性而成为艺术的了。艺术世界因其不同于现实世界而满足了人们追求新奇的渴望，东北民俗喜剧的演员们也因为从不同角度突出和塑造了傻子形象的特征，为观众呈现了一个五彩斑斓的傻子世界。而演员们的傻子绝活很多超越了普通人的身体极限（如可以让身体和地面呈20度角站立，倒立喝啤酒，模仿动物惟妙惟肖等），人们欣赏他们的表演，如同欣赏奥运世界冠军屡次打破世界纪录一样感到狂喜和惊奇，因为他们从中感受到的是对熟稔的现实生活的挑战，是不同于现实生活的艺术的盛宴。美常常是千篇一律的，而丑却总是个性化的，它总是夸张地凸显自身的某些不合常规之处，"丑总是

---

① ［俄］维克多·什克洛夫斯基：《作为手法的艺术》，朱立元、李钧主编《二十世纪西方文论选》（上卷），高等教育出版社2002年版，第187页。

一种歪曲。"①"'美'是事物的常态,'丑'是事物的变态。""毕非尔神父说美就是最普遍的东西集合在一块所成的。这个定义如果解释起来,实在是至理名言。他举例说,美的眼睛就是大多数眼睛都像它那副模样的,口鼻等也是如此。这并非说丑的鼻子不比美的鼻子更普遍,但是丑的种类繁多,每种丑的鼻子却比美的鼻子为数较少。"② 这一见解可以说明东北民俗喜剧中的傻子形象特征,但仍显力不从心,因为东北民俗喜剧中的傻子形象在种类和夸张程度上都可谓极尽"丑"的个性化之能事,从而更充分地将观众从现实生活中调动出来,获得暂时的安慰和快适。人不安于生活在"此处",还对"彼处"充满期待。获得"彼处"的方式有很多,可以走出熟悉的生活圈子,进入另一种生活状态,也可以走进宗教的幻象或艺术的世界。叔本华说:"艺术是人生的花朵。"而东北民俗喜剧中的傻子形象又延长了这花朵开放的时间。

东北民俗喜剧中的傻子形象不仅制造了艺术和生活的距离,也解除了人们的审美疲劳,制造了新的审美期待。寻求变动不居是人的天性使然。人们在艺术中不仅找寻如阿多尔诺所说的否定和异在于现实生活的元素,而且在不断寻求新的审美模式。当一种艺术形象在人们的欣赏视野中迁延了过多的时日,并沉淀为格式化的审美趣味以至倦怠了人们的接受欲望时,便须有新的艺术形象跳出,来抵抗人们的审美惰性。"一般人的艺术趣味大半是传统的,因袭的,他们对于艺术作品的反应,通常都沿着习惯养成的抵抗力最小的途径走。如果有一种艺术作品和他们的传统观念和习惯反应格格不入,那对于他们就是丑的。凡是新兴的艺术风格在初出世时都不免使人觉得丑。"③朱光潜这里所说的"丑",是新奇,是打破习惯的怪诞。对于怪诞的接受往往须假以时日,所以艺术史上很多杰作在作者百年之后才被认可为传世之作,

---

① [德] 黑格尔:《美学》第1卷,朱光潜译,商务印书馆1981年版,第23页。
② 朱光潜:《文艺心理学》,安徽教育出版社1996年版,第139页。
③ 同上书,第152页。

但新奇的艺术风格总能给人们的审美世界增添新的期待。"施莱格尔……给美所下的定义是'善的令人愉快的表现',他给丑所下的定义是'恶的令人不愉快的表现'"。① 罗森克兰兹认为:"丑作为美的否定,必须是崇高的积极的倒错(倒错为粗恶的或平凡的东西),必须是悦人的东西的积极的倒错(倒错为令人嫌厌的东西),或者必须是单纯的美的积极的倒错(倒错的畸形)。"② 在当代,人们求新求异的心理似乎比以往任何时代都更为迫切。小沈阳自登上 2009 年央视春晚的舞台之后一炮走红,成为年度娱乐界最为热议的人物。思其原因,恐怕不只是他在小品中占了很大戏份以及他的精湛唱功,更不只是师傅赵本山"沸点制造"的结果,而是他不男不女的个性化形象塑造。观众除了对他的台词反复咀嚼之外,更深刻的印象停留在他的"苏格兰长裙"上。和央视春晚大多数畏首畏尾的语言类节目相比,小沈阳表演的性别取向给人们提供了真诚狂笑的理由。它打破了观众对男性装扮与性格的惯常期待,将与现实悖谬的场景和盘托出,给人以惊异感和错位感,并伴随当事者的自我感觉良好,这些混合的感受刺激了观众的"优越感",喜剧效果由此而生。而和他同台演出的毛毛尽管一样"笑料百出",但她的身上有着太多"自嘲"的影子,难以满足观众新的审美需求,因而在走下央视春晚舞台之后,悄无声息也就在情理之中了。当东北民俗喜剧中的傻子形象"丑"态百出的时候,人们的审美习惯也告别了正襟危坐听人传授国计民生大道理的时代,而向多元的艺术需求时代迈进。

(二)游戏与狂欢:个体心灵的释放

狂欢的冲动恐怕是人类追求自由的最显性表征。弗洛伊德认为,整个人格系统由本我、自我和超我组成。本我是原始的无意识,遵循"快乐原则",

---

① [英]鲍桑葵:《美学史》,张今译,广西师范大学出版社 2001 年版,第 308 页。
② 同上书,第 400—401 页。

本我的唯一功能就是尽快发泄由于内部或外部刺激所引起的兴奋，它是个体得以生存的本源；超我是人格道义或理想，是禁忌、道德规范以及宗教戒律的体现者；自我是本我与超我斗争、调和的产物，指导人们在社会规约范围内满足本能欲望。不管超我的力量如何强大，本我总在蠢蠢欲动，试图通过种种置换形式突破超我的重重包围，以换取自我最大限度的生命满足。如果把意识形态、理性、主流看成约束本我的超我，则东北民俗喜剧中的傻子原型可以说是本我冲动的置换形式。在民间艺术的诸多傻子形象中，东北喜剧中的傻子最为随意、任性、放荡不羁，富于狂欢特征，这也是东北民俗喜剧自产生以来屡遭禁止的重要原因。即使在当代，谩骂二人转、东北小品的声音仍然不绝于耳，"绿色二人转"的"绿色"标准依旧含混不清，这样的情形恐怕仅用"肮脏""恶心""黄色"之类的评价远远不够。何况东北喜剧的任性与放荡并非仅仅为了迎合观众趣味从而获得更可观的经济收入，也并非只由于演员多出身于社会底层，而是在很大程度上因为笑骂本身就是东北人日常生活中游戏方式或情感宣泄途径。以笑骂为游戏并能在一来一往的对峙中锻炼智慧和获得快感，恐怕是东北人独特的文化景观。作为和道德原则相悖的社会风气，笑骂游戏尤其是和"性"相结合的笑骂游戏不值得提倡，但它作为一种文化事实却由来已久，很难用制度性的约束和道德评价一刀切地对其予以否定。和这一文化事实相应，东北民俗喜剧中的傻子原型也具有狂野的特征。在民间舞台上，笑骂是二人转和小品的调料，即使在以严格的奖惩制度著称的刘老根大舞台，演员们掺杂着"性"的笑骂也常用隐晦、曲折的方式表达出来。比如赵本山和大徒弟李政春在表演一个小品时，李说自己有前列腺炎，赵困惑地问："前列县是哪个县？怎么没听说过呢？"实际上仍在制造"性"的笑料。

东北民俗喜剧中的傻子原型塑造缺乏教化目的，也很难从中寻出些许深刻内涵。更多情况下，东北民俗喜剧中的傻子带给观众的是纯粹的娱乐和狂欢。魏三、豆豆的小品《美女桃花阵》，魏三扮演去"北土大唐"取经的"甜僧"（因为"唐""糖"同音，而糖是甜的）。在和豆豆的对话中，魏三"车票都买好了""驴我都喂好了""主啊，赐给我力量吧""不知能不能回来，也没找人算过"的语句完全颠覆经典。它不负载诸如"九九八十一难后终成正果"以及反封建、反压迫的沉重主题，而是仅仅从对经典的颠覆中收获简单的快乐。在这里，"好玩"是唯一目的。这一娱乐效果和周星驰主演的《大话西游》如出一辙。

在传统二人转正戏前，总要有一个开场码，如下面由丑唱的一段"小数"：

闲来无事上南壕，

看见两个耗子来摔跤。

大耗子抱住小耗子腿，

小耗子搂住大耗子腰。

一边过来个大花猫，

喵喵，过去了。

一边又过来个大花猫，

喵喵，又过去了。

你问咋就看不着？

嗐！一对大瞎猫。[①]

这段小数同样没有任何承载，甚至无法归纳出一个主题来，它展示的只是一个拟人化、虚构意味很浓的幽默场景，或者说只是一个铺垫很长的谜语，让观众在游戏和笑声中将注意力转移到舞台上。孙小宝唱的天津快板《黛玉

[①] 吉林省地方戏曲研究室：《二人转史料4》，1982年编印，第28页。

戏小泉》把黛玉和日本首相小泉两个风马牛不相及的形象黏合在一起，而黛玉的一系列要求——"我要洗桑拿，还要吃海鲜"，"坐飞机、坐火箭"到伊拉克找萨达姆以及"姑奶奶我黑白两道"等都旨在在非理性的胡说八道中获得狂欢。更为突出的是央视春晚一度红火的东北喜剧小品。表面看来，几乎每个小品都明确传达了一个教化的主题，如《奥运火炬手》的爱国精神，《送水工》对老人问题的关注，《卖拐》系列对坑蒙拐骗行为的痛斥等，但小品给观众的深刻印象似乎与此关系不大，倒是"大象装进冰箱分为几步""你以为穿上马甲我就不认识你了""请听题：地上一个猴儿，树上骑个猴儿，一共几个猴儿"这样的谜语和笑话更为深入人心，所以与其说这些小品"寓教于乐"，不如说是打着"教化"幌子的纯粹的狂欢盛宴。

　　弗洛伊德常引用民俗资料以分析梦的象征功能。他指出："梦的象征作用远远超出了梦的范围；它不是梦所特有的，它在童话故事、神话和传奇，笑话和民间传说中也具有同样的重大影响。它使我们能追溯梦与这些产品之间的密切联系。我们不应当设想梦的象征作用是梦工作的一种创造，它很可能是潜意识思维的一种特性。"[1] 弗洛伊德认为民俗和梦有着同样的象征功能，它是一个族群童年幻想和游戏的继续，是个体以至人类心灵中被压抑和埋藏的历史经验和记忆的置换形式。对自由的追求是人类亘古不变的梦，但在强大的"超我"面前，它被掩藏起来，并选择各种象征形式来表达。东北人将挥之不去的流民文化记忆和自古以来辽远的自由之梦，寄寓在"傻子"这一特殊的文化原型中，用短暂的狂欢稀释了现实的沉重，用纯粹的游戏忘却人生的苦难。东北喜剧中的傻子之所以为美，在于其以反形式的方式展示了人性中最真实的一面。傻子是人群中最卑微、最无能、最无教化因而也是最真实的个体，他以社会的最底层身份使观众充分享受自身的优越感，又以其原

---

[1] ［奥］弗洛伊德：《释梦》，孙名之译，商务印书馆1996年版，第673页。

始、本真的生存需求唤醒处于理性有序的生活状态的人们对于真实生存的关注。傻子在理性规约之外，社会伦理对他不具有任何约束力，他可以做回他想要的自己，所以傻子形象不仅可爱，甚至令人羡慕，可以说它是人们自由理想的投射，帮助人们实现了"对现实原则的逃避"，成为人们在现实生活之外的另一种生活。这恐怕是傻子形象最得人心之处：随心所欲而不必不逾矩。

（三）颠覆与自嘲：审美与自我的重新解读

傻子形象在东北民俗喜剧中已经被演绎了几百年，但如此大规模地走进大众文化的视野却是近几十年的事。"如果说在集权时期人们面对强权除了'视死如归'之外只能保持沉默，那么在相对宽松但是又仍然存在禁忌的特定时代，人们选择的反抗方式常常不能不带有妥协性、灵活性、间接性等特点：比如装疯卖傻、拼贴搞笑、冷嘲热讽等。"[①] 当代大众文化在不断的颠覆与调整审美标准的过程中寻找着文化的新方向，这为东北民俗喜剧中傻子形象由后台走向前台提供了文化土壤。

自20世纪80年代改革开放以来，早已厌倦了蓝、绿、灰三色的中国民众对新颖生活方式的追求近于如饥似渴。喇叭裤、蛤蟆镜、西装领带、萝卜裤……仅用了十几年的时间，一轮颠覆一轮，你方唱罢我登场，缭乱了人们的感官，但也缓解了人们积郁已久的视听疲劳。求新求异和对个体生存的关注成为这个时代文化的主旋律。在市场竞争中疲于奔命的人们渴望新的文化形式刺激他们的视听神经，于是机械的教化转为寓教于乐，进而纯粹的娱乐异军突起，甚至抢占了文化的风头，喜剧也成为这个时代最得人心的艺术形式之一。在诸多喜剧形象中，东北民俗喜剧中的傻子形象有着自己的娱乐特质，它粗俗、本色、无所顾忌，最宜于表达当代人释放沉重、回归原始性的文化诉求。

---

① 陶东风：《当代中国文艺思潮与文化热点》，北京大学出版社2008年版，第79页。

透过东北民俗喜剧中的傻子形象，我们还看到了当代人对自我的重新解读。20 世纪 90 年代以后，流行时尚的此消彼长为文化的个性化、多元化所取代。当 80 年代前进帽搭配西装领带是"老土"的表现，今天却是一种"酷"的时尚时；当完好的牛仔裤因为故意在膝盖部位戳出洞或打上补丁而卖了更高的价钱时，标志着当代文化走向更为包容的时代，人们对文化的解读标准也由一元或二元扩展为多角度、多侧面，同时一度按照既定标准追求完美变为对缺陷的更多接纳。或者说在今天缺陷也是一种美，所以"丑"才从美的对立面或陪衬，一跃而为美的家族中的一员。这一转化发生的时候，人们面对曾经认为的"丑"不再掩鼻而过，而是把它作为现实存在正视、接纳甚至追捧。"另类"在当代已经不是贬义词，而是中性词甚或褒义词。人们认识到在文学作品中"高大全"式的人物过于空中楼阁，是人对自身认识的虚假设定，于是更为现实地反观自身，寻找缺陷的自我。傻子形象在某种程度上是人对自身缺陷的一种夸张表达，也是人对自身更为深刻认识的表征。

郭旺曾以这样的扮相出场：一顶破棉帽，女式露肩、露背短袖衫，并在上面随意弄破几个洞。他牙齿涂黑，带着满脸摔伤的痕迹，双手插兜、翻着白眼，双腿哆嗦着走上台来。这样的扮相加上他口中含混不清的自言自语——"我智商高"，"我厉害，被人打了俩点儿（即两个小时）没倒——绑在树上打的"，"哆嗦是胎带的，过劲就好"——将一个痴呆却自我感觉良好的形象呈现在观众眼前。田娃在舞台上这样介绍自己："我来自中华人民共和国，我是人类，我叫田娃，田就是田娃的田，娃就是田娃的娃。我今年 23 岁了，属牛的，属公牛的，出生年月日是 1985 年 9 月 24 日半夜，生我那天下雨。我的学历是小本，小学本科，没啥文化，我就上两天学还赶个大礼拜。不会说什么华丽的语言，但我保证我说过的话都灵。我嘴都开光了。我也不会说啥，但是大家别看我外表，我知道我长得有点意外，对付看吧，我妈把我研究出来，就长这熊样。"张小飞表演的小品《傻柱子接媳妇》，傻柱子沾沾自喜地向观众介绍本不属于自己的漂亮媳妇，实际上是在幻觉中给自己制造快乐。有些演员上台后这样解释自己的扮相："我长得这样不标准，就因为生产我的那个厂家我爹我妈不正规。"《卖拐》系列中赵本山扮演的傻乎乎的"大哥"，表情木讷且略带诡谲，又时而伴随着市侩和狡猾，用一些看似合理却经不起推敲的逻辑把轻信他人的"范伟"骗进自己的圈套。他的"精明"有"自以为是"之嫌，是"傻中精"对"傻中傻"的欺骗。这样的骗术在道德上无疑不值得提倡，但从另一个角度展示了东北傻子的自嘲情结：用"我不傻"的幻觉遮蔽"我是傻子"的现实。当主体煞有介事地追求这类无意义的内容时，则构成内容与形式、行为与目的之间不协调的喜剧性冲突。"喜剧性的核心不是一般的平庸，而是自称有高度重要性的平庸；不是一般的衰老，而是化妆成年轻的衰老；不是一般的陈旧，而是夸耀自己时髦的陈旧；不是一般的无足轻重，而是狂妄自大并且企图蒙蔽我们的无足轻重。"[①]

给虚无扣上意义的帽子，把缺陷转化为精神胜利，将无价值因素自炫为美恐怕不仅仅是颓废，也是人面对缺陷的达观。傻子以强者自居，可以解读为盲目自信，也可以阐释为"自恋"和"自圣"，他把自己托付给自己，既不逃避，也不乞求外力的拯救而可以平复内心的焦灼不安，不失为一种自觉甚至富有智慧的生存选择。这可从《傻男人也潇洒》的台词中略见一斑："吃不用愁，喝不用愁，大街小巷瞎转悠，吃别人剩，穿别人剩，也不管干净不干净。我这前半生活得太潇洒，公安局不管，法院不抓，走到哪都是家，我闲着没事，往哪个门口一趴，好心人还给点零钱花。"类似的还有二人转演员李太的说口："傻哥我种庄稼怕出力，做买卖少分文，无奈入了这江湖行。南颠北跑受风尘，饥寒劳累无人问，人人都说这行不好，我看这行真正可混。化上妆有男有女，下场来弟兄而论。"这是对生存处境的无奈自嘲。"自嘲是

---

① ［苏］A. 齐斯：《马克思主义美学基础》，彭吉象译，中国文联出版社1985年版，第260页。

一种更具近代文明特点的幽默趣味。它不仅意味着对他人的宽容，而且意味着对人类心灵更深入的理解：世界的不完美是每个人的不完美造成的，如果说这个世界上有什么可嘲笑的东西，那首先就是——自己。"① 当自我成了嘲笑的对象时，人们对自我的认识也不再局限于理想化的期待，也包括面对现实的平静与坦然。借用尼采的酒神精神来理解，这虽然不是人类直面现实苦难的超越精神，却也是人对自身本质的理性接受。"当尼采说：'显然，天上地下最重要的就是长久地忍受，并且是向着同一个方向：长此以往，就会导致在这个大地上的某些值得经历的东西，比方说道德、艺术、音乐、舞蹈、理性、精神等等，这就是某种改变着的东西，某种被精心加工过的、疯狂的或是富有神灵的东西。'他阐明了一种气势非凡的道德准则。"② "西西弗是个荒谬的英雄。他之所以是荒谬的英雄，还因为他的激情和他所经受的磨难。他藐视神明，仇恨死亡，对生活充满激情，这必然使他受到难以用言语尽述的非人折磨：他以自己的整个身心致力于一种没有效果的事业。而这是为了对大地的无限热爱必须付出的代价。"③ "有一种形而上学的幸福支持着世界的荒谬性。征服或游戏，无限的爱，荒谬的反抗，这都是人在自己事先就获胜的论战中向自己尊严所表示的敬意。"④ 从这个意义上说，东北民俗喜剧中的傻子形象是东北的自然条件、经济水平、文化发展长期受限之下东北人酒神精神的凝结，也是民间艺术舞台上的"荒谬的英雄"。

和谐、理性、完美固然是美的理想，然而不和谐、非理性、缺陷更是人生存的现实。为现实生存寻找理由，这是傻子的快乐；为未来生活建构理想，这是智者的追求。傻子与智者，体现的是人生存的两面性。自嘲未必是嘲笑

---

① 高小康：《丑的魅力》，上海文化出版社1993年版，第37页。
② ［法］加缪：《西西弗的神话：加缪荒谬与反抗论集》，杜小真译，陕西师范大学出版社2003年版，第75页。
③ 同上书，第142页。
④ 同上书，第111页。

第三章　东北民俗喜剧文化因子传承之二：文化原型

自己的缺点或对自我的否定，更不是自暴自弃，也可以是对自我的正视和认同。坦然面对生存现实未必就是自我意识和人性的不充分发展，也未必是将人降低为动物，而是对人本质的更真实确认。亚里士多德认为，喜剧模仿的对象应是"比我们今天的人坏的人"，然而作为正常或"好人"的"我们"是否已经摒弃或者能够摒弃这些"坏人"身上"坏"的因素呢？当我们与傻子隔着舞台对望时，我们与他们之间是否有真正不可逾越的鸿沟或说我们从生存的本质上是否真正远远"超越"了他们呢？当人对自身的理想化设定在今天遭到了一定程度的挑战时，我们面对"傻子"的"瞬间荣耀感"也就值得怀疑了。从这个角度看，"傻子"不仅不应是我们嘲笑的对象，反而成了我们观照自身的一面镜子。刘老根大舞台经常上演革命题材的小品，但小品不是革命精神的传声筒，却是民间笑话的集散地；舞台上跃动的不仅是花团锦簇或西装革履的形象，还可以是穿着西装、打着领带却搭配老式棉裤的傻子；傻子以民间曲调演绎流行歌曲和改编革命歌曲，这都标志着东北民俗喜剧中的傻子形象不仅仅是对现实的补偿和宣泄，还昭示着它和当代文化的深刻联系：对人的存在的重新审视。

"疯癫在各个方面都使人们迷恋。它所产生的怪异图像不是那种转瞬即逝的事物的表面现象。那种从奇特的谵妄状态所产生的东西，就像一个秘密、一个无法接近的真理，早已隐藏在地表下面。"[1]"《疯人院》的视点与其说是疯癫和在《狂想》中也能看到的古怪面孔，不如说是这些新颖的身体以其全部生命力所显示的那种千篇一律的东西。如果说这些身体的姿势暗示了他们的梦想，那是因为这些姿势特别张扬了他们的那种不被承认的自由。"[2]"文化记忆不可言说且无时间限制的内容必须不断地与活跃的记忆产生新的结合

---

[1]　[法]米歇尔·福柯：《癫狂与文明》，刘北成、杨远婴译，生活·读书·新知三联书店2007年版，第19页。

[2]　同上书，第260页。

并被其掌握。随着在自由辨别的环境下对这一内容的吸收，个体除了个人认同和社会认同之外，也获得了文化认同。"[1] 东北民俗喜剧中的傻子形象承载着东北人的文化记忆，也承载着人类对自由的深层次追求。他以油腔滑调的自我调侃与自我贬损规避强者蔼然长者的训导与诱劝，以"降格"的方法消解、颠覆了主流文化在人物、事件以及话语中设置的高/下、尊/卑、伟大/渺小、深刻/肤浅、有意义/无意义等文化——权力等级秩序，并因此从根本上"升格"为文化主体，讨回自己作为人的尊严与神圣。它契合了当代人对非理性的关注，于是在几百年的起起落落后，又在当代文化中一路高歌，尽情释放它的野性、粗俗与彪悍，张扬个性和原始生命力，并试图在主流与边缘、理性与非理性、智慧与愚钝之间寻求人对自身的思考：智者式的生存固然有意义，然而"傻子"同样有它存在的理由。

第三节 傻子与悍妇原型的乡土文化空间

一 乡土文化符号

符号，是意义表达的载体。依照符号学的观点，世界上一切有意义的物质形式都是符号。符号由两个部分构成，一为物质形式，即能指；二为物质形式所负载的意义，即所指。符号在长期使用过程中，其能指和所指之间沉淀为较稳定的联想关系，如由红灯想到危险之类，这就是符号的象征内涵，即约定俗成性。卡西尔在《人论》中把人界定为"符号"的动物："人不再生活在一个单纯的物理宇宙之中，而是生活在一个符号宇宙之中。语言、神

---

[1] ［德］阿莱达·阿斯曼：《记忆的三个维度——神经维度、社会维度、文化维度》，王扬译，［德］阿斯特莉特·埃尔、冯亚琳主编《文化记忆理论读本》，北京大学出版社2012年版，第44页。

第三章 东北民俗喜剧文化因子传承之二：文化原型

话、艺术和宗教则是这个符号宇宙的各部分，它们是织成符号之网的不同丝线，是人类经验的交织之网。"① 从这个意义上说，人是为自己所编织的符号文化包围的动物。人用符号标记自己，符号也承载着人的文化轨迹。按哈拉尔德·韦尔策的理解，使社会记忆得以承传的媒介之一为"互动"，即交往和沟通实践，它"涉及对过去事物进行回想的形式"，"人们在叙述有意图的情节的背景下，同时也在介绍某种类似于历史联想空间的东西，让人们能够想象历史行动者们当时所处的境况、时代特色以及他们的外貌举止等等。人们在通过沟通而传承过去的同时，也在附带地承载着历史。这时，叙述者不知不觉地、附带地和无意地承载着历史。"② 马克·弗里曼在《传统与对自我和文化的回忆》中也援引了迈克尔·兰伯克的话论述个体与集体、自我与文化之间的类似性："在任何情况下，我们都在叙述和代表着我们的认同，并借助公共习语和我们掌握的手段来再生这些代表。"③ "过去事物""历史联想空间""公共习语"等都可视为承传社会记忆、成为现实与历史得以沟通的桥梁，也是承载集体文化认同的符号体系。"过去只能借助媒体，在不同的现实中象征性地、物质性地重现。这样的重现，再次想起的行为只能通过符号才会发生。它们并没有把过去的东西带回来，而只是在现实中一再重新建构。"④

民俗符号作为民俗文化的承载体，是用某一民俗事物或现象做代表，来表现它生存于其中的地域文化内涵。东北民俗喜剧所展示的空间为承载集体意识的图像、物件以及人为还原的动作、表情等所充塞或点缀，它是"象征"而不是"实体"，是"复制"的而不是"亲临"的，因而能在现实与符号空间之间制造距离，这距离恰恰成为"怀旧"的注脚和"欣赏"的必要条件。

---

① ［德］恩斯特·卡西尔：《人论》，甘阳译，上海译文出版社 1985 年版，第 33 页。
② ［德］哈拉尔德·韦尔策编：《社会记忆：历史、回忆、传承》，季斌、王立君、白锡堃译，北京大学出版社 2012 年版，"社会记忆（代序）"第 7 页。
③ 同上书，第 5 页。
④ ［德］阿莱达·阿斯曼：《记忆作为文化学的核心概念》，杨航译，［德］阿斯特莉特·埃尔、冯亚琳主编《文化记忆理论读本》，北京大学出版社 2012 年版，第 118 页。

以这些符号为介质，东北人眺望自己的过去，并从中获取精神归属感和自我认同；在这个充斥乡土文化符号的空间中，傻子和悍妇原型得以培育、成长，同时其原型特质被进一步强化。

（一）实体符号

东北民俗喜剧中的傻子原型和悍妇原型扎根于东北地域文化，附着于东北独特的乡土文化空间。自300年前的二人转到当下的东北喜剧小品和影视剧，始终没有脱离东北浓郁的乡土气息，并用一系列约定俗成的符号系统将其固定、流传下来。有些符号已经失去了其赖以生存的时空语境，但依然在东北民俗喜剧中反复呈现，成为东北文化一种稳定的象征。东北民俗喜剧中傻子原型和悍妇原型的服饰颇具符号性。在这里，服饰不仅是实体，而且是传达某种特定信息的媒介和载体，而后一种身份更为重要。服饰的符号性有一系列核心特征，带有强烈的乡土文化的叙述意味。

二人转演员的装扮，或模仿流行戏曲，或依照生活本色。前者虽然显示出二人转作为"艺术"的形式特点，但一方面由于二人转艺术来源的混杂性，另一方面由于戏服昂贵，使得本色扮加上秧歌、戏曲因素的混杂扮更为普遍。又由于演员不是"人物扮"，而是处在扮与不扮之间，所以其服饰、化装等常常不服务于文本情节或人物性格的展现，反而编织了一幅东北乡土文化符号的画卷。传统二人转在相当长的时间里，并没有专门的演出服饰，即使在20世纪70年代末，民间二人转演员常常这样出场："大角锥的化妆特别可笑。他穿着一条几乎没有裤腿的裤子，腿脖子上满是泥水，一只脚光着，另一只脚穿着一只破草鞋，尖脑瓜顶上戴着一顶破草帽子，却把尖尖的脑瓜顶露了出来，上身的破衣服上，满是油渍，手里拿着半颗白菜，半颗苞米，一边啃着白菜帮子和苞米，一边上台。他的打扮就和大街上的要饭花子几乎没有两样。"① 这是二人转中"丑"的装扮的一贯风格，它在东北喜剧小品和影视喜剧中得以延续。官方舞台和主流媒体的二人转表演在一定程度上去除了民间二人转的粗陋成分，但仍沿袭着大红大绿的土俗传统。伴随着时代的发展，东北民俗喜剧的服饰、化装风格距离现实越来越远，它呈现的不是历史过程的行进，而是幻化为东北人对于曾经拥有的历史的渴念，对于不可复原的过去的怀恋。

服饰作为东北乡土文化符号的核心特征之一：落伍。"落伍"是相对于城市文化而言的乡土文明的基本特点，它包含着原始的自卑，也容易成为他人获取喜剧优越感的砝码。赵本山的招牌装扮是破旧的解放帽、套袖、中山装、棉袄、布鞋之类。这些服饰在当代东北农村并不具有代表性，有些服饰如解放帽即使在老年人中间也很少见到。此外如宋丹丹的裹腿裤也不是当下农村老太太的典型装扮。小品《捐助》中王小利的绿色棉袄、蓝色棉裤和粗布鞋，距离现代东北农村人的装束都渐行渐远。在这一小品中，赵本山戴着东北人在林海雪原里闯荡的皮帽子，穿一件蓝色大衣，但上台后又马上脱掉，带着明显的符号意义。皮帽子和棉大衣虽然仍是当代东北人御寒的服饰，但展现在舞台上的颜色和款式早已陈旧，换句话说，它们的出现不是用来反映当代东北人的生活状况，而是连接着关于东北人的文化记忆和文化想象。诸如电影《林海雪原》对东北人的文化叙述向当代人的再次敞开。解放帽、绿色棉袄搭配蓝色棉裤是"文化大革命"时期东北农村人的典型装扮，已失去了和当下生活的牵连，只是东北人尘封往事的一部分。但它去除了回忆性的感伤和思索可能给人带来的沉重，而是用喜剧性的手段将这些符号改造为轻松愉悦的形式。赵本山戴的不是20世纪70年代中规中矩的解放帽，而在帽檐处进行了喜剧性的加工——滑稽地向上折起。中山装很富于政治意味，但在赵

---

① 马金萍：《我看二人转（续一）》，《戏剧文学》2011年第10期。

本山的身上，它的政治意味被消解，反而被附加了喜剧性内涵：中山装走进民间是政治符号在民间普及的结果，它作为一种文化记忆被摆放在舞台上，显示的是不合时宜，是尚未从蒙昧的政治状态摆脱出来的混沌，这种不合时宜和混沌成为人们获取优越感的理由。所以这些服饰在舞台上的再次呈现已经由其实用功能转化为具有叙事意味的符号，并进一步演变为具有独特情趣的审美符号。扬·阿斯曼把文化理解为"延伸的场景"，"作为'延伸的场景'，文化干脆创造了一个远远跳向过去的自有时间性的视野，在这种时间性中，过去仍然存在于现在。"① 东北民俗喜剧"过去存在于现在"的"延伸的场景"开启了东北人文化记忆的闸门，"落伍"与其说是一种观念，毋宁说是一道风景，一个文化符号。

服饰作为乡土文化符号的核心特征之二：土俗。服饰作为审美意识的日常载体，最易激发人们的文化想象。东北民俗喜剧中傻子原型和悍妇原型赖以生成的文化空间，呈现在他们的服饰和装扮上，是缺乏人为的精致加工，更注重实用而较少考虑形式美。宋丹丹的绑腿棉裤早在东北流行，是出于避寒的需要，但几乎不包含形式美的因素；傻子形象的大裆裤子，源于生活中人们方便实用的穿着习惯，也不能用任何形式美的标准来衡量；高秀敏在舞台上一般着宽大的衬衣和普通西裤，衬衣不塞进裤子里，衣襟自由地垂落，不注意显示形体的曲线，也没有刻意的人为装饰的痕迹。重实用而不重审美是审美意识产生之初的特征。当这些服饰更多倾向于实用而与形式美的沉淀几乎没有关联时，负载的是东北人的粗糙、随意和对精致典雅的淡漠。从中原文化的角度看，这些服饰没有意义承载，既没有宽衣博带的道家式的超脱，也没有儒家繁文缛节规约下的秩序诉求，更多迎合了实用的需要，缺乏探究意义的想象空间。但从其他角度说，这种"没有意义"本身就是一种意义：

---

① ［德］扬·阿斯曼：《文化记忆》，［德］阿斯特莉特·埃尔、冯亚琳主编《文化记忆理论读本》，北京大学出版社 2012 年版，第 9 页。

它的喜剧效果源于和其他地域服饰相比较的意义虚空，以及由此暗示的文明进程的迟缓所赋予观众的优越感。

服饰作为乡土文化符号的核心特征之三：元素组合的错位。《乡村爱情》中的刘能总想表现出自己的文化品位，对西装也似乎情有独钟，但他的西装永远是挽了袖口的，依旧无法为了形式的完美而容忍长出来的一段袖子影响自己的日常生活。他为西装搭配的领带也毫无章法，再加上挽了裤脚的粗布裤子和做农活时穿的粗布胶鞋，一个滑稽的形象展现在观众面前。赵本山的破旧解放帽、中山装、套袖和运动鞋组合（小品《送水工》），在无意间融合了几种互不相干的文化元素：解放帽流行于改革开放前，中山装是政治符号的民间化，套袖是劳动者的标志，运动鞋则是改革开放后人们对休闲、年轻的追求。这些元素的胡乱组合传递出一个信息：意义并不是穿衣者关注的对象，或者说穿衣者缺乏关注意义的能力。他们只是按照实用的逻辑和对美的粗糙认识诠释这些服饰，并在无意间迎合了"后现代主义"消解意义的文化追求。然而后现代主义的意义消解伴随着对平面化、无意义的认可，东北民俗喜剧中的人物形象却缺乏这一自觉意识。它没有后现代主义释放沉重的清醒，而是一种懵懂的意义拼接或无意义的快乐追求。当东北人把这种拼接和追求视为正常甚至有意义的时候，便是将"无价值的东西撕破给人看"，喜剧效果由此产生。

服饰作为东北乡土文化符号的核心特征之四：怪异。错位组合如果基本符合现实生活要求，只会产生喜剧效果，但超出了这一范围，就会在喜剧性之外给人强烈的感官刺激。扮鬼是王小虎的拿手绝活，他穿着古怪的蓝褂子、粉裙子，脚上是一红一蓝两只袜子，光头上戴了个发套，发型是中分的小盖头。这一形象不仅俗而且怪，此外又营造了令人恐怖的气氛。虽然这样的装扮明显受到当代大众文化的影响，但却承接了东北人历来对刺激感官的浓艳色彩以及怪异造型的追捧。大红大绿、大喜大悲，是东北人性格的折射。小品《不差钱》中毛毛的绿衣红裤,虽然在很大程度上被保存进了东北人的文化记忆,但这种审美情趣依然活跃在人们的日常生活中。东北人的装束有着自己特定的审美取向,不以纤细、优美为美,反以粗糙、色彩绚丽为美,所以至今东北饭店里服务员的招牌服饰仍是红底或绿底再配上色彩对比鲜明的大朵绿花或红花,给人十足的感官刺激。这样的装扮在其他地域人们的眼中不仅俗艳,而且怪异。小沈阳在2009年央视春晚一炮走红,很大程度上得益于他的男扮女装给人带来的新奇感。在民间舞台上,傻子的装扮也往往喜欢走怪异路线,如郭旺戴着棉帽子搭配着千疮百孔的乞丐短袖衫,张小飞戴着棉帽子搭配格子女衬衣,还斜挎着过时的军用书包等。

在服饰之外,东北民俗喜剧中还有很多符号性的象征实体。在二人转中,很多场景描写都紧紧围绕东北自然风光,如《杨八姐游春》中的描写:"绿草萋萋花铺地,翠柏苍苍树成荫。小桥底下长流水,水碰山根震耳轮。"一幅东北农村花红柳绿的清新景象。在东北小品中,经常出现一些乡土味十足的道具,如《不差钱》中赵本山脖子上挂的大蒜,手里提的小笨鸡、大葱,肩上背的蘑菇,毛毛手中拎的鸡蛋筐等,和他们面前装饰得前卫的"苏格兰情调"形成鲜明对比。《策划》《捐助》等小品中,东北大炕、老式窗户、糊在窗外的窗纸、窗边镶嵌的张扬的大红花布、炕桌等,这一切都会激发起人们的东北想象,在一定程度上演绎了东北民风民俗之"怪":"东三省,八大怪:土房马架洋草盖;家家都夹篱笆寨;窗户纸,糊在外;养活孩子吊起来;十七八九大姑娘,嘴里含着旱烟袋;貂茸四块瓦头上戴;反穿皮袄毛朝外;喝酒干拉不吃菜。"而在东北影视喜剧中,则将包括这些道具在内的东北农家小院全景式地展现在观众面前,虽然当下东北农村生活融入了很多现代元素,但在文化特质上仍旧折射着传统文化的影子,村道、场院、菜园、院落、农具、大炕、炕上的被褥、炕桌以至玉米饼子、大葱、大酱这些与东北农村生活世代相随的生活元素充满了东北影视喜剧的环境空间,而日复一日的乡村生活就在这个空间里展开:《乡村爱情》中王老七骑着卖豆腐的车子在乡间转悠,谢广坤收山货、卖山货谋生,赵四夫妻扛着锄头下地干活……这些生活场景被定格化为东北农村的生活传统,已经具有了符号功能。在道具之外,人物的化装也具有符号性意义。小品"白云黑土"系列中的宋丹丹、唐鉴军出老太太相、张小飞扮演傻柱子时都不约而同地将门牙涂黑,耐人寻味。这一近乎肮脏的装饰符号透视出东北民俗喜剧的乡土文化气息:粗俗、缺陷但内含着不息的生命力。米歇尔·德塞尔托在其《日常生活的实践》中列举了"既在档案中缺席又在档案中在场的日常":"谢尔本博物馆,在那里的一个重建的小乡村中有 35 间屋子,里面充满了 19 世纪日常生活中的所有符号、工具和产品;……这个陈列包括无以数计的家庭用品,……这些物件组成了循环往复的日常,组成了其足迹无所不在的缺席者的令人遐想联翩的在场。至少,这个充满了各种被弃之山野而又被捡回来的东西的小乡村借助这些东西引发人们对一百个过去的或者可能的乡村的已经条理化的喃喃自语加以关注,而且,通过利用这些叠盖在一起的踪迹,我们开始梦想各种存在的数不清的组合。"① 东北民俗喜剧舞台也可视为东北民俗可活动的博物馆,那些"既缺席又在场"的服饰、道具、风景组成了"循环往复的日常",再现了东北人一脉相承的文化踪迹。

(二) 虚拟符号

除了物质化的实体符号外,东北民俗喜剧中还有很多虚拟符号,充盈着东北乡土文化气息,也成为傻子和悍妇原型得以生存的文化空间。在二人转、小品和影视剧中,夸张的表情、动作、步态等几乎随处可见。

虚拟符号特征之一是实用性。小品《捐助》中王小利手插袖口的动作在

---

① [英]本·海默尔:《日常生活与文化理论导论》,王志宏译,商务印书馆 2008 年版,第 271 页。

东北农村极为普遍。东北冬天寒冷，手插袖口是取暖的便捷方式。这一动作的实用性也涵盖了东北的文化现实：困境中人们坚韧的生命力。宋丹丹在小品"白云黑土"系列中盘腿而坐的情形在东北乡间也很有代表性。这是东北大炕的特殊产品。在天寒地冻的东北，炕最能给人带来温暖，因而成为人们冬天最主要的活动场所。不仅日常生活、游戏等很多活动在炕上进行，甚至观看二人转演出，观众也坐在炕上，因而形成浓重的"炕情结"。坐在炕上的最好姿势是盘腿而坐，既舒适又节约空间，便于进行集体活动，所以这一动作浓缩了东北人的生存困境和面对这一困境的智慧与乐观。这些非物质实体性的符号在记录东北古老生活方式的同时，也在叙述他们的故事，展示他们的文化心理。

另一类虚拟符号和生理、心理缺陷相关。小品《火炬手》中赵本山的不知所措，《不差钱》中毛毛的虾米腰、吞吞吐吐的语言，《乡村爱情》中刘能和赵四的口吃，王木生的大舌头，刘大脑袋的瘸腿等，是东北民俗喜剧中一道独特的景观。如果说庄子在其著作中描绘的很多具有生理缺陷的人物是为显示其"内美"而设置的"外丑"参照，那么在东北民俗喜剧中，这些丑态甚至傻态则是东北人文化心理的标记。赵本山、毛毛的欲说还休、语无伦次折射的是乡土文化的自卑，刘能和赵四把口吃作为生活的常态，王木生、刘大脑袋则分别为修正自己的缺陷而努力。他们一边认同缺陷，另一边追求着正常人的追求。虽然在别人眼中他们缺乏自知之明，但缺陷并未妨碍王木生和刘大脑袋对自己所爱的人的执着，刘能也没有因为口吃而停止自己对"面子"的渴望，他们的努力更像是对自我的确证。所以从某种意义上说，这些缺陷中寄托着东北人令人感动的生命意志的强悍。这种努力和强悍移置在傻子和悍妇身上，便是傻子面对窘境的悠然自得和悍妇对自我价值的认可。在东北民俗喜剧中，常见女性的傻笑和大嗓门，这是生活中东北女性性格的展现，东北女性从骨子里有着对规范的漠视和对生命本能的张扬。

"在列斐伏尔看来，符号和一个社会相关，在这个社会中，意义是以把日常生活和文化的一般叙事主题相联系在一起的方式而被经验的；……符号指定了一个比现在的社会更加充实的社会的赋予意义行为。"[1] 在东北民俗喜剧中，傻子和悍妇原型所依存的乡土文化空间以符号的形式展示出来。这些符号既有显性的物质化呈现，也有些符号已经模糊，隐藏在演员的举手投足之间。一些用于叙事的符号在经过夸张、变形和重构之后，不仅用来记录生活和习俗，而且有了明显的情感意味。在东北民俗喜剧走进当代大众文化的今天，符号的语义也在不断播撒、蔓延、渗透，并在这个过程中语义发生变异甚至被曲解。人们看东北喜剧，更多看到它的粗糙甚至俗不可耐，却无视粗糙背后强烈的生命意志。但也正是在被曲解的同时，符号经历了再语义化的过程，并被赋予了新的意义。符号在传播过程中，由于受接受者时空语境即语义场的限制，造成语义的变异和扩张，如东北喜剧中女演员的开朗大笑在其他地域文化中不仅粗俗、无所顾忌，甚至被看作傻气十足，这造成东北喜剧中傻子原型范围的扩展，以至于东北民俗喜剧中的很多人物尽管智力表现正常，却依然被看作是傻子。然而事实上，这种开朗大笑在东北女性中间却是生活常态。所以呈现在东北民俗喜剧中的文化符号伴随着人们对东北人的文化想象衍生着它的意义。当然，有些符号对于东北文化之外的受众又往往不具备它的原初意义，这也造成东北喜剧和其他地域文化的隔阂。但正是这种隔阂，成就了东北民俗喜剧的独特气质，使之成为世界非物质文化遗产中不可替代的一员。

二　乡土语言空间

语言是人类最重要的文化符号之一。索绪尔认为："语言是一种表达观念

---

[1] ［英］本·海默尔：《日常生活与文化理论导论》，王志宏译，商务印书馆2008年版，第222页。

的符号系统，因此，可以比之于文字、聋哑人的字母、象征仪式、礼节形式、军用信号等等。它只是这些系统中最重要的。"① 20 世纪被誉为"语言的世纪"，语言被置于人类生存本体的地位，所以海德格尔说："语言是存在的家，在它的住处住着人。"

索绪尔还认为，语言符号的意义取决于能指与所指的关联，更受制于语言系统与社会规约的关联，可以说，社会规约是符号意义的来源。因此，确定符号的意义必须首先关注符号以外的文化现实，反之，文化现实也渗透在语言符号中。阿莱达·阿斯曼在对文学文本和文化文本进行区分时指出："文化文本的读者是作为群体代表的读者，他们是某个群体的一员，是一个大整体的一部分。对文化文本的阅读表明了读者所属的某个特定群体，是一种超越主体的身份认同感的保证。文化文本的读者会体会到一种被博托·施特劳斯称为'处于整体之中'的感受。同样，这个集体也会在宗教文本、民族文本或者教育文本的帮助下赢得其轮廓。""如果说文学文本的目的是为了享受，文化文本的目的则是为了获取，为了毫无保留的身份认同。它能为读者提供一种活跃的中介，让读者与文化文本产生认同，同时通过文化文本赢得和保证自己的认同。这些文本不仅能供人阅读，引起思考，还能为灵魂提供住所。"② 依此论述，东北方言作为一种文化文本和东北民俗喜剧的意义表达载体，为东北人赢得和保证自己的身份认同提供了"活跃的中介"和"灵魂提供的住所"，同时为傻子和悍妇原型提供了赖以生存的文化空间。

土俗是东北民俗喜剧语言的一大特点。东北民俗喜剧以原汁原味的东北俚俗语言作为自己的文化招牌，语言中夹杂着"苞米碴子味"。如二人转《拉君》：

---

① [瑞士]费尔迪南·德·索绪尔：《普通语言学教程》，高名凯译，商务印书馆1982年版，第37—38页。

② [德]阿莱达·阿斯曼：《什么是文化文本?》，张硕译，[德]阿斯特莉特·埃尔、冯亚琳主编《文化记忆理论读本》，北京大学出版社2012年版，第140页。

光念四书不识字儿，

上学打五板儿，

下学打五棍儿，

吧嗒吧嗒掉眼泪儿，

撅酱杆儿扎笼子儿，

养活窝兰儿百灵子儿。①

这是根据梁祝传说改编的二人转唱词，却全无传统梁祝故事的婉转和优雅，而是一幅乡间孩童嬉戏图。主人公自然、纯朴，没有沉重，没有心机巧算，这是东北喜剧中主人公的一贯性格。这一效果得益于儿化音、"吧嗒吧嗒"这一拟声词、"撅酱杆儿"之类的乡间语言的运用。再如《包公赔情》：

二老公婆你不看，

也该看你死去的丈夫我的长兄。

一奶同胞你不看，

也该想你从小拉帮我擦屎裹尿那些功。②

"拉帮""擦屎裹尿"都富于方言特色，把一个官员包公变成了一个土俗的东北男人。

二人转《孔明招亲》中"吓得我腿肚子转筋魂魄消""总觉得肚里油水不算小，虚泡胀肚是个大草包"，不是出自贤相孔明之口，而是一个东北人对切身感受的形象描绘。再如"心拔凉拔凉的""小日子过得像火炭似的""你这嘴咋跟棉裤腰似的"（小品《策划》）之类，都贴近东北农村生活。二人转说口《狐狸精》中描写东家的小老婆也很有土俗特色："笤帚眉，个半眼儿，

---

① 吉林省地方戏曲研究室：《二人转传统剧目汇编3》，1982年11月，第465页。
② 吉林省地方戏曲研究室：《二人转传统剧目汇编1》，1980年10月，第112—113页。

蒜头鼻子凹抠脸儿；老牛腰，大脚板儿，走起道来鸭子跩儿。""土俗"和"精致"相对，它不婉转，没有刻意的形式塑造因而不会给受众造成理解障碍。这些语言源自生活，或是现实生活的形象反映，或是直接取自现实生活场景的信手拈来之作，因而使受众倍感亲切。

东北民俗喜剧语言的另一特点是凶悍。善骂是东北方言的一大特点。东北人的骂人方式很多，有时将人贬低为动物，有时和生殖、排泄等联系起来，有时又充满暴力色彩。如下面的词汇：不当刀、喝小老婆尿、马尿臊、尿叽、尿性、尿包、尿脬、屁老鸭子、起屁、肉蔫蛆、撒谎撂屁儿、山货、山炮儿、傻狍子、玩意儿、王八二怔、丫崽子、死、损、摘胰子等。这些词语包含着对他人的贬低，感情色彩强烈，是典型的极性语言，凶悍且粗俗。生活在这种语境下的东北民俗喜剧，在人物形象的描绘上难以精致、高雅、有智慧，必然是把邋遢、低俗作为常态的傻子，和把粗糙、直率以及泼辣演绎得淋漓尽致的悍妇。和这些表达极性感情的暴力词汇相比，傻子的粗俗不堪和悍妇的爽朗俗浪只是小巫见大巫了。

傻子和悍妇原型所生存的东北方言空间感情色彩浓厚，如以"万能语义"著称的"造""整""贼"等词语，不仅具有丰富的意义，最重要的是在替换其他词汇时被附加了强烈的感情色彩。"造"的基本含义是"制作"，此外在东北方言中，作为使用频率极高的常用动词，"造"还可以表示"糟蹋"或"祸害""吃"或"喝""弄"或"整"之类。但和后几项语义比较起来，"造"使动作的表达更为迅猛、莽撞、粗俗，被附加了强烈的夸张意味。如"你真能造"中的"造"是"吃"的意思，但在"吃"的含义之外，还隐含着强烈的不满或挖苦。类似的还有"整"，它在东北方言中的典型义项达19项之多[①]，但这些义项还远远不能概括"整"的所有含义。更重要的是，用

[①] 崔蕾：《小议东北方言泛义动词"整"》，《吉林师范大学学报》2008年第3期。

"整"代替其他动词充满了俚俗的感情色彩。如"喝杯酒"和"整杯酒"相比较，后者不仅是"喝酒"，而且包含着这样的潜台词：说话人对受话人态度亲近，对"喝酒"这一行为本身也有着认可的感情期待。再如"贼"和"老"这样的程度副词，已经脱离了其原初的语义，只起到抒发强烈感情的功能，如"贼好"的语义比"极好"更要强烈，"老鼻子"比"极多"更多，而且附加着赞赏。这样浓厚的语言感情空间培育了极具夸张魅力、任情随性、直抒胸臆、个性鲁莽的傻子和悍妇原型实在不足为奇。

东北方言还具有幽默风趣、活泼俏皮等特点，这是东北人面对苦难时的乐观精神的折射。东北民俗喜剧中的演员富有幽默感，他们在举手投足间展示的夸张表情、动作包括出相都富于喜剧魅力。东北人是天生的喜剧家，日常嬉笑、打闹是他们制造快乐的重要方式，他们在给别人带来快乐的同时也给自己带来了快乐。二人转有"悲戏喜唱"之说，即使悲剧的情节，也要转化为喜剧，或者在结尾处扭转悲剧性的气氛。但这和大团圆式的自我安慰不同，喜剧性的结尾不是在主体情节之外加一点亮色，如窦娥申冤、梁祝化蝶之类，而是直接转换心境，用喜剧性的氛围冲淡或消解悲剧的沉重。如《刘伶醉酒》中刘伶的遗嘱："我临死不要看坟地，酒缸就当杉木棺；临死不要挂过头纸，酒幌挂在门上边；临死不要把经念，大家喝酒来划拳。"全无面对死亡的恐惧，而是对人生的达观。再如二人转《小王打鸟》中小王和苗梅盟情誓的语言：

  苗梅：我今年二八十六岁。

  小王：我今年二九一十八。

  苗梅：我八十八岁不再嫁。

  小王：我九十九岁不再娶人家。

  苗梅：我要另嫁长伤寒病。

  小王：我要另娶把疟子发。

苗梅：我要另嫁双瞎眼。

小王：我要另娶双眼瞎。①

  这种盟誓方式没有"天地合，乃敢与君绝"的悲壮和豪迈，更像是小孩子过家家，清新活泼、幽默诙谐但情真意切。东北人的语言给人缺乏深度、大大咧咧的感觉，一如东北人不斤斤计较的性格，多孩童般的快乐，少成人式的沉重。但这种过于乐观也被视为不善思考甚至头脑简单。"丑"被广泛认定为"傻"的现象在中外喜剧中少有发生，但东北民俗喜剧中的"丑"很多具有"傻"的特质，不是因为智力缺陷，而是缺乏后天的教化熏陶和心机的培养，使其在能力、个性、审美取向等方面似乎低于正常标准，于是被人们于不自觉中归入傻子一类。

  东北方言的另一特点是"冲"。具体表现是句子短，中气足，语音落差大。东北人之间的交流往往干净利落，一字千金，意义单薄，直接呈现在纸面上，不含蓄蕴藉，无须多加思索。它没有外地方言所附加的婉转，和东北的寒冬一样直冲人的肺腑，因而常常给人一种不礼貌的感觉。东北人日常交流多用短句，如"干不干？""干！""上不上？""上！"之类，直截了当，没有回旋往复的空间，使交流者感到轻松愉快。和其他地域方言以及普通话比较起来，东北方言"硬""直"，不曲折，不复杂，但中气十足，充满力度。寒天阔土也培养了东北人的大嗓门，无论笑声、说话声都爽朗高亢，让人在耳痛之余收获一分简单的快乐。傻子和悍妇的单纯甚至愚钝就建立在东北方言这一"冲"的特点之上。他们在语言上的单刀直入、无所顾忌、多强悍而少谋略，一如"短平快"的语言，给观众以感官上强烈的冲击力。

  每一个族群的生存条件与它关注的问题，是它的思维和语言的客观背景，一个族群的文化在很大程度上不知不觉建立在这个族群的语言习惯上，反之，

---

① 耿英编：《二人转传统作品选》，春风文艺出版社1983年版，第41页。

语言是一种象征符号，是文化宇宙的基础模型，从中可以透视文化的一切蛛丝马迹。语言组织着一个族群的心理，规定着它的行为习惯和思考世界的方式，渗透着一个族群的"集体无意识"。"符号对维持族群边界有重要意义，在生活诸方面可以划分为局内人和局外人，个人常用来对群体认同。这种符号是由群体成员共享的，并常常由局外人和局内人所认识。语言与族群紧密相关。"① 东北方言是东北文化的符号象征体系，和东北文化形成一个言语共同体。在它们的共变关系中，东北方言和东北文化共同印证了东北人的生活轨迹，使之在自己的民俗喜剧中获得了强烈的文化归属和认同感。"无论是什么人，他的部落的社会性组织，他的语言，他的地域性宗教，其中没有任何一个因素是作为基因携带在他的生殖细胞里的。"② 东北方言与东北人的生活血肉相连，他们从中感受、欣赏、反思着自我，并获得生存的意义。

归结起来，东北方言体现着东北人情感宣泄的强烈需要，它把东北人随意、激动、强韧、乐观、凶悍的性格淋漓尽致地表达出来。东北方言虽接近普通话，却和普通话的文雅、规范相去甚远，以粗俗、热烈、夸张的"苞米楂子味"吸引了众多观众的目光，给人新鲜的文化刺激。这样的语言培养了东北人的性格，反映在东北民俗喜剧中是傻子和悍妇原型特征的凸显。

卡西尔把人定义为"符号的动物"："人的突出特征，人与众不同的标志，既不是他的形而上学本性，也不是他的物理本性，而是人的劳作。正是这种劳作，正是这种人类活动的体系，规定和划定了'人性'的圆周。语言、神话、宗教、艺术、科学、历史，都是这个圆的组成部分和各个扇面。"③ 通过不断创造这些符号的历程，"人发现并且证实了一种新的力量——建设一个人

---

① 周大鸣编著：《现代都市人类学》，中山大学出版社1997年版，第151页。
② [美] 露丝·本尼迪克特：《文化模式》，王炜等译，生活·读书·新知三联书店1988年版，第14—15页。
③ [德] 恩斯特·卡西尔：《人论》，甘阳译，上海译文出版社1985年版，第87页。

自己的世界、一个'理想'世界的力量。"① 人的世界充满了意义，意义以符号的形式传达出来，所以符号的世界是意义的世界，反之意义的世界也是符号的世界，因而离开符号探寻意义是不可想象的。符号学家池上嘉彦说："对于人类来说，以特定的对象和事例为基础进行一般化理解，毫无疑问是非常自然的事情。而且，使一般性的理解方法固定下来的是'符号'。"② 东北民俗喜剧中的傻子和悍妇原型存活于东北乡土文化符号的氛围中，透过服饰、化装、道具、场景等实体性的符号和语言、表情、动作、谈吐等非实体性的符号，可以更深刻地理解这两大原型的地域文化特质。傻子和悍妇原型脱胎于东北文化场，傻子的狂欢、粗俗、自得其乐，悍妇的狂放不羁、自由浪荡都有着深刻的民俗依据。东北水土孕育出来的这两大文化原型具有不可替代性，它在丰富多样的世界文化遗产中保持了自己的独特品格，传承着东北人的一种精神。

---

① [德] 恩斯特·卡西尔：《人论》，甘阳译，上海译文出版社1985年版，第288页。
② [日] 池上嘉彦：《符号学入门》，张晓云译，国际文化出版公司1985年版，第65页。

第四章 东北民俗喜剧文化因子传承之三:表演特征

表演方式是东北民俗喜剧传承地域文化因子的不可或缺的手段。

和一般戏曲的固定角色设置不同,二人转仅仅通过一男一女两个演员,跳进跳出角色,实现"千军万马,全靠咱俩"的艺术效果。一男一女的"二人模式"在二人转中主要表现为以"性"的笑闹为基本特征的夫妻模式,又在其后的衍生形式——东北喜剧小品和影视喜剧中置换为各种关系。二人模式有多重功能,不仅营造了多重戏剧冲突、推动情节发展、制造想象空间,更为重要的是在一男一女两个演员之间的一唱一和、一收一放的往来交锋中,构建东北民俗喜剧独特的"游戏"世界,从而彰显东北文化特质,实现东北人的族群文化认同。

二人模式也是东北民俗喜剧叙事的基本策略。运用叙述视角理论,可以透视二人模式对地域文化传承的独特贡献。演员以第三者身份叙述故事,类似于小说中的非焦点叙事,客观、真实、富有概括力;演员作为角色叙述故事,类似于小说的内故事叙述,可以通过演员对故事的演绎给观众带来体验感,实现演员与观众的情感共鸣。两种叙事方式的交叉运用,还可以让演员自身戏剧化,从而让演员的出相、绝活得以展示,也可以让独立于故事的

"说口"、笑闹等构成的狂欢世界充分彰显,而这恰恰是东北民俗喜剧文化传承的核心所在。

第一节　二人模式

一　二人模式及其分化

"二人模式"是东北民俗喜剧表演的基本模式,源于东北早期的文化习俗。每年农历三月初三即满族的"红花会",是青年男女约会的好时机,他们边走边唱,并通过一男一女对唱的方式寻找自己的心上人。这与二人转的基本形式即一男一女"转"着唱十分相近。这一场景进入东北大秧歌就是杨宾在《柳边纪略》中所描述的"戛击相对舞"和一对对上装、下装一问一答,互相应和。"二人转"顾名思义,是两个人在舞台上演绎的艺术。然而二人模式并非二人转独有,很多民间小戏也是一男一女的演出形态,二人进入戏剧角色,并逐渐将"二人戏"的小戏转化为角色丰富的大戏。但二人转的"二人模式"并不像其他民间小戏那样演员角色化,二人转中的男女两个演员往来穿梭于戏内、戏外,具有更多自由表达的空间。二人转也将这种叙述模式传承于东北喜剧小品和影视喜剧中。

二人转只有一男一女两个演员,虽然要适时进入剧中角色,但跳出角色常以"傻哥哥""傻妹妹"相称,在台下则是夫妻或没有血缘关系的兄妹。二人转老艺人李辰说他"一小学艺时,尽唱这样的词":

　　旦　傻哥呀!
　　丑　老妹呀!
　　旦　傻哥呀!

第四章　东北民俗喜剧文化因子传承之三：表演特征

丑　老妹呀！
旦　傻哥傻哥你干啥哪？
丑　老妹老妹我要饭哪！
合　你那个呀！
　　我那个呀！
　　哎哟哎哟哎咳哟！①

这段台词虽然没有明确展示演员在舞台上的夫妻或情人关系，但台词没有内容，基本是"无聊"的一问一答游戏，然而在歌唱中又兴味盎然，因而得以代代传唱。二人之间台上台下的关系为游戏性演出的展开提供了空间。二人在戏内既叙述又代言，跳出戏外则不失时机地笑闹，并常夹杂着与性有关的玩笑，这在二人转的文本记录中并不明显，但在舞台的即兴演出中几乎是必不可少的一个环节。二人转演出的基本程序是丑先出场说口，待热场之后引出旦，随即丑对旦开一些不疼不痒的性玩笑并伴有较为随意的肢体语言，同时旦对丑的长相等进行一番奚落作为回应，而后才过渡到正戏。有时正戏开场前二人之间的笑闹也渗透在其他游戏形式中，如猜谜游戏、讲故事等。在传统二人转曲目中，以夫妻或情人关系为叙述对象的作品占大多数，如《西厢》《蓝桥》《马寡妇开店》《穆柯寨》《猪八戒醉酒》《穆桂英赔情》《诸葛亮求婚》《潘金莲》《双锁山》《密建游宫》《人参姑娘》《夫妻串门》《贵妃泪》等不一而足。即使不以男女感情为主题的作品也常常不忘点缀男女私情，甚至作品主题被淡化，反而男女私情占主要内容。如二人转《大观灯》的主题是瞎子白莲灯如何戏弄仗势欺人的王老六，但作为作品主体部分的白莲灯"点唱"，其内容几乎都涉及男女爱恋，如"正月里探妹正月正，我领着小妹去逛花灯，逛灯是假意呀，妹子呀，恋你是真情"（《探妹》）。"小寡妇

----

① 吉林省地方戏曲研究室：《二人转史料4》，1982年8月，第292页。

有心看灯没人领着，哎呀，我的那个天呀！只急得小寡妇双足也是跳哇。"（《寡妇难》）其他如《绣荷包》《下盘棋儿》《送情郎》《拣棉花》《瞧情郎》《小看牌儿》等，描写的都是男女爱恋内容。所以二人模式在二人转中不是一般的男女模式，用"夫妻模式"来概括更为确切。

夫妻模式在小品和影视剧中分化为更为宽泛的二人模式，既有夫妻模式，也包括其他角色冲突。夫妻模式在东北喜剧小品中依旧很稳固，如《相亲》中徐老蔫和马丫之间，《拜年》中赵老蔫和老伴之间，《卖拐》系列中高秀敏和赵本山之间，"白云黑土"系列中"白云"和"黑土"之间，《有钱了》和《心病》中"媳妇"和"老头子"之间等。这些作品中，夫妻模式显示出和二人转的不同之处：在二人转中，夫妻模式常常是故事的核心，即使在戏外，夫妻式的打情骂俏也是喜剧性的根由之一，这从猜谜游戏的粗俗、语言游戏的缺少顾忌上可见一斑。但在电视媒体上演的东北小品中，夫妻模式相对弱化，夫妻关系未必是作品要展示的核心，如《老拜年》中赵老蔫和老伴之间没有戏剧性情节，也不是作品要展示的主体内容，作品的冲突集中在赵老蔫和徒弟之间在感情和观念上的矛盾，夫妻模式不过是这一主要冲突的点缀和线索。在小品《卖拐》系列中，矛盾冲突发生在赵本山和范伟之间，扮演赵本山妻子的高秀敏只不过起到推动情节发展和促进游戏展开的作用。同时在电视媒体上演的一些东北小品中，建立在夫妻模式上的游戏并没有充分展开，即使"白云黑土"系列中，夫妻关系仍旧停留在日常生活鸡毛蒜皮的吵架上，虽未脱"俗"，但失却了二人转中夫妻模式"浪"的特点。然而，在当代民间舞台上表演的东北喜剧小品却从另一个角度强化了夫妻模式。这些小品大多缺乏完整、有意义的情节，被斥为低俗、胡闹的表演，但在本质上还是继承了二人转的文化基因，突出表现在夫妻模式的强化。在这里，夫妻模式不仅表现在笑闹得以自然进行的载体，也为性玩笑的任情展开提供了土壤，甚至使之泛滥，造成表演格调低下。

二人模式在当代东北小品和影视剧中除了以夫妻模式继续存在外，在显性层面上又分化为各种角色关系，也即二人转中可以自由跳进戏里跳出戏外的"二人"，在进入小品和影视剧后相对而言角色化，并置换为各种关系，如竞争关系（小品《如此竞争》），干群关系（小品《牛大叔提干》《三鞭子》《拜年》），农民与市民关系（小品《红高粱模特队》），买卖关系（小品《卖拐》《卖车》《功夫》），亲家关系（《乡村爱情》中刘能和四哥、谢广坤和老七），父子关系（《乡村爱情》中王大拿和王木生），夫妻关系（小品《昨天·今天·明天》《说事儿》《火炬手》《老拜年》），等等。又在一些小品中演化为多重二人关系的交织、并置，如小品《卖拐》系列中包含两个基本关系：高秀敏和赵本山的夫妻关系、范伟和赵本山之间的买卖关系。在电视剧《刘老根》中，二人模式更为错综复杂，夫妻关系、干群关系、上下级关系、父子关系、恋爱关系、同事关系等，几乎以二人模式呈现了所有类型的人伦关系。当然，这一系列关系在除东北影视剧之外的文艺作品中也很普遍，但东北影视剧中的二人模式不仅是戏剧性的冲突，而且继承了二人转中夫妻模式的影子，具体表现为这些关系中包含了浓重的一唱一和的游戏因素，或者说东北小品和影视剧中的二人虽然被角色化，但仍有跳进跳出的痕迹。如《马大帅》中范德彪和马大帅是姐夫和小舅子关系，两人在性情上截然相反：范德彪自以为是、异想天开，又不失时机地想为自己捞取一点小利益，是个喜剧色彩浓厚的小人物；马大帅踏实肯干、乐于助人，也有自己的理想和抱负。然而两人常常发生矛盾，但两人之间的矛盾更像孩童间无谓的争吵。在去县城时因为在高速公路上骑自行车被罚款后，二人互相指责，为自己开脱责任，渐渐由争吵变成动手打架——比赛摔跤，直到两人都觉得这样的"玩"法已经达到了心理宣泄的目的时，才仿佛什么事都没有发生过一样，各自推上自行车，继续他们的速度比赛。范德彪骑在后头，遇到一辆交通拯救车，于是人和自行车都被"拯救"，在路过马大帅身边时，范德彪站在宽大的敞篷车上向马大帅挥手炫耀自己的优越感。将这一场景看作两个孩子之间的吵架更为确切。在吵架中双方尽管还带着角色的符号，但都脱离了各自在剧中的角色，吵架成为独立于戏外的另一景观。马大帅不再是冷静、进取、乐于助人、以大局为重的优秀农民工典型，而是和范德彪一样斤斤计较、在对方的失败中收获乐趣的小人物。这也是东北影视剧多年来毁誉参半的原因之一。批评者认为东北影视剧中的人物和情节粗糙简单，不紧凑，拼接痕迹明显，人物性格缺乏逻辑性，甚至前后矛盾，难以进行明确概括。然而赞赏者把这些放置一边，他们更多欣赏的是处于戏外的一个个游戏片段，而不是从理性逻辑上评判作品的得失。以本书观点，对东北影视剧无法用经典文艺的标准进行评定，二人转作为民间口头文化的基本特点决定了其后继者——东北喜剧小品和影视剧也打上了口头艺术的烙印，并且延续了二人转"二人模式"的游戏性。所以尽管人们对东北喜剧小品颇有微词，甚至批评的声音不绝于耳，但其收视率仍旧居高不下，这不能不归功于东北民俗喜剧对二人模式一以贯之的继承。

二 二人模式的功能

有学者对二人转的"二人模式"进行了较为完整的论述："'二'的优长，是一女一男、一美一丑、一上一下，对比鲜明，便于表达男女爱慕之情；便于相互竞技；便于即兴表演；便于同观众直接交流；便于随地集人围观；便于适应观众多样的审美需求；便于充分发挥唱、说、扮、舞的技艺；便于随时吐纳其他艺术形式的东西；也便于在寒冬过长的东北山乡室内演唱，等等。总之，'二'的最突出的长处，是灵活，是一种难得的活的艺术。"[①]

本书认为，在"灵活"之外，"二人模式"是一种富有文学性的表演模式，它为东北民俗喜剧文本的充分演绎提供了阔大的空间。

---

① 王肯：《土野的美学》，时代文艺出版社1989年版，第21页。

1. 性爱的二人模式

二人模式首先是夫妻或情人模式。两性关系是人类得以繁衍的基本关系：人以及一般动物的两大基本冲动是食与性，或食与色，或饮食与男女，或饥饿与恋爱，它们是生命的动力的两大泉源，并且是最初元的泉源……到了人类一切最复杂的文物制度或社会上层建筑所由形成，我们如果追寻原要，也要归宿到它们身上。①

陶东风在分析莫言作品时提到："身体和生殖的自在统一关系是民间文化的突出特征，也是莫言小说身体叙事的主要特色。莫言的小说中，生殖现象是身体的自然性的体现，与生殖有关的身体器官和身体行为得到了空前突出的描写，比如乳房、生殖器、排泄、粪便、生育过程，等等。"② 与此相类，二人转的夫妻模式在某种程度上是人类生殖崇拜的延续。从这个角度看杨朴先生对于二人转原型的分析，是很有道理的："从二人转'女爱男'结构内容来看，它是直接源于东北民歌、东北民间传说的，东北民歌、民间传说又是来自东北神话的，而东北神话又是来自东北萨满跳神祭祀仪式的，萨满跳神仪式又是源于牛河梁女神祭祀圣婚仪式'二人转'舞的。"③ 虽然这种顺次推论屡遭质疑，但东北神话、民间传说、民歌以及与之相关的二人转等民俗艺术中囊括了浓重的性爱意识却是事实。以两性关系为基础的二人转演绎了人类最原初的生命力，为东北民俗喜剧的发展定下了"俗浪"的基调，为一丑一旦逗趣、笑骂游戏的展开提供了空间。但俗浪与游戏都不该被简单视为个体性的宣泄，从文化根底上说，"物质——肉体自然原素是深刻的积极的因素，这种自然原素在这里完全不是以个人利己主义的形式展现出来，也完全没有脱离其他生活领域。在这里，物质——肉体的因素被看作包罗万象的和

---

① ［英］霭理士：《性心理学》，潘光旦译，生活·读书·新知三联书店1987年版，第471页。
② 陶东风：《当代中国文艺思潮与文化热点》，北京大学出版社2008年版，第357页。
③ 杨朴：《二人转与东北民俗》前言，吉林人民出版社2001年版，第3页。

全民性的,并且正是作为这样一种东西而同一切脱离世界物质——肉体本源的东西相对立,同一切与世隔绝和无视大地和身体的重要性的自命不凡相对立。……因此,一切肉体的东西在这里都这样硕大无朋、夸张过甚和不可估量。这种夸张具有积极的、肯定的性质。在所有这些物质——肉体生活的形象中,主导因素都是丰腴、生长和情感洋溢。"① 由此,缺少一丑一旦的二人模式,二人转蓬勃的朝气、洋溢的情感、快乐的氛围将大打折扣。"过去的二人转演出,两个演员一下场就好以夫妻或情人关系论,互称'傻哥哥''老妹子',表演起来不拘束,显得亲密无间,容易造成喜剧性气氛。这样的做法后来被斥责为庸俗的'穷逗',予以取缔。取缔后的结果怎么样呢?一男一女两个演员登场了,精精神神,漂漂亮亮,面向观众,扭也扭了,唱也唱了,可就是让人激动不起来,觉得缺了点什么。后来弄出来'四人转''六人转''八人转',但转来转去,终归没能得到观众的认可。没有了一男一女一副架的审美意义,也就没有了一副架表演中的刚与柔、庄与谐、动与静、美与丑的对立统一。"② "许多民族曾经每年都有一个放纵的时期,这时法律和道德的一贯约束都抛开了,全民都纵情地寻欢作乐,黑暗的情欲得到发泄,这些,在较为稳定、清醒的日常生活中,是绝对不许可的。人类天性中被压抑的力量这样突然爆发,常常堕落为肉欲罪恶的狂欢纵欲,这种突然爆发大都是在一年结束的时候。"③ 褪去俗浪的性元素,掩埋人类最原始的文化记忆,二人转也将遗失自己的味道和品性。特纳说:"人的肉体表现方面,在某种意义上,没有超越社会,也不是处在社会之外。"④ "身体作为一项社会学事业,身体社会学将根本性地讨论人体的社会性,讨论身体的社会生产、身体的社

---

① [苏联]巴赫金:《拉伯雷研究》,钱中文主编,李兆林、夏忠宪等译,河北教育出版社1998年版,第23页。
② 刘振德主编:《二人转艺术》,文化艺术出版社2000年版,第347页。
③ [英]弗雷泽:《金枝》(下册),徐育新等译,新世界出版社2006年版,第829页。
④ [英]布莱恩·特纳:《身体问题:身体理论的新近发展》,汪民安等编《后身体:文化、权力与生命政治学》,吉林人民出版社2003年版,第8页。

会表征和话语、身体的社会史以及身体、文化和社会的复杂互动。"① 性爱的二人模式是东北文化充沛的原始生命力的展示,从这个角度说,二人模式也是东北民俗喜剧文化传承的载体。

2. 游戏的二人模式

在游戏的二人模式中,有起兴,有应和,有疑问,丑主旦次,但和只由丑来说笑话、讲故事的形式相比,旦激发了丑的兴致,也在一定程度上行使了观众需要行使的功能,使游戏不至流于枯燥,这类似于相声中的逗哏和捧哏关系,二人可以互动却又不尽于此,还可以将对方作为游戏、嘲弄的对象。虽然二人转在发展过程中又逐渐分化出单出头和拉场戏两种艺术形式,但它们在观众的认可度上始终未能超越二人转,同时在表演模式上也不能完全脱离二人转这一母体,真正发展为独立的戏曲形式。单出头要求一个演员承担二人转中丑和旦两个演员共同完成的叙述故事、塑造人物形象、制造游戏效果的任务,演员需要频繁地跳进跳出不同角色,在跳进故事时既叙事又代言,跳出故事则展示笑料和绝活。演员周旋于角色与叙述人以及戏剧化的演员自身之间,身份转换过于频繁,难免影响演出效果。同时,二人转是二人对唱或合唱,单出头是独唱;二人转是一男一女对舞,单出头是一人舞蹈;二人转说口是一人逗哏,一人捧哏,单出头是一人说口。仅以说口为例,二人转的说口或是一反一正,冲突之间诞生意趣,或是一问一答,两人合作完成一个故事、一段笑话,这时旦的捧哏起到补充故事内容或激发观众思考的作用。有时二人说口紧紧围绕男女之间的性玩笑,没有实质内容,这时二人的"一来一往"更加不可或缺,只有一人无法进行。所以二人模式可以使笑料有所依托。而对单出头的说口虽然一样可以设计得风趣幽默,却少了激发、逗弄、回应和交流。如单出头《洪月娥作梦》开头:"奴,洪月娥。那日在对松关

---

① [英]布莱恩·特纳:《身体问题:身体理论的新近发展》,汪民安等编《后身体:文化、权力与生命政治学》,吉林人民出版社2003年版,第8页。

前，与罗章打了一仗，将他拿下马来，我们二人订下婚姻之事。又是数日不曾见面，真叫我一阵阵地想念哪！"① 这场相思梦和二人转《人参姑娘》的男女情爱主题相似，然而开头的情调大不相同：

丑（说口）咱们俩拜天地！
旦 你这个人真不咋的，一上台就想跟人家找便宜！谁和你拜天地呀？②

相对后者，前者单调且因一人的演绎难以拓展游戏空间，后者却可以在二人的相互呼应中一步步地将游戏推向高潮。在东北民俗喜剧中，"游戏"是基本内容，而游戏至少在二人间展开，无论是前文曾列《马大帅》中范德彪和马大帅之间的吵架，还是其他形式的游戏。在东北喜剧小品中，语言游戏是游戏的基本内容。小品"白云黑土"系列几乎为"白云"和"黑土"之间的语言风波所填满，其中处处可见二人你来我往的语言拆台。如在小品《奥运火炬手》中，当主持人刘流问二人"各自喜欢什么运动"时，"白云"回答："游泳"，"黑土"马上拆台："就游三天，我回来就问她，你咋不游了呢？她说游泳池里的水不好喝。"喜剧性产生于二人的语言落差中。如果没有前者的激发和后者的相反回应，很难获得这样的幽默效果。

和单出头相似，拉场戏也是在二人转基础上发展起来的戏曲样式。和二人转相比，拉场戏更倾向于将演员角色化，即"固定人物扮"，虽然演员也不时跳进跳出，但戏剧性有余而游戏性不足，没有了一丑一旦的性别搭档优势，表演更多封闭在自足和程式化的故事世界中而与观众拉大了距离，无疑会削弱二人转本有的狂欢属性，难以承担地域文化因子传承的使命。

---

① 王也夫、于永江编：《吉林二人转选·传统作品集》，时代文艺出版社1991年版，第295页。
② 同上书，第283页。

3. 推动情节的二人模式

二人模式可以推动情节发展。有些二人关系不是典型的冲突关系，尽管外在形式上表现为一正一邪、一丑一美，但在文本中真正发挥作用的不是冲突本身。小品《卖拐》中范伟一步步地走进赵本山的圈套，某种程度上是赵本山和高秀敏"夫妻"二人一唱一和推动的结果，尽管表面上，"夫妻"二人一善一恶，在想法上唱反调。

> 高秀敏：我不会忽悠，你自个整得了。
> 赵本山：你看我眼色行事，好不？哎，来人了，喊。
> 高秀敏：啊，拐了啊，拐啦，拐了啊，拐啦！
> 范伟：我说你瞎指挥啥呀你啊？你知道我要上哪你就让我拐呀你啊？

于是范伟顺理成章地钻进赵本山设计的圈套。而后，两人又在无意间的一唱一和中使范伟彻底相信了赵本山的话：

> 高秀敏：好腿给忽悠瘸了！
> 范伟：什么玩意你说？
> 赵本山：你看着没，我媳妇儿都看出来了，她说你忽忽悠悠就瘸了。
> 最后在范伟掏钱准备买拐时：
> 范伟：哎呀大哥呀，大哥那什么……我这俩兜加一块才三十二块钱。
> 高秀敏：那就拿着吧，要多少是多呀？
> 赵本山：要什么自行车呀？要啥自行车？

这时范伟彻底跳进赵本山为他定做的局中。整个小品情节的推进过程就是高秀敏和赵本山二人的"夫唱妇不随"，二人想法冲突却造成言语误会，范伟就是这误会的受害者。

4. 以冲突为表达对象的二人模式

二人模式易于引发戏剧性冲突。"戏""剧"本是二人之间的武力争斗，所以没有矛盾冲突也就没有戏剧。戏剧性是故事"可看性"的核心，东北民俗喜剧作为叙事或说讲故事的艺术，也注重矛盾冲突的营造。"二人"关系作为人和人之间最简洁也最富于概括力的关系，成为东北民俗喜剧的首选。首先是基本的人伦冲突——夫妻冲突。两性虽然刚柔相济、阴阳互补，在本质上和谐统一，但在现实生活层面常常处在冲突状态，这是包括东北民俗喜剧在内的作品要表现的基本主题。小品"白云黑土"系列中的老夫妻争吵、影视剧中的恋爱主题和夫妻既相濡以沫又吵闹不断的生活场景，都是人们津津乐道的话题。电视剧《乡村爱情》也以夫妻矛盾作为主要叙述内容，刘能夫妻、刘大脑袋夫妻、谢大脚与长贵、谢小梅与刘一水、王小蒙和谢永强、香秀和李大国、王大拿和杨晓燕……他们之间的吵架拌嘴占据了作品的大部分篇幅，情节拉杂拖沓。然而人们一边责备《乡村爱情》中的"男青年都喜欢王小蒙、中年男人都喜欢谢大脚"在情节上颇为牵强，一边又对这部作品乐此不疲。这一方面因为两性关系是人类繁衍的基础，另一方面因为家庭是社会构成的基本单位，夫妻关系自然成为人们关注的焦点。东北民俗喜剧把两性关系作为思考问题的出发点，把夫妻冲突作为作品表现的核心，可以说把握了人性和社会的基本话题。从二人转的夫妻模式又派生出小品和影视剧中的多重伦理冲突和观念冲突，如父子冲突（《刘老根》中刘老根和二奎）、城乡冲突（《都市外乡人》《相亲》《马大帅》等）、干群冲突（《刘老根》中乡长和农民）等。这一系列冲突的设置使东北民俗喜剧充满了戏剧性。单出头由于缺乏冲突的有效激发，难以将人和人之间错综复杂的关系充分展开，因而缺乏戏剧性。当然这种冲突不是疾风劲雨式的，不是人性双极性的强烈反映，甚至冲突双方在本质上是和谐的，冲突更多体现在善意的游戏和形式上的矛盾。从丑和旦这对基本矛盾出发的正与邪、丑与美、庄与谐、静与动的互相激发和映衬使东北民俗喜剧在审美意趣上既富于变化，又能协调统一。

5. 制造想象的二人模式

东北民俗喜剧的二人模式给观众营造了更多的想象空间。因为"千军万马，全靠咱俩"，而"咱俩"的能力毕竟有限，尤其是二人转没有明显的结合剧情的舞台设计，传统民间二人转甚至随地演出（唱摽地），仅仅依赖二人的说唱和互动叙述剧情、传达感受，显然无法尽情陈述，这既使二人转有"言不尽意"之嫌，同时也为观众的再创造提供了空间。"尽管它们（戏剧）所表现的是一种完全自身封闭的世界，却好像敞开一样指向欣赏者方面。在观赏者那里它们才赢得它们的完全意义。虽然游戏者好像在每一种游戏里都起了他们的作用，而且正是这样游戏才走向表现，但游戏本身却是由游戏者和观赏者所组成的整体。事实上，最真实感受游戏的人，并且游戏对之正确表现自己'意味'的，乃是那种并不参与游戏、而只是观赏游戏的人。在观赏者那里，游戏好像被提升到了它的理想性。"① 艺术对于欣赏主体来说永远是敞开的、未完成的，欣赏者也是创造者。简单粗糙、难以展开宏大的场面和叙述复杂多变的情节是东北民俗喜剧二人模式的缺憾，但从另一个角度看这也为欣赏者的再创造提供了空间。二人不仅是叙事兼代言的实体，而且是"做比成样"的"千军万马"，然而在"做比成样"背后的宏大空间却需要观众通过想象去填补。二人模式将中国艺术的写意性贯通其中，不仅人物的表演跳进跳出、虚实相生，从道具到表情动作也都设置了很多空白。扇子可以是马鞭、武器，还可以是花朵和诗文，这也就是二人模式的"边缘性"："二人转的表演体系，是半再现的舞台行动与半表现的舞台动作的结合，是半再现基础上的半表现，既有写实意味，又有写意的意味，是既区别于戏曲又区别于曲艺的第三种艺术体系。"②

---

① ［德］伽达默尔：《真理与方法》，朱立元、李钧主编《二十世纪西方文论选》下卷，高等教育出版社 2002 年版，第 311 页。

② 田子馥：《二人转本体美学》，时代文艺出版社 1996 年版，第 40 页。

二人模式是东北民俗喜剧的独特表演形态，它以二人转的夫妻模式为基础，扩展为一幅以二人关系为核心的伦理画卷。夫妻模式体现了东北民俗喜剧的世俗关怀，也为游戏尤其是两性笑闹游戏的展开提供了前提。二人冲突是戏剧冲突的基本结构，它推动作品情节发展，并在虚实结合中给观众留下想象的空间。最重要的是，东北民俗喜剧的二人模式沉淀为一种民俗文化因子在二人转、东北喜剧小品乃至东北影视喜剧中延续下来，于此得以窥见东北人的两性观念、游戏的生活方式乃至对生命本质的认识——一系列集体记忆的呈现。"集体记忆是从群体内部进行观察的，……它向群体展示的是他们自己的全貌，而且无疑是过去的全貌，因为它涉及的便是他们的过去——然而，他们又能够在任何时候重新认出这些连续的局部图像。集体记忆是一副相似性的景象，它认为群体过去是这样，现在也是这样，这是很自然的——因为它的注意力集中在这个群体上——而在它看来，发生改变的是这个群体与其他群体之间的关系与联系。这个群体总是这一个，变化当然只能是表面的：变化，亦即在群体内部发生的时间，自己就消融在相似性里了，因为它们看似拥有相同的内容，也就是不同角度下该群体不同的基本特征。"[1]

第二节　叙事策略

在民间曲艺表演中，演员时而跳进剧情扮演角色，时而跳出剧情叙述和评价故事的情形并不少见。如上海的滑稽戏、相声以及各式戏剧表演。演员跳进角色是制造故事的幻觉，跳出角色则打破观众对戏剧幻觉的共鸣和沉迷，使观众在故事之外保持冷眼评判。这与布莱希特所倡导的"间离化"叙事相

---

[1] ［法］莫里斯·哈布瓦赫：《集体记忆与历史记忆》，丁佳宁译，［德］阿斯特莉特·埃尔、冯亚琳主编《文化记忆理论读本》，北京大学出版社2012年版，第92页。

第四章　东北民俗喜剧文化因子传承之三：表演特征

通。间离化也即陌生化，通过舞台"陌生化"效果的制造拉开观众与故事的距离，从而理性地审视这个世界，得到真理性的认识。演员"跳进跳出"故事也是东北民俗喜剧叙事的基本策略。自二人转到当下的东北喜剧小品和影视剧，始终贯穿这一结构模式。但东北喜剧中演员的跳进跳出不仅是为了制造演员与角色的距离，而是另有所图。

一　叙事兼代言

二人转曾被界定为"叙事兼代言的诗体故事"。① 这一界定在一定程度上概括了二人转叙事的独特之处，演员既进入角色演绎人物性格，又跳出角色叙述故事。叙述者的身份非常随意，叙述视角灵活多变，这使得二人转的叙述具有他种戏剧所无法比拟的灵活性和独特的审美功能。

叙述视角是为了展开叙述或为了接受者更好地审视作品的形象体系所选择的角度。作品从什么角度叙述故事其接受效果大相径庭。视角意味着选择和强调，意味着以什么样的尺度和价值观去评价和处理所反映的对象，所以"视点人物总是处于被肯定的优越的地位，其他人物都要经过他的'过滤'，才能进入小说，因而，相比而言，也就总是处于被审视、被评价的被动地位，只有经由视点人物，我们才能知道他想什么，他做什么，以及他到底是什么样的人"。② 所以视角对于叙述效果起着至关重要的作用。

二人转的叙述视角始终与演员、角色纠缠在一起，其叙述视角总的来说可以分为以下几种情况：

（一）第三者叙述

这种视角在作品的开头、结尾部分被普遍运用，在中间部分也可能随时插入。二人转开头部分常常是一男一女两个演员对故事情节进行总体交代或

---

① 王肯：《土野的美学》，时代文艺出版社 1989 年版，第 4 页。
② 李建军：《小说修辞研究》，中国人民大学出版社 2003 年版，第 107 页。

背景叙述。例如传统剧目《凤仪亭》的开头就是介绍故事发生的背景：

旦　东汉末期国事杂，

丑　群雄结党乱争杀。

旦　王纲不振出恶煞，

丑　奸贼董卓野心发。

旦　独专朝政权势大，

丑　献帝无能难自拔。

旦　文官武将多惧怕……①

　　这一视角从表面上看叙述者是演员，但由于演员的主体意识几乎完全淡出，或者说演员既不是从角色的角度也不是从演员自身出发来讲述故事，而只是代替第三者客观地陈述故事的相关信息，所以从本质上说叙述者是有别于演员、角色的第三者。由于二人转是表演艺术，作者退隐在舞台之外，人们在观看演出时似乎已经忘却作者的存在，一丑一旦合起来构成一个第三者——作者为自己选取的叙述主体，以不同于演员、角色的第三种声音的身份出现在开头、结尾，也会偶尔闪现在作品的中间。这种叙述视角的优点是比较客观、简洁，概括性强，用作开头可以使观众在短时间内对剧情的发生背景有一个总体的把握，从而对故事的发展有一个整体期待，并能迅速进入欣赏情境。但同时，这是一种带有灌输性质的视角，它是"告诉"而不是"提示"，观众似乎没有理由拒绝甚至偏离它，再创造的空间很小。作为开头或中间的背景交代，这一视角极为合适，然而当它出现在演出结束，观众对剧情已经了如指掌而自觉不自觉地形成自己的判断时，就会在一定程度上剥夺观众的参与和想象。例如传统名段《猪八戒拱地》的结尾"浪子回头金不换，同

---

① 王也夫、于永江编：《吉林二人转选·传统作品集》，时代文艺出版社1991年版，第105页。

保师傅上征程"就带有典型的劝诫意图，也似乎成了这一剧目主题的唯一阐释。

另一种第三者叙述是男女演员一替半句，共同叙述一段故事情节或介绍一种情况，如《美人杯》中男女演员共同介绍美人杯一节：

女　这水杯——

男　怎么这么美，

女　杯上的彩纹——

男　像朝晖，

女　往杯里——

男　倒满水，

女　一个美女——

男　笑喜眉。①

这种叙述视角常用于中间部分，往往是从角色视角转换而来，但演员的角色身份随着叙述的进一步展开而渐渐淡化，观众的聚焦也从角色的性格到情况介绍和情节的发展，叙述被认为是客观的第三者所为，似乎与演员、角色都无瓜葛。上述例子中男女两个演员几乎都脱离了角色，而着力共同叙述美人杯之"美"，观众的注意力也随之转移。又如《杨八姐游春》中丑和旦共同客观叙述佘太君向宋王索要彩礼一节，同样是一替半句，叙述游离于角色之外，其精彩之处是所要彩礼的稀奇古怪，而不是角色的塑造。这种叙述视角是一种策略化的处理。首先，这是叙述视角由角色向第三者的自然过渡。角色叙述时观众的聚焦点既在故事情节也在人物性格的塑造上，而这种一替半句的叙述就将观众的关注点不留痕迹地自然过渡到情节或一种事物或情况的介绍上，引导观众向这方面的信息靠拢，所以以这种视角叙述的内容往往

---

①　王也夫、于永江编：《吉林二人转选·现代作品集》，时代文艺出版社1991年版，第219—220页。

给观众留下深刻的印象，成为人们欣赏的名段。其次，两个演员可以各自发挥表演特长合力营造一种氛围，因而更容易将观众带入欣赏情境，给人一种客观化的错觉，造成一种真实感。再次，一替半句的合叙述使叙述活泼而富于变化，似乎两个演员不仅在共同叙述一种情况，而且在玩一种儿童式的文字接力游戏，从而在叙述之外平添了一层表演的乐趣，这也正是巴赫金所认为的民间文化的一个重要特征——狂欢性。虽然这样的叙述方式并未带来人的心灵与精神的狂欢式释放，但它的游戏特征显然缓解了人在理性有序的现实生活中的紧张感，这也是二人转作为喜剧之"喜"的重要表征。最后，在前一个演员叙述半句之后的间歇中观众会不自觉地猜测后半句的内容，从而实现了表演与观众的交流。如《西厢记》中描述张生和崔莺莺不能团聚时的唱段："我好比风阻船——久卧长江；你好比水中月——无形有影；我好比镜中花——有色无香"就颇似歇后语的猜谜游戏。巴赫金认为，民间文化的基本特征是与官方文化的"一言堂"相对立的"平等交往"。主宰广场的是自由自在的平等参与，任何人在广场中都是主体。这种一替半句的合叙述正体现了观众的主体性。

(二) 角色叙述

"大多数作品中包含了伪装过的叙述者，他们被用来讲述读者应该知道的事情，而同时看上去却是在扮演自己的角色。"① 角色充当叙述者在二人转表演中所占比重最大，它相当于小说中的"人物叙述者"。"外在式叙述与人物叙述者的区别，即讲述其自身情况的叙述者（这样的叙述者被人格化为个人）的差别，包含着'真实'的叙述修辞上的差别。一个人物叙述者通常声言他在细述关于其自身的真情实况。"② 二人转中的角色叙述也是一种自传式叙述，

---

① [美] 韦恩·布斯：《小说修辞学》，付礼军译，广西人民出版社1987年版，第159页。
② [荷] 米克·巴尔：《叙述学：叙事理论导论》，谭君译，中国社会科学出版社2003版，第24页。

第四章　东北民俗喜剧文化因子传承之三：表演特征

它努力给观众一种"真实"的感觉，这也是与前文所述的"第三者叙述"在根本上的不同。但二人转中的人物叙述与小说又有很多不同之处。二人转是表演艺术，因而演员、角色与叙述者经常纠缠在一起，他们之间的过渡也需要很强的艺术性。很多研究者认为二人转的突出特点是演员"跳进跳出"，即演员时而跳进故事扮演某个角色，时而跳出角色突出"演员"自身的特征，或以第三者的身份叙述故事，这使得二人转的角色叙述呈现出多种形式：一是由第三者叙述向角色叙述的过渡；二是一人入角、一人以第三者身份补充叙述；三是二人合一角叙述；四是半角色半演员叙述。

　　由第三者叙述向角色叙述的过渡在二人转表演中的地位极为重要，也是二人转与其他剧种相区别而能够独立存活的原因之一。二人转是一种独特的民间小戏，"不像戏曲和西方话剧那样，'演人物扮人物'再现人物，而是'演人物又不人物扮'那样的'表现人物'。"[①] 二人转也塑造人物形象，但它不像戏曲和话剧那样演员和人物之间基本上是"一对一"关系，而是演员随时进入任何一个角色。二人转中的"二人"在舞台上负载功能之多是戏曲和话剧所不能比拟的，他们不仅要进入角色，还要叙述故事和展现才艺等，因而叙述视角的过渡是实现"二人"舞台功能转换的必要策略。如《西厢·红娘下书》中，在"丑""旦"合叙述了大西厢的环境之后，叙述视角由第三者叙述向角色叙述过渡：

旦　横批篆刻四个字，

丑　"破书万卷"上边镶。

旦　红娘刚要把房进，

丑　走出书童叫红娘。

　　无事不登三宝殿，

[①] 田子馥：《二人转本体美学》，时代文艺出版社1996年版，第18页。

何事劳你到西厢？

旦　我找张先生有点事，

……①

这段引文的第三句既可以认为是第三者在叙述红娘的行为，也可以认为是红娘自己叙述自己，这种模棱两可恰好将"丑""旦"的合叙述自然过渡到二者进入角色扮演，恰合了二人转"跳进跳出"的表演需求。

一人入角、一人以第三者身份补充的叙述视角也普遍存在于二人转的表演过程中，第三者补充叙述穿插进角色叙述中不但可以调整演出节奏，还可以起到总结和过渡等作用。例如《郝摇旗杀妻》在郝摇旗欲杀妻之前与她告别的唱段，"旦"进入张瑞莲的角色，对丈夫进行一番嘱咐后，"丑"以第三者身份的补充叙述：

旦　为妻不是贪生把人间恋，……

丑　张瑞莲嘱咐一遍又一遍，

　　说着又去把包袱翻。

旦　如今妻死夫收葬，

　　久后谁为你穿孝衫。

丑　说着取出物一件，

旦　这是七尺白绫三尺绢。②

"旦"以"为妻"的身份出现后，在做人、打仗、生活等方面嘱咐丈夫的话达几十句之多，这对于一个演员而言是相当繁重的演唱任务，所以"丑"在这时的适时出现也是给"旦"一个必要的休息间歇。同时，"旦"在这里

---

① 王也夫、于永江编：《吉林二人转选·传统作品集》，时代文艺出版社1991年版，第26页。
② 同上书，第88页。

的主要任务是叙述夫妻生死离别的场面和刻画"为妻"的心理感受，而这一场面由几个部分组成。如何使角色叙述由一个部分自然过渡到另一个部分？以"丑"的第三者叙述视角完成了这一使命："张瑞莲嘱咐一遍又一遍"总结"为妻"前文所述，"说着又去把包袱翻"又开启了下一个场面的叙述，所以在这里，第三者叙述起到了承上启下的作用。

二人合一角即两个演员合成一个角色并共同叙述一段情节。例如《石秀杀楼》中的一段：

> 丑　眼看天交二更后，
> 　　石秀我来到杨家后门楼。
>
> 旦　门楼上三炷黄香没烧透，
> 　　有个人贼头贼脑往里溜。
>
> 丑　石秀我悄手蹑脚跟在后，
> 　　来一个旱地拔葱跳上楼。
>
> 旦　木匠吊线往里瞅，
>
> 丑　见来人摘下帽子和尚头。①

这一段中的"丑"进入石秀的角色，以"我"作为明显标志，而"旦"可以被认为是隐在角色。在她的叙述里没有明显的人称标记，但又分明使观众感到她也是从石秀的角度观察和叙述，门楼上的情景显然是石秀到了杨家后门楼后的所见所闻。"木匠吊线往里瞅"是二人共同刻画人物的动作神态，而上述引文的最后一句描述的则是二人共同见到的情景。二人转中的两个演员在舞台上总会有明确的分工，如分演两个角色，一人入角、一人在旁边帮腔叙述等。二人共同演绎一个角色是为了突出角色视角和适应二人转的舞台

---

① 王也夫、于永江编：《吉林二人转选·传统作品集》，时代文艺出版社1991年版，第116页。

特色。角色叙述即从剧本中某一特定人物的角度观察和叙述故事，故事内容必然经过这一特定角色的情感态度、生活经历、审美标准、性格特征等的过滤，打上鲜明的角色烙印，从而限制了故事的信息量，也就为观众提供了想象和阐释的空间。这与前文曾述的具有"灌输"嫌疑的第三者叙述形成必要的相互补充。但二人转不同于其他剧种，它是敞开的舞台，不像其他戏曲形式那样演员可以在幕前幕后频繁地进进出出。在突出以某一角色视角叙述故事时，如果将角色只固定在一个演员身上，另一个演员就会出现无事可做的尴尬局面，所以让二人共同进入角色是最好的解决办法。同时，二人不同"形"而同"神"地进入同一个角色，还可以活跃舞台气氛，丰富人物形象的塑造。

二人转"叙事"和"代言"的双重功能使它的叙述视角表现得非常复杂，它以多维视角观察和叙述最朴素的生活故事和人生体验，既跳进故事与观众同悲同喜，又跳出故事引导观众对生活的思考，更重要的是，为游戏性的充分释放提供了空间。

二 演员的戏剧化

"叙事兼代言的诗体故事"道出了二人转叙事的特征，但忽略了演员跳出角色的另一功能：演员自身的戏剧化。半角色半演员的叙述角度也可以视为演员由角色向声音的过渡。这里的"声音"界定超出叙述学的"在小说中确实起着重要作用的一切'声音'，都是一种'信念'，或者是'看待世界的观点'"[①]的范围，它除了指演员对角色及事件所做评论之外，还包括演员在角色叙述之外与故事情节相关甚至无关的其他内容，典型的如说口等。

二人转中演员声音的地位极为重要。演员的声音分三种：第一，演员的

---

① [苏联] 巴赫金：《陀思妥耶夫斯基诗学问题研究》，白春仁等译，生活·读书·新知三联书店1992年版，第66页。

评价。演员跳出故事叙述，凌驾于角色之上，对所叙述故事有意无意进行评价，或者将故事与现实联系起来，深化和扩展故事的主题。如上文所述二人转开头和结尾部分常对事件概括和评论。二人转《密建游宫》结尾处"密建游宫一辈古，千古遗恨唱到今"就是演员跳出叙述对故事的评判，这类似于说书中"有诗为证"等插入性和总结性的评价。在东北喜剧小品中，演员在扮演角色之时也不忘对角色本身的审视和评价。在赵本山表演的一系列小品中，他和角色之间始终保持若即若离的关系。小品《功夫》中赵本山为"忽悠"范伟装扮成残疾人坐在轮椅上，然而在"忽悠"的过程中，他马上从一个残疾人变成一个健康人。两个场景的错位包含了对事件的评价，也是演员发出的"无声之声"。赵本山为观众熟悉的狡黠的笑不仅属于角色，也隐含着他对某一社会现象的讽刺和对观众的提醒。人们习惯于认为把观众逗笑而自己不笑是演员的功夫，但反过来说，演员参与观众的笑表明演员的态度。前者是演员陷入角色，后者是演员适当跳出角色对角色的评价。

第二，演员是戏剧化对象的评价，展示故事之外的"故事"。如《泥打西太后》中"丑"和"旦"共同扮作"小李子"传旨时，数出包括镶黄旗在内的十四种满旗，告诫包括大清门在内的十一个"门"以及其他的各位官员恪尽职守，显然不仅在扮演角色，更重要的是在刻意展示演员的语言技能，或者说凸显演员的声音。更为典型的是《燕青卖线》中"丑"扮作燕青唱"召唤一声卖丝线"后，两个演员之间的说口：

旦　等等，你举小扇子干啥？

丑　这叫像不像，做比成样，这是货郎用的拨浪鼓，我叫卖两声你听听。（学鼓声）不要老太太，要姑娘。

旦　咋不要老太太呢？

丑　老太太不买线，尽跟着捣乱。（叫卖）木梳箅子钢条针儿，一吊钱十万八千根儿。

旦　这么贱我包了。

丑　小姑娘你别急儿，这针是除了尖秃就是没鼻儿。

旦　你卖别人吧。①

　　这里两个演员的说口并没有完全脱离角色情境，仍旧在"卖线"，但他们的表演中心显然由角色转移到了演员的声音上。这种叙述视角一方面强化了叙述行为本身的修辞效果，扩大了观众的审美空间；另一方面活跃了舞台气氛，使观众在不完全退出故事情境的情况下有更多的欣赏对象，并因说口极强的生活化使观众与演员更好地进行交流。"口传的艺术与其说是记忆的复现，不如说是艺人在同参与的听众一起进行表演的一个过程。"② 观众和演员的互动空间在演员声音的凸显中被扩大。

　　第三，演员有时完全跳出叙事和代言，将自身戏剧化，这也可以视为插入戏外戏，延宕剧情，增加戏剧化内容。如《回杯记》中的一段说口：

春　红　（说）纱帽纱帽纱帽。他身上穿着一件老道袍。

王二姐　（说）那是蟒袍。

春　红　（说）饭舀子嘛，你说马勺。

王二姐　（说）蟒袍。

春　红　（说）发水嘛，你说涨潮。

王二姐　（说）蟒袍。

春　红　（说）华容道嘛，你说挡曹。

王二姐　（说）蟒袍。

春　红　（说）蟒袍蟒袍蟒袍！③

---

① 王也夫、于永江编：《吉林二人转选·传统作品集》，时代文艺出版社1991年版，第225页。
② 江帆：《民间口承叙事论》，黑龙江人民出版社2003年版，第125页。
③ 吉林省地方戏曲研究室：《二人转传统剧目汇编3》，1982年11月，第6页。

这段说口和故事情节没有任何关系，是一段语言游戏的展示，它延缓了故事的进程，似乎是游离于故事之外的多余文字，但却扩大了观众的欣赏空间。这也恰恰是东北民俗喜剧的魅力所在。在说口之外，演员自身的"戏剧化"还包括出相、杂技等绝活表演，这无疑是东北民俗喜剧的看点之一。近几十年来，演员自身戏剧化的情况更加凸显，小品《奥运火炬手》以及《昨天·今天·明天》《说事》中都特别设置了一个附加角色——主持人，他在小品这一叙述文本的作用是向"白云""黑土"提问和推动二者间对话的展开，而小品的最大看点正是回答问题过程中的幽默机制。

当代东北影视剧也继承了二人转和小品对演员的戏剧化。《乡村爱情》播出后，人们对此剧颇有微词，认为该剧情节进展多以玩小品式语言和演员之间的无聊"抬杠"、耗费时间所取代，使得整个作品仿佛由一组笑话组合成的大杂烩。分析原因，除了剧本在创作上的仓促外，还有演员的原因。《乡村爱情》的演员大多是演二人转出身，习惯于自己理解剧情和在舞台上即兴发挥，所以在本已缓慢的剧情外加上了很多和剧情无关的内容。但本书认为，这些"无关"的内容恰恰是东北影视剧对二人转和小品"演员戏剧化"这一元素的继承，也是东北影视剧的独特之处。《乡村爱情》所选取的农村三角恋题材并不独特，剧情和艺术表现也都缺乏真实性，却能获得平均8.46%、最高11.62%的收视率，其原因之一就在于演员跳出了叙事和代言，将自己戏剧化。演员独立成戏，把自己的出相和说口独特技艺变成欣赏的对象，继承了东北文化的狂欢因子，体现出东北文化的独特之处。二人转演员跳进故事叙述和评论，也跳出故事展示自身。东北喜剧小品继承了二人转的"跳进跳出"模式，并且在很大程度上弱化了情节叙述，加大了演员戏剧化的比重。当下东北影视剧也强化了演员跳出故事制造喜剧效果的功能，以致脱离了一般影视剧情节紧凑、线索清晰等基本要求而遭诟病，但负载了东北人独特的文化精神。

演员的"戏剧化"诠释了东北文化的精髓，使东北民俗喜剧不仅在东北文化范围内带来集体文化认同，也在东北文化之外给人带来新奇、陌生和快乐，并在当代大众文化舞台上独具一格。

三 从叙事到狂欢

东北民俗喜剧"跳进跳出"结构模式塑造了两个世界：故事世界和游戏世界。二人转通过演员的第三者叙事、角色叙事和半角色半第三者叙事营造了故事世界，又通过演员跳出角色评价人物、故事和将自身戏剧化，在故事世界之外呈现给观众一个游戏的世界。东北喜剧小品和影视喜剧承续了二人转的结构模式，不同程度地弱化了故事叙述，强化了游戏世界的营造。

（一）复调——游戏世界与故事世界的协奏

二人转舞台上虽然只有丑和旦两个演员，但实际上展示的是个杂语喧哗的世界。人们称二人转为"叙事兼代言的诗体故事"，[①] 并且对演员、观众和角色之间的独特关系有这样的论述："从艺术创造过程看，'我、你、他'的关系，就是演员和观众和角色的关系。二人转的'我'（演员）和'你'（观众）是实的，有时跳进角色的'他'是虚的……'他'是'我'和'你'共同创造的产物。……'我'一人要演好几个'他'……'我'时断时续跳进跳出某一角色，通过唱、说、扮、舞引起观众'你'的联想和参与，要靠'你'在观赏过程中的想象来丰富'他'，完成'他'。"[②] "我""你""他"的独特关系，将二人转分割为两个独立而又相互交锋的世界：故事世界和游戏世界。二人转演员需要在两个世界之间往来穿梭，时而跳进剧情扮演角色，时而跳出剧情叙述故事，甚至自己被"戏剧化"，表演绝活、杂技、说口等，展示游离于故事情节之外的游戏世界。

[①] 王肯：《土野的美学》，时代文艺出版社1989年版，第4页。
[②] 王兆一、王肯：《二人转史论（自序）》，时代文艺出版社2002年版，第7页。

第四章 东北民俗喜剧文化因子传承之三：表演特征

东北民俗喜剧是讲故事的艺术。二人转的长篇大唱叙述一个完整的故事，东北喜剧小品叙述一个故事的片段，东北影视剧则讲述一个故事或接连叙述一系列的故事。东北民俗喜剧的故事世界异彩纷呈。传统二人转有历史传说如关于商代人物和生活的《姜太公卖面》，有关于伍子胥、关羽、孔明、包公、杨家将、《水浒传》的故事，也有反映历史人物和文学作品人物爱情的故事，还有反映普通百姓生活的作品以及经过改编的神话寓言等。中华人民共和国成立至20世纪80年代二人转作品的内容则紧跟时代，描述社会主义新生活，讴歌新人物新生活，反映新时代人和人之间的关系和感情世界，这时期的二人转把讲故事、塑造人物性格从而凸显时代精神、实现教化功能作为主要任务。如吉林文艺工作团1950年演出的二人转《送郎参军》，刻画了周玉兰劝说丈夫响应祖国号召，不计个人利害得失，积极参加抗美援朝战争的故事。作品主旨鲜明，人物思想觉悟的变化脉络清晰，但全文自始至终充斥着周玉兰对丈夫陈述的救国救民大道理，却几乎没有故事之余的喜剧色彩。20世纪50—80年代的二人转作品基本沿袭这一思路，如50年代的《人民大桥》，60年代的《三棵白杨》《巧相逢》《扒墙头》《送鸡还鸡》《双比武》，70年代的《常青指路》《小鹰展翅》《情深如海》《拨钟》《十月春风传喜讯》《战友》《筱月兰雪恨》《老两口争灯》《连心豆》《还是当年大老王》，80年代的《双进城》《姑娘的心愿》《车走向阳岭》《离娘认母》《倒牵牛》《双赔鸡》《两朵小红花》《窗前月下》《书记盖房》《双住店》《爱情合同》[①] 等二人转作品，游戏世界几乎被故事世界所遮蔽。80年代中期以后的二人转作品在一定程度上恢复了传统二人转的喜剧精神，虽然仍以追随时代的脉动主题为己任，但在讲故事之余不忘游戏世界的彰显。如1985年刊载于《戏剧创作》的二人转《陈大脚说媒》，把勤俭持家近于吝啬的"掏耳勺"只用"猪

[①] 上述作品选自王也夫、于永江编《吉林二人转选·现代作品集》，时代文艺出版社1991年版。

肉熬粉条"这道菜改善生活作为一大笑点，类似的笑点在50—80年代的二人转作品中非常罕见。而在1986年的作品《闹发家》中，则有了"同驴共济"以及"屁股后面插鸡毛——硬装凤凰鸟""笨娄顶上粘红纸——你充哪国大仙鹤""胯骨轴子点黄点——硬装金钱豹""眼眶抹锅底灰——硬装大熊猫"等以语言机制制造笑点的系列俗语，游戏世界在作品中占有了一席之地，但仍是故事世界的陪衬和调料。

东北喜剧小品和影视喜剧的诞生同步于改革开放，有反映新时代老年人感情状况的《相亲》《钟点工》，反映新时代各种观念冲突的《老拜年》《红高粱模特队》《马大帅》，反映时代变迁中的农村生活和农民的感情世界的"白云黑土"系列小品以及《刘老根》《乡村爱情》《别拿豆包不当干粮》《圣水湖畔》《欢乐农家》等一批影视剧作品，从这个角度说，东北民俗喜剧堪称故事画廊。然而东北民俗喜剧的叙事和其他故事叙述有所不同，它在故事的叙述之外还营造一个游戏的世界。

说口是营造游戏世界的重要方式。"唱丑唱丑，必得说口，不说口不算唱丑"，说口是二人转的"五功"（说、唱、扮、舞、绝）之一，分"套口""零口"和"插口"。"套口"，也叫"套子口"，又叫"成口""故事口"。这类口，一是从民间小故事、民间传说、民间小笑话中移植、演变来的；二是艺人们从生活中搜集、提炼加工编成的。每段口皆独立成篇，说个有头有尾、有笑料的故事。其中，有以说故事为主的，如《桃花杏美人》《掌鞋匠进京》等；有以对诗为主的，如《增和什桥》《文武状元》等；有以写对联为主的，如《戳大老黑》；有以唱为主的，如《傻姑爷》；还有用谐音、谐意编织的，如翻《百家姓》等。这些口与演唱正文无关联。[①] "零口"，又叫"花口""抓口""俏口""崩口""疙瘩口"。顾名思义，就是一小疙瘩一小段的口，

[①] 吉林省艺术研究所：《二人转说口汇编1》，1984年10月，第2页。

第四章 东北民俗喜剧文化因子传承之三：表演特征

是二人转说口的零星碎玉，大都是艺人们根据不同的演出场地和观众，见景生情、随机应变、现场即兴口头创作。没有准词，内容与戏文无关，形式不拘一格，语言生动活泼。①"插口"，也叫"专口""串口""定口"，多半是镶嵌在唱词中随词走的插白、对话、半白半唱，或演员结合剧情跳出人物，面对观众所说的零言碎语。②说口并不是二人转的独创，在中国传统的"说话"艺术中早有和说口类似的"入话"。但二人转的说口不仅仅出现在讲故事之先，也不只用来引出"正话"或点出故事题旨；它不同于戏曲唱词外的宾白和曲艺中的说白或韵白，而是另有自己的特色。它可以是演员和观众在所叙述故事之外的直接对话，也可以是所叙述故事的有机组成部分。作为演员和观众在故事外的对话，说口的内容显然独立于故事世界；即使是故事的组成部分，说口也明显游离于主体故事之外独立成一个谐谑、夸张、粗俗、游戏的"笑料"世界。

红娘和张生的"夸奖篇"这折戏，艺人为吸引观众抛出的"撒手锏"就是句句加"口"。

如：把"元宝耳朵分左右"唱成"元宝耳朵一边俩"。旦打住唱，二人说口：

  旦 得了，别唱了！那耳朵都是一边长一个，你咋还一边造出俩来？
  丑 你说的是几个人的耳朵？
  旦 一个人的呗！
  丑 这不得了，我说的是咱俩面对面，不就一边俩耳朵吗！

再如，把"倒把书呆子脸吓黄"唱成"倒把书呆子脸吓白"。丑打住，说口：

---

① 吉林省艺术研究所：《二人转说口汇编1》，1984年10月，第246页。
② 王兆一、王肯：《二人转史论》，时代文艺出版社2002年版，第298—299页。

丑　等会等会！我说你咋还唱串辄了呢？是"脸吓黄"！

旦　不对！"脸吓白"！

丑　黄！

旦　白！

丑　咋是"白"呢？

旦　有唱就有讲。你说那张生是个书呆子，成天憋屋里啃书本，还不把脸憋白了?!①

又如说口《没有的事》：

三十儿下晚月正明，

月窠小孩吵吵牙疼，

鸡蛋坏了得钉子钉，

碌子坏了麻绳缝。

外面下雨满天星，

树梢不动挺大的风。

四个跛子来抬轿，

四个瞎子打灯笼，

瞎子说是灯不亮，

跛子说是路不平。

三十二个哑巴来唱戏，

七十二个聋子把戏听，

哑巴唱戏干嘎巴嘴，

聋子说唱的不错字眼儿不清。

---

① 吉林省地方戏曲研究室：《二人转史料4》，1982年编印，第149—150页。

和尚养个白胖小，

老道得了产后风。

要问说的是什么段？

闲来无事竟瞎崩！①

在故事叙述中也常有一些看似情节组成部分实际上却游离于故事之外的内容。如《马寡妇开店》中狄仁杰来到旅店前和马寡妇的一段对话：

丑　（说）大嫂，你这是店吗？

旦　（说）（逗趣地）不是店还是监牢狱呀！

丑　（说）你说话咋这么不和气？

旦　（说）和气还给你娶个媳妇呀！

丑　（说）大嫂，你们火炕热不热呀？

旦　（说）煎饼烙子热，怕你嫌乎烫。

丑　（说）有馒头吗？

旦　（说）有。

丑　（说）馒头宣不宣？

旦　（说）粪堆宣，怕你不敢吃。

丑　（说）有包子吗？

旦　（说）有。

丑　（说）包子里肉多不多？

旦　（说）一口咬出个牛犊子来，还不顶死你呀！②

故事开头从狄仁杰的视角叙述的马寡妇是一个标致美貌的女子："两鬓刀

---

① 刘振德主编：《二人转艺术》，文化艺术出版社2000年版，第199—200页。
② 王也夫、于永江编：《吉林二人转选·传统作品集》，时代文艺出版社1991年版，第196页。

裁如墨染,头项别把弯卷梳。不擦胭脂桃花面,朱唇不染红噗噗",并且"上下穿着一身素,话语周到不轻浮",这和上一段说口所显示的马寡妇的性格显然大相径庭。按照经典文艺理论对性格的解读,这一性格塑造无疑前后矛盾,有驴唇不对马嘴之嫌,但作为民俗艺术的二人转要在经典文艺的"故事世界"之外给观众一种文化认同和情感上的自我体认,要在舞台和观众之间寻找心灵上的共鸣,所以二人转所叙述的是一个包含着故事世界的杂语狂欢的世界。把上段说口放在现实生活中的两个陌生人之间,显然不可理喻,因为这分明是东北人日常生活中的打情骂俏和尖酸刻薄的"抬杠",它制造的是大胆的联想、夸张的粗俗所带来的彪悍村野的趣味,确切地说,它不是故事的必要组成部分,而是和所叙述故事不相干甚至矛盾的"游戏世界"。这种游戏精神到当下的《马寡妇开店后传》则进一步膨胀,乃至故事本来的一点道德主题都被颠覆了,狄仁杰也由一个被马寡妇调戏的受害者变身为调戏马寡妇的腐败官员,这从故事以及主题的角度看无疑令人大跌眼镜,但这放荡不羁的游戏感却赢得了观众的喝彩声。故事主体固然吸引人,但似乎只有在这个"打哈哈、逗趣儿""扯大彪""抬杠"和漫无边际的笑骂中,东北人才真正获得了文化上的认同感。二人转的"唱"固然重要,但"说"比"唱"更好听,因为说口部分是语言游戏,最富于东北文化的狂欢意味,或者说最能满足东北人的文化诉求。如说口《花子拾钱》似乎要表达"在旧社会的时候,地主、警察专压迫穷人"的主题,但其主体内容却是三个花子为达到"比穷"的效果所运用的语言夸张修辞:"我家住半间屋,拿着麻秸当灯烛,枕着刷帚睡,盖着破麻布。""我名叫王二,家住半路途,拿着日月当灯烛,枕着胳膊睡,盖着脊梁骨。""我姓佟名三,家在半空悬,挨饿十几年,要想得活命,还得半角钱。"从道德和政治意义上,这里没有对花子的同情和对地主、警察等的愤恨,反而表现的是花子为争夺半角钱的互不相让,所以从主题的角度检视这一说口的合理性,显然会归于失败。它存在的意义只能从语言的夸张乐趣中去寻找。

悲剧喜唱也是东北民俗喜剧凸显游戏世界的方式。传统二人转并不回避悲剧性题材，如《祝九红吊孝》《六月雪》《母亲探监》等都是典型的悲情戏，感叹人间冷暖，在审美效果上也具有宣泄、净化功能。但强调内容的同时，这类悲剧更注重运用一定的悲剧唱腔如寡妇上坟调、迷子调等舒缓、悲情的曲调营造氛围，从而作品的形式感相较于内容而言占了上风，或者说演员营造氛围的技术成为作品的看点，这在一定程度上削弱了作品的悲剧性。如《蓝桥》结尾写蓝瑞莲因为心上人魏奎元被洪水冲走而悲痛不已，但演员并没有沉浸于剧情不能自拔，而转向对哭相的夸张呈现，乃至于演员常常一边将各种情境中的"哭"展示得惟妙惟肖，一边不忘通过化装、动作等手段将"哭"装点得具有滑稽色彩，比如演员在演苦戏时一半脸哭，一半脸笑，这时演员的"相"便代替剧情成为观众欣赏的重心，观众也便化哭为笑。另外，大部分悲剧会通过淡化悲剧情节、凸显喜剧情节或增加说口比重、强化说口的游戏性以及大团圆结局等途径冲淡甚至消解悲剧性的情感体验。如传统二人转《冯奎卖妻》写冯奎一家因度日艰难，不得已卖妻的故事。故事前部分叙述这个家庭穷困的种种状况乃至只好卖妻，悲剧氛围浓重；待人贩子和买妻者夏老三出场，二人之间几近于打闹的"相面"情节、因为语言障碍互相打岔的笑闹、人格上的互相贬损以及孩子般围绕"这是什么骨头"的说口游戏立即将剧情转悲为喜，直至故事最后以夏老三同情一家遭遇，将钱白送给冯奎一家渡过难关的喜剧情节为结局。此外，即使在冯奎妻子站在集市上等待被卖的凄惨场景里，剧本也努力将夏老三端详冯奎妻子的情形游戏化：冯奎妻子不断转身，不让夏老三看到自己的脸，以致夏老三感叹："这个人没脸哪！尽后脑勺哇！"经过如上处理，悲剧转为喜剧，故事情节的感人很大程度上让位于游戏的乐趣。又如二人转《游西湖》讲述白娘子和许仙的坎坷恋情，其中上装（旦）紧随"悲悲戚戚哭了一声夫"的唱词之后应马上落泪，但更多时候却是反其道而行,例如下装(丑)的一句说口"我看你哭得也不像啊,你昨儿刚结婚吧?"立刻将悲苦的剧情转化为快乐的游戏。

为故事随意加"彩儿"以获得热闹的演出效果,是对游戏世界"偏袒"的又一方式。二人转《姜太公卖面》通过"卖面"场景写姜太公时运不济一段,其夸张与杜撰程度超出了故事本身的需要而走向"滑稽效果":

……太公贩猪羊就贵,
太公贩羊猪价增,
太公猪羊一齐贩,
纣王出旨断杀生。
逼的太公无计奈,
只落扁担八股绳。
大街以上去卖面,
吆吆喝喝不住声。
清晨卖到晌午错,
没有一人把面称。
太公无奈往回走,
忽听背后有人声。
撂下扁担回头看,
有位贫婆面前迎。
……
(其人比太公还贫困)
走到近前忙开口,
卖面主人你要听,
今天我要买点面,
不知你卖多少铜。

第四章 东北民俗喜剧文化因子传承之三：表演特征

你把价钱告诉我，

这叫先明后不争。

太公闻听面带笑，

听我对你说分明。

四十八个大钱买半斤，

两个大钱一两高高称，

我秤准斤十六两，

不高不低得公平。

贫婆听了这句话，

先生不知听分明。

我的孙儿好淘气，

吊猴扯坏窗户棂。

我今要买一个大钱面，

打点浆子糊窗棂。

太公闻听这句话，

心里不住暗叮咛，

有心不卖一大钱面，

我看贫婆实在穷。

太公拿秤正称面，

马摆鸾铃响连声。

要问来了哪一个，

黄飞虎教军场检阅兵。

马跑如飞像闪电，

马蹄踢着八股绳。

八斗踢个大翻个，

179

白面撒在地留平。
扶起八斗要搂面,
背后来个大旋风,
只听呼得一声响,
白面刮得影无踪。
仰面朝天叹口气,
正赶乌鸦来出恭,
屙在太公一嘴粪,
你说恶心不恶心。
捡个砖头乌鸦打,
太公觉着手上疼。
翻过砖头仔细看,
蝎子掉在地留平。
乌鸦落在大树上,
倒把太公眼气红。
照着乌鸦打下去,
树上有窝黄马蜂,
一打打在蜂窝上,
忽听树上嗡一声,
蜂子蜇了太公的脸,
这叫时衰运不通。
弯腰捡起小八斗,
扛起扁担回家中。
光顾走来没顾看,
一脚踩在臭泥坑。

来在家中推门板，

门上有一个枣核钉，

钉子扎了太公手，

手心以里冒血红。

这是太公运不及，

八十二岁运才通。

渭水河边垂钩钓，

来了文王请太公。①

这些不济的时运如此戏剧性地拼接在一起，违背了故事叙述最基本的真实性与合理性，故事的性质与功能被削弱，游戏特质凸显，接受者极易被带出对姜太公多舛命运的感叹，同时被带进类似卓别林屡屡碰壁的喜剧画面。

游戏世界与故事世界的并置折射出东北文化的悖论。故事世界遵循正统文化和主流文化的逻辑，游戏世界却以非理性、无秩序、粗俗、放纵为特征。东北民俗喜剧中的演员具有双重文化特性，处于主流文化与边缘文化的交接地带，所以他的跳进跳出不仅仅在制造和强化舞台与现实之间的冲突，以及用虚拟性的人物装扮为观众拓宽想象空间，更不仅是形式上的叙事与代言的问题，其主要使命是承续东北文化粗犷、游戏的特质。在这跳进跳出的一瞬间，演员化解了主流文化与民间文化间的隔阂危机，实现了对权威的消解。"一种文化就像是一个人，是思想和行为的一个或多或少贯一的模式。每一种文化中都会形成一种并不必然是其他社会形态都有的独特的意图。在顺从这些意图时，每一个部族都越来越加深了其经验。与这些驱动力的紧迫性相应，行为中各种不同方面也取一种越来越和谐一致的外形。由于被整合得很好的

---

① 苏景春：《转坛上讲古唱史第一剧〈姜太公卖面〉——二人转传统剧目流变考证》，《戏剧文学》2014 年第 11 期。

文化接受了那些最不协调的行为，也往往由于那些最靠不住的变态而具有了这种文化的特殊目的所具有的个性，这些行为所取的形式，我们只有靠首先理解那个社会的情感上的和理智上的主要动机才能理解。"① 东北民俗喜剧中演员"跳进跳出"的独特表演方式只有放在东北这一特定的文化空间中，才能充分认识其价值。它充当了调和故事世界和游戏世界的使者，并最终将游戏世界凸显出来，成为东北民俗喜剧一道独特的快乐景观。

（二） 独白——游戏世界的突出

游戏性是东北民间文化的基本特点。在东北民间，姐夫与小姨子之间、嫂子与小叔子之间、连襟之间见面骂笑不仅是正常的，甚至被认为是必需的仪式，不会笑骂或在笑骂中败下阵来常被认为是缺乏智慧的表现。反之，谁在这场游戏中通过曲折隐晦的方式使对方钻入自己的语言圈套或者无言以对，谁就获得了胜利。而且这种笑骂多与身体有关，或者将对方贬低为动物。不仅如此，笑骂双方还经常动手动脚，追逐打闹，在轻松愉快中完成东北民间这必不可少的快乐仪式。笑骂游戏是东北人的生活方式，在游戏中，当事人和围观者都获得了其他游戏方式难以替代的快乐。

活跃于东北民间的游戏的文化因子在东北民俗喜剧中得到了承传。从某个角度而言，二人转就是这种"戏"的"民间形式"在舞台上的呈现。二人转表演中，男女演员一上台的说口部分，总是以二人的逗骂开始，或就对方的穿着打扮和体形特征进行一番贬低，甚至开一些性玩笑和辈分玩笑，或编织一个情节使对方陷入自己的圈套，从而在心理上获得优越感并且博得观众一笑。尽管是在舞台上，演员也会像在民间游戏中一样追逐打闹，女演员甚至会打对方的耳光，而男演员却不会因此大为光火，因为在他们的眼中，这

---

① ［美］露丝·本尼迪克特：《文化模式》，王炜等译，生活·读书·新知三联书店1988年版，第48页。

不过是很正常的民间游戏而已。此外，在二人转表演中，二人转演员还常常把游戏的对象扩大到乐手，比如演员在唱词或说口中称拉弦的是自己的儿子，于是演员和拉弦的乐手之间又开始争夺辈分的游戏，甚至乐手会暂时停止手中的工作，和演员在舞台上追逐打闹起来。这些游戏性的插曲往往成为二人转的看点。

在近些年来流行的东北影视喜剧中，这种东北民间特有的游戏方式也屡屡呈现。在当下的东北喜剧小品中，游戏世界更加凸显，以至遮蔽了故事世界的呈现。当下的东北喜剧小品仍有情节，但在很大程度上，叙事的逻辑力量被具有吸引力的游戏快感所代替，情节不过是游戏的外衣和一连串的狂欢的借口罢了。如刘小光在黑山演出的一个片段，没有完整的情节，更没有戏剧冲突，而是由多个笑话片段组成的大杂烩：①由于自己长得矬碜，警察看着我都不会指挥了；长得这么矬碜还出来溜达啥，就因为瞅我，新买的大奔都撞树上了。②当今什么演出在几秒钟之内让你们笑起来，也就是二人转。③当今演员演出太虚伪，不像二人转演员玩命似地演，大腕一上来那派头好像他们家趁多少飞机似的，说话都语无伦次（然后模仿）。④实力派不是这样的（戏仿实力派演唱）。⑤描述腾格尔怎样创作《天堂》：在草原上厕所时蹲那仰头看见了蓝天，低头看见了清清的湖水，就创作了这首歌曲。⑥什么是摇滚呢？就是当音乐响起了的时候，整个人都疯了（模仿摇滚歌手）。⑦自我介绍：演过《乡村爱情2》，就是赵玉田他爹，一抽嘴一抽嘴那个，辽宁春晚跳街舞那个（边介绍边表演）。⑧介绍搭档：就是这个女人，改变了我的命运，就是这个女人谱写了我的人生，是这个女人，害得我妻离子散哪，报应啊！第一个媳妇，不到两个月，跑了，第二个媳妇，不到两个月，跑了，第三个就是她，结婚三年了，她也不跑，唉！她不走新的她也进不来呀。⑨与搭档互动。搭档："我嫁给你，就好像是一朵鲜花插在牛粪上了。"刘小光："多亏是插牛粪上了，插化肥上还烧死了呢。"⑩演小品"唐僧途经女儿国",穿着唐僧的服饰跳舞,舞曲是"猪八戒进行曲",对搭档说"我都脱离红尘了,你还捅咕我干啥"等。这段表演由自嘲、戏仿、颠覆经典、出相、语言游戏等构成,几乎没有故事情节,完全是游戏世界的呈现。

传统二人转展示两个世界:故事世界和游戏世界。游戏世界的营造是二人转传承地域文化的重要方式。东北喜剧小品吸收东北民间以及二人转的语言机制,有些甚至直接抽取二人转的说口独立成篇,在很大程度上是将游戏世界从二人转中凸显、夸大乃至分离的结果。东北喜剧小品也讲故事,但留给人们品味的不是明晰的情节架构以及作品所传达的主题,而是那些包袱不断、富于笑料的游戏性语言、表情、动作以及那些使观众捧腹大笑的另类谜语。许多经典的谜语比如"将大象装进冰箱分几步"等比故事情节更加深入人心,甚至很多小品在演出了十多年后,其中的一些谜语仍然成为一些分众传媒(如公共汽车上、火车上等)最为火爆的娱乐节目。2008年央视春晚上赵本山的小品《奥运火炬手》的主题与2008年奥运会相关,承接2007年的"白云黑土"系列,但实质上只是借题发挥而已,真正的看点仍旧是游戏性的因素。2008年年底在央视4套热播的反映山东农民改革开放进程的电视剧《福星临门》塑造了一个和剧情关系并不紧密的女性形象——"响八乡",这一颇富东北民间特色的绰号和扮演者李静的系列歇后语式台词成为本剧受欢迎的重要原因。2009年央视春晚赵本山师徒更是在全国亿万观众面前出尽了风头,赚足了观众的爆笑,节目一播出,网上即好评如潮,其中给观众最深印象的是:赵本山一上场,将"苏格兰情调"说成"苏格兰调情";毛毛的名言"我谢你八辈祖宗";丫蛋的紧张发言;小沈阳关于人生的一段感慨:"人这一辈子可短暂了。眼睛一闭一睁,一天过去了;眼睛一闭不睁,一辈子就过去了。""你知道人生最痛苦的是什么吗?是人死了,可钱还没花完"以及拖着长腔的尾音"嚎"。没有深度意义的语言游戏取代主题成为小品带给观众的最大"意义"。这一状况引起了很多论者对二人转发展前途的担忧。如二人转表演艺术家韩子平说:"二人转应以唱为主,二人转是说唱艺术不假,但说只是介绍剧情,在演唱的中间调节观众气氛。现在的二人转以说为主,以唱为辅,……又扯又闹,根本不是二人转,顶多唱一两个小帽。"① 但仔细分析,当代二人转并没有脱离传统二人转的母体,而是在弱化传统二人转某些方面的同时,强化和凸显了说口与出相,更注意制造演员与观众的亲和关系,弱化了故事性,突出了游戏性。近些年火爆上演的一系列东北影视喜剧也以游戏性见长。以电视剧《乡村爱情》为例,其故事情节不外乎新时代农村青年婚恋和家庭纠葛,夹杂着亲戚邻里间鸡毛蒜皮的矛盾,再辅以农民的创业史,如此陈旧、拖沓的情节却能轰轰烈烈地持续到 10 部之多,其特有的游戏性恐怕是维系高收视率的主要原因。《乡村爱情》不以情节取胜,情节在很大程度上被一个个游戏片段所切割,如刘能教女儿刘英如何气公公赵四编的打油诗:"就是哭,就是闹,一宿一宿不睡觉,手里拿瓶安眠药,拿着小瓶要上吊。"剧中不时出现的粗俗歇后语:"杀猪砍屁股——定(腚)下来了。""厕所里没水——不充分(冲粪)。"保安队长宋晓峰编的所谓对联"该吃吃该喝喝,遇事别往心里搁。泡着温泉看着表,舒服一秒是一秒",和经典语录"不想当队长的保安不是好保安,不想吃天鹅的癞蛤蟆不是好癞蛤蟆"之类与情节几乎没有关联的语言游戏占据了很大篇幅。此外赵四一说话脸部必抽搐的"出相",刘能处心积虑地想做官同时逢利益必争的小心眼行为,谢广坤与刘能的对抗中并不精明的阴谋策划和一眼就被看穿的势利眼举动,以及人物之间你来我往的逗弄、嘲讽、笑骂等游戏场景,都是作品的看点所在。对游戏性的情有独钟使得东北影视喜剧更像是喜剧小品的连续呈现。电视剧《关东大先生》的情节则更加破碎,人物塑造以丑角为主,虽然主角赵春安既重感情又有铲除奸恶的抗日义举,但他本来的民间艺人身份赋予了他在作品中更

---

① 霍长和、金芳:《二人转档案》,春风文艺出版社 2004 年版,第 124—125 页。

为重要的功能——制造笑料，与他共同制造笑料的还有小沈阳等二人转演员，他们使作品叙事功能削弱并充满狂欢色彩。二人转该走向何方在此姑且不论，仅就叙事性的式微而言，一方面和当代文化的快节奏相关，另一方面和当代人对狂欢文化的需求相联。社会学家丹尼尔·贝尔在分析现代主义艺术特征时指出现代审美反应的特质："（它）产生出一种我称之为'距离的消蚀'的现象，其目的是获得即刻反应、冲撞效果、同步感和煽动性。审美距离一旦消蚀，思考回味也没了余地，观众在投入经验的覆盖之下，心理距离消失后，充满本能冲动的梦境与幻觉的'本原过程'便得到了重视。"[1] 如果说传统艺术追求韵味，那么当代艺术更致力于感官上的"震惊"效果。当下，不仅本雅明所说的围坐在长者身边聆听过去的"说故事"方式不得不衰落，而且故事本身的吸引力也在削减，当代人对故事的热衷正在一步步让位于对快感的追逐。"法国思想家魏瑞里奥（Paul Virilio）发现技术的进步既体现为时间对空间的征服，又呈现为速度的空前提高。通讯传播的发展说到底就是实时（real time）对延时（deferred time）的胜利。"[2] 当代文化正在从时间深度模式向空间平面模式转变，这无疑加剧了东北民俗喜剧故事性的减弱和游戏性的进一步凸显。

当代人对权威似乎有着更为强烈的本能反感，那些传达理性与秩序的故事世界与放纵、非理性的狂欢世界之间形成一股强大的张力，这两种力量在当代强大的非理性需求面前交锋的结果，是故事世界的退隐和游戏世界的胜出。所以当人们在对当下二人转的"变质"提出质疑的同时，不能忘记包括二人转在内的东北民俗喜剧在讲故事之外还要呈现游戏的世界，而后者才最能显示东北人的文化品格和生命追求。东北民俗喜剧中的游戏往往并不怀着

---

[1] ［美］丹尼尔·贝尔：《资本主义文化矛盾》，生活·读书·新知三联书店1989年版，第31页。

[2] 周宪：《视觉文化的转向》，北京大学出版社2008年版，第169页。

道德的用心，或者说功利目的往往退居台后，而纯粹的"逗你玩儿"反而具有了令观众反复品味的审美空间。它既不寄寓着讥讽从而达到匡正社会不良现象的目的，也不刻意带给人幸灾乐祸，使人在优越感的获得中开怀大笑，它给予观众的只是无目的的游戏本身，或者说游戏本身就是目的。这犹如面对孩童的"逗你玩儿"，开心就好，别无他求。如李青山、徐广才口述的《锔大缸》开头篇《十道黑》：

> 乐子出门笑呵呵，
> 听我表一表扯蛋嗑。
> 抬头看见牛下蛋，
> 低头看见马抱窝。
> 炕洞子泥鳅吱哩哇地叫，
> 老母猪下了一个撅嘴骡。
> 墙头骑马兔子撵狗，
> 癞蛤蟆抓住了一只大天鹅。
> 天鹅天鹅你别飞，
> 听我表表十道黑。
> 大长的烟袋乌木杆，
> 掐头去尾一道黑。
> 小二姐描眉巧打扮，
> 描眉打鬓两道黑。
> 新投的犁杖没下过地，
> 备上铧子试到黑。①

---

① 吉林省地方戏曲研究室：《二人转传统剧目汇编3》，1982年11月，第395—396页。

"文化大革命"时期，二人转被禁唱，但类似《十道黑》的唱段在民间仍然颇有吸引力，得益于它的游戏性。苏景春在《从仙到人〈锯大缸〉——二人转传统剧目流变考证》中提到自己的一段经历："《锯大缸》开篇的这段'十道黑'，虽然在剧中略显闲篇扯淡，但早年在农村有许多人都会哼唱。1973年，正是'文化大革命'禁演二人转时期，笔者在梨树县孤家子农场采风，一位镇委书记的正读初中的17岁女儿求我教她唱'十道黑'，我问她为什么不唱歌曲要唱'十道黑'，她说同学们有不少人都会唱'十道黑'，就我唱不全。"① 将快乐作为本体追求，把握住了人的基本生存需求，二人转唱段才被年轻人演绎为时尚。

又如《瞎子观灯》中和尚同白莲灯的一段说口：

二和尚　这还用你算，我还不知道豆粒儿大，可它还没有土豆子大呢！

白莲灯　这不是抬杠吗，土豆子还没有窝瓜大呢！

二和尚　窝瓜还没有粪堆大呢！

白莲灯　粪堆还没有山大呢！

二和尚　山还没有地大呢！

白莲灯　地还没有天大呢！

二和尚　天还没有大大呢！

白莲灯　那大还没有大大大呢！

二和尚　那大大大还没有大大大大呢！

白莲灯　那大大大大——

二和尚　大住了吧！

白莲灯　还没长住呢！

---

① 苏景春：《从仙到人〈锯大缸〉——二人转传统剧目流变考证》，《戏剧文学》2012年第5期。

第四章　东北民俗喜剧文化因子传承之三：表演特征

二和尚　那高粱秸还没道长呢！

白莲灯　那道还没有天河长呢！

二和尚　那天河还没有长长呢！

白莲灯　那长长还没有长长长呢！

二和尚　那长长长还没有长长长长呢！

白莲灯　那长长长长还没有长长长长长……①

再如《回杯记》中的一段：

王二姐　二姑我愁有千万喜从何来？

丫　环　今天是老相茄子寿诞之日。

王二姐　嗐，老相爷子！

丫　环　老相爷子，去摘茄子，碰上了橛子，绊倒了老相爷子，洒了一地茄子，不知道哪个是茄子，哪个是老相爷子。②

马林诺夫斯基说："尚有一种文化现象也必须研究一下。这种文化现象，乍看起来，似乎是一种额外之事。因为，它除掉娱乐之外，并无其他用处，所以好像老是自居于文化之外的。游戏、游艺、运动和艺术的消遣，把人从常轨固定辙中解放出来，消除文化生活的紧张与拘束。即以此而言，这一方面的文化已有了它的功能，使人在娱乐之余，能将精神重振起来，再有全力去负担文化的工作。"③ 东北民俗喜剧的这种释重感恰与当下民众急于表达本能诉求的文化心态相吻合。这恐怕是东北民俗喜剧近二十年来在全国甚至海外的观众中大有口碑的最重要原因。哈贝马斯认为："日常生活的社会世

---

① 吉林省地方戏曲研究室：《二人转传统剧目汇编3》，1982年11月，第507页。
② 李文华、关德富、吴英俊编：《王肯研究资料汇编》，吉林省文化厅（83）319号批准，第163页。
③ ［英］马林诺夫斯基：《文化论》，费孝通译，华夏出版社2002年版，第87页。

界——'生活世界'已经被体系所遮蔽。这种变化的出现部分是因为社会生活的体系理性化过程侵入了生活世界,我们的生活越来越通过科层化的政府体系,以及生产商品、服务和信息的企业体系组织起来。"① 东北民俗喜剧迎合了民众试图挣脱理性化和被组织的文化世界的潜意识,它重情趣、轻教化,没有济世安邦的忧患意识,也缺乏对社会的严肃承担,而以制造快乐为己任,但与此同时,它近似于列斐伏尔所青睐的狂欢节——那些在现实生活中利益得不到满足和受挫的人感受到的另一种生存方式的可能性,以此实现对日常生活的批判。

从另一个角度看,东北民俗喜剧对游戏性的格外关注却彰显了东北人对生命的独特理解。近些年发展起来的东北影视喜剧在人物形象的设置上颇耐人寻味,作品似乎非常热衷于对有生理或心理缺陷的人物的塑造,并因此赢得了较强的游戏效果。《刘老根》中的大辣椒、丁香、药匣子甚至刘老根自己都有明显的性格缺陷,而胡科和乡长的心理缺陷则更为夸张和典型;《马大帅》中的范德彪在心理上极为幼稚,所以才处处碰壁和出丑;《乡村爱情》中的王天来作为男人的软弱,王木生的大舌头和不合时宜的言行,刘能的口吃……这些有缺陷的人物使得作品不仅叙述农民企业家的创业史(《刘老根》),表达农民在城市办教育的艰辛(《马大帅》)以及乡村爱情的悲欢离合(《乡村爱情》),而且在故事世界之外给观众提供了别样的欣赏对象。对"缺陷"的偏爱是时下观众及评论界对东北民俗喜剧颇有非议的一大罪状。但从功能上说,这些"缺陷"人物是外在于故事情节的游戏世界的组成部分,是制造喜剧性的载体,而从深度本质看东北民俗喜剧对游戏的狂热追求,可将之视为东北人对人生而固有的"荒谬"存在的反抗。在加缪看来,荒谬是人类存在的本然状态,而"反抗是人与其固有暧昧性之间连续不断的较量。它

---

① [美]约翰·R.霍尔、玛丽·乔·尼兹:《文化:社会学的视野》,周晓虹、徐彬译,商务印书馆2009年版,第230—231页。

是对一种不可能实现的透明性的追求。它每时每刻都要对世界发出疑问。危险是如何为人提供了把握反抗的无可替代的良机，那形而上学的反抗就如何在体验的过程中扩展了意识的范围。反抗就是人不断地自我面呈。它不是向往，而是无希望地存在着。这种反抗实际上不过是确信命运是一种彻底的惨败，而不是应与命运相随的屈从"。① "反抗赋予生命以价值。它贯穿一种存在的整个过程，是它决定了存在的价值程度。一个独具慧眼的人认为，最壮丽的场景莫过于智慧与那要超越他的现实之间的搏斗。"② 当这些"缺陷"人物无视缺陷的存在而将自己等视于常人甚至自我感觉良好时，那种以顽强的生命力为武器的反抗便已开始了。从这个角度说，东北民俗喜剧的"游戏精神"充盈着生命活力，是东北人最隆重也最富有生命力的精神庆典。

---

① ［法］加缪：《西西弗的神话：加缪荒谬与反抗论集》，杜小真译，陕西师范大学出版社2003年版，第63页。
② 同上书，第65页。

第五章 东北民俗喜剧文化因子传承与文化生态

"生态学"的概念由德国动物学家赫克尔于1866年在《有机体普通形态学》中首先提出，意指生物同外界环境之间的关系。美国人类学家朱利安·海内斯·斯图尔德（Juliar Haynes Steward）将这一概念运用于文化研究，并于1955年在其著作《文化变迁理论》（*Theory of Culture Change*）中首次明确提出"文化生态"的观点，以"解释那些具有不同地方特色的独特的文化形貌和模式的起源"。斯图尔德认为，文化与环境之间相互作用、相互影响，环境决定一种文化的形貌和模式。表面上看，似乎斯图尔德重走了丹纳"种族、时代、环境"的旧路，然而"文化生态"更强调对文化环境整体的考察。在此基础上，学者们进一步将文化生态界定为以下两种含义：第一，文化生态是指影响文化产生、发展、延续、变革等的自然环境和社会环境诸要素，前者包括地理环境、气候条件、生物状貌等，后者包括科技水平、生产生活方式、政治制度、社会思想等。二者在互为因果的同时，合力构成一个完整的有机体，影响着一个文化的生成和演变轨迹。第二，文化生态是指文化内部间相互作用、有机联系而形成的动态系统。一定时空范围内，文化系统内部各类型文化之间互相影响、依赖、滋养和制约，或和谐共处，或矛盾纷争，在此强彼弱的互动制衡中维系着整个文化系统的有序运转。概而言之，学界对"文化生态"的理解包括文化的"外部生态秩序"和"内部生态秩序"两个方面，前者决定文化的特征和发展走向，后者决定文化的功能、地位和存续状况。

从内部文化生态秩序看，20世纪80年代以后的文化生态圈更趋复杂，除居于社会统治地位的主流文化之外，大众文化迅速崛起，在与主流文化、精英文化和大众文化的多重交互作用中，非物质文化遗产面临被主流文化拒绝、被精英文化蔑视、被大众文化同化的窘境，其核心文化因子也在不同程度地退化和异化。二人转在乡土与都市、庙堂与民间、传统与现代间的游移是这一文化事实的有力例证。实现文化物种的多样性共存与平衡是文化生态良性发展的目标，也是二人转的理想未来。

第一节 在乡土与都市间游移

一 乡土对都市的诱惑

"乡土气"几乎是东北民俗喜剧存在的全部理由。"二人转（1900—1915，本书作者注）的演唱时间、地点从来就是多种多样的。讲时间，春夏秋冬都可以唱，不过早年总是在农闲时唱得多。讲地点，农村、矿山、木排市、大烟市、兵营、大车店、城镇等地都唱，不过也总是以农村为主，扎根在农村。"[①] 自300多年前东北民俗喜剧产生那一刻起，就始终和"土气"相伴而行，并以此触动了无数都市人追求快乐的神经。乡下人追求都市文明的繁华和雅致，却又满怀着对乡土气的依恋；都市人向往乡土文明的快乐与本真，

---

① 王木箫编：《1780—1946吉林省二人转纪事1》，吉林省艺术研究所1986年4月，第51页。

却又掺杂着沦落于"不开化"的不甘。在这矛盾与尴尬中,东北民俗喜剧时而被都市文明拒之于千里之外,时而被都市人热捧在手心。从这个角度说,东北民俗喜剧的发展史就是在乡土与都市间游移、动荡的历史。

有三百多年历史的二人转既是民间艺人用以糊口的手段,更是他们娱人娱己的艺术形式。二人转产生于田间地头,是农民在劳动间歇的打情骂俏、互相贬低抬杠,甚至只是为了舒缓劳累的胡说八道。二人转的来源之一——河北的莲花落是乞丐乞讨的辅助手段和以喜剧形式掩饰悲苦的穷欢乐艺术。早期的二人转唱给劳作的农民、挖参的苦力、煤窑的工人、占山为王的土匪以及游走一方的江湖人士。他们多处于社会的底层,不仅经济困顿,精神更是无所依托,因而生于底层长于民间的二人转就成了他们最好的精神慰藉。二人转以其喜兴、诙谐、自嘲、通俗和贴近底层生活的特质最真实地展示了下层人的生活体验,给他们惨淡的生活提供一个宣泄的空间、一个心灵的栖居之所,所以在农村始终有着广泛的受众。据辽南老艺人王世新讲,4月18日的庙会人山人海,北到长春,南到大连,都来赶庙会,各种会由山下一直排到山上,谁来晚了连山都上不去。① 而当时庙会演出的主要内容之一就是秧歌和二人转。即使在当下,二人转以及小品的民间演出也极为火爆。20世纪80年代在辽北农村演出二人转,周围各村有七八千人聚集过来看演出,为了避免拥挤,演员竟然登梯子到土房的平顶上表演,足见二人转民间受众的广泛性。

二人转如此受欢迎源自它浓郁的乡土情结——狂欢性。

"性"是狂欢文化的基本内容。"狂欢是脱离了常规的生活,是'翻了个的生活',是反面的生活。这一观点内含着这样一种价值参照,即以经过理性整合而形成的体制文化范围内的生活为常态。狂欢以其异己的、离心的力量

---

① 李微:《东北二人转史》,长春出版社1990年版,第38页。

构成它的反面或对立面。"① 巴赫金在分析拉伯雷和果戈理的创作时说："吃喝和性生活在这些故事里，具有节庆的、谢肉节狂欢的性质。"② 相对于都市文化而言，乡土文化缺少主流文化的严格规范，尤其是在农民以村、屯形式散居的茫茫北大荒，开阔的平原和皑皑的白雪遮挡了主流文化的视线，乡土文化在某种程度上成了游离于主流文化的另一个世界。这首先体现在东北民俗喜剧对"性"的态度上。"性"在中国主流文化中是一个为人不齿的话题，但在东北民俗喜剧中，"性"却是一个经常被提及的内容。二人转男女演员之间常常开一些有关"性"的玩笑，虽然在表达上总要为其穿上温文尔雅的外衣，但这种对性的态度毕竟和中国传统道德规约相背离。东北民俗喜剧对性的关注应和了当地狂野的民风。性玩笑在东北民间非常盛行，当地人甚至极为重视在这种玩笑中你来我往的智慧。在东北民俗喜剧中，"性"的内涵已经超出了其本身，而成为"野俗"的代名词，或者毋宁说它表达的是生命的原初渴望。"肉体与社会之间的解码互换建立了一整套机制，使得肉体成为一个高明的表现下层社会阶级的政治比喻，而且使得粗俗的肉体转而成为对占主导地位的意识形态的批判。粗俗的力量可以从它与高雅话语之间的相互排斥与对立上表现出来。"③ 一定意义上，"性"是东北民俗喜剧与主流文化对抗的标签和工具。

东北民俗喜剧的狂欢性表现在人物形象的塑造上，是傻子形象的大行其道，傻子狂野、任性、无拘无束，这在前文已有论述。此外，东北民俗喜剧中塑造的女性形象也与中国传统艺术大相径庭。一些传统剧目经过二人转的改造后，女性形象也失却了传统的淑女风范，变成了泼辣十足的东北女子。《西厢记》中的崔莺莺在元杂剧中本是大家闺秀，但在二人转中俨然一个直

---

① 王建刚：《狂欢诗学——巴赫金文学思想研究》，学林出版社2001年版，第1页。
② ［苏联］巴赫金：《文本、对话与人文》，白春仁等译，河北教育出版社1998年版，第7页。
③ 王逢振主编：《詹姆逊文集3：文化研究和政治意识》，中国人民大学出版社2004年版，第31页。

率、大胆的东北姑娘。在红娘猜透了她动情于张生而故意挑逗她时,她竟说:"从今以后再要提姓张的一个字儿,我就狠狠打你这该大死的、还大愿的几小杵子儿……"① 和多愁善感、含蓄温婉的崔莺莺判若两人。这样的情形在穆桂英逼杨宗宝与她成亲(《穆柯寨》)以及刘金定以比武方式给自己招亲(《双锁山》)中表现得更为突出。穆桂英和刘金定在婚姻大事上不仅不遵从父母之命、媒妁之言,而且在对方不同意的情况下刀兵相见,逼对方就范,其个性不仅和中国传统女性的"怨而不怒"、遵守礼法规范判然有别,而且蛮横和匪气十足,自由狂放,无所畏惧。游戏性是东北民俗喜剧语言的基本特征。它通过多种修辞手段和语言机制的运用造成语言的反叛,使语言形式化为独立的审美对象。传统二人转的内容也以搞笑为主,所以它常常悲剧喜唱,但和中国悲剧的惯常处理方式——给悲剧加一个喜剧的结局,从而留给观众一个理想化的期待和回味的空间不同,而是在悲剧的叙述过程之外直接加上喜剧性的因素,如笑话、说口等,让观众在纯粹的游戏中忘却沉重和思考,直接享受游戏带来的轻松。这些都充分体现了东北民俗喜剧的狂欢色彩。

东北民俗喜剧的狂欢情结对都市文化有着强烈的诱惑。"在城市中,新的生活秩序严格而讲求效率,常过于严苛甚至是虐待式的,将原有的古朴淳厚的民风和从容不迫的节律取而代之。"② "按照英国史学家霍布斯鲍姆的说法'过去总会被合法化',过去的日子被视为逝去的好时光,它也就成为社会的当然归宿。"③ 东北民俗喜剧携带着"过去的日子"和久远缠绵的东北文化基因,成为都市人摆脱"虐待"、恢复"古朴"的一个心灵"归宿"。"从乡村到城市,也是从传统文化向现代文化转变的过程。而城市在中国形成的时间较短,'城市血统三代以上的人就罕见',因此,都市人怀旧更多指向的是农

---

① 王也夫、于永江编:《吉林二人转选·传统作品集》,时代文艺出版社1991年版,第12页。
② [美]刘易斯·芒福德:《城市发展史——起源、演变和前景》,宋俊岭、倪文彦译,中国建筑工业出版社2005年版,第29页。
③ 陶东风:《当代中国文艺思潮与文化热点》,北京大学出版社2008年版,第176页。

业文明的'乡土'历史,是'反现代'的、具有某种原始情结和审美主义的怀旧。"① 都市记录着人类文明发展的足迹。在英语中,文明与"市民"及"城市"拥有同一词根,文明自古以来似乎就是都市的文明,而与乡土无缘,文化也是人逐步摆脱原始的自然形态,被努力整合和塑造的"人化"过程。从高楼大厦到以车当步,从生活方式到审美取向,都市文化都拥有自己的品性。和乡土文化相比,都市文化和主流文化的距离更近,或者说在某种意义上,主流文化是都市的主流文化。都市文化历来是文化史的焦点,而乡土文化常常是被文化史遗忘的角落。但在席美尔看来,"乡村的日常作为一种可共享的文化记忆而存在,与这种乡村日常的经验上的残余相对立的是,大都会的日常生活被经验为方向紊乱的、攻击性的——由一系列的震惊所组成的障碍",这一障碍即杂乱无章的感官刺激。② 与此同时,都市文化理性有序、循规蹈矩但也僵化迟滞。都市人的生活被包围在各种规章制度之下,久居于用水泥等毫无生命气息的材料构筑起的高楼大厦中的人们渴望突破生活的惯性,回到生命本真的体验和思考,于是东北民俗喜剧携带着都市人久违的乡土气息走进了都市的舞台,它的原汁原味、无所顾忌以及孩童般尽情撒野的游戏品格唤醒了都市人的本我记忆。席勒说:"只有当人在充分意义上是人的时候,他才游戏;只有当人游戏的时候,他才是完整的人。"③ 巴赫金认为,民间文化是谐趣的、狂欢的文化,它以亲昵和戏谑使人和世界变得亲昵和随便,而不是官方文化带给人的恐惧和疏离。他认为发源于民间文化土壤的小说、史诗和悲剧的神圣化、凝固化并行,"史诗中的那种间距打破了,世界和人获得了戏谑化和亲昵化,艺术描写的对象降低到现代生活未完结的日常现实"。④

---

① 陶东风:《当代中国文艺思潮与文化热点》,北京大学出版社2008年版,第160页。
② [英]本·海默尔:《日常生活与文化理论导论》,商务印书馆2008年版,第74页。
③ [德]席勒:《美育书简》,蒋孔阳、李醒尘主编《十九世纪西方美学名著选(德国卷)》,复旦大学出版社1990年版,第159页。
④ [苏联]巴赫金:《小说理论》,白春仁、晓河译,河北教育出版社1998年版,第544页。

东北民俗喜剧是典型的狂欢文化，它的朴素、自由和对形而下生活的质朴追求给都市人带来精神上的快慰和补偿，带给他们生命回归于大地的快感。

乡土对都市的诱惑也源于伴随着改革开放的步伐，民众的"人人皆政治"的文化心态向"柴米油盐酱醋茶"的平民意识的转变，以及这种转变与东北民俗喜剧的"此岸"关怀所达成的默契。东北民俗喜剧的成长经历造就了它的乡土情结：以最本真的方式关注底层民众的人情冷暖。乡土既是它成长的乐土，也是它的归宿。所以东北民俗喜剧缺少对生活的超越，缺少高雅文艺中对彼岸生存的光怪陆离的憧憬和描绘，有的只是对实实在在的现实生活的呈现与感受。试读东北民歌《瞧情郎》中的一段："……买了一对鸡，买了一对鸭，里辽河的螃蟹，外辽河的虾呀，还有一个大西瓜。/天上下雨地下滑，一出门闹了个仰八叉，摔在了地下呀，摔在了地下。/飞了一对鸡，跑了一对鸭，爬了一对螃蟹，蹦了一对虾，叭！摔坏了大西瓜。/今年发下来年恨，再要得病不去瞧他，你是无福的小冤家呀，你是无福的小冤家。"这个民歌没有江南民歌中"低头弄莲子，莲子清如水"的幽雅和含蓄，而只是呈现生活中最朴实的情感和趣味。生活既如此，东北民俗喜剧亦如此。在这里，车尔尼雪夫斯基的"美是生活"的论断得到了有力的确证。人们在笑中释放郁积在心中的紧张感，也在笑中感受生活的质朴与纯真，所以东北民俗喜剧不仅活跃在乡间，也活跃于都市舞台上，而且以不可阻挡之势迅速征服了北京和上海的观众：1984年吉林省民间艺术团进京演出，受到首都各界的热烈欢迎和高度评价，演出结束后观众迟迟不肯散去，要求返场的掌声不断，据说这在北京也是很少见的景观[1]。2003年9月25日，赵本山领衔辽宁省民间艺术团把二人转送上了上海金贸大厦名人剧场，获得了意想不到的满堂喝彩[2]。听惯了相声的北京市民和浸泡在小资情调的上海人如此厚待东北这"土得掉渣"

---

[1] 霍长和、金芳：《二人转档案》，春风文艺出版社2004年版，第86页。
[2] 同上书，第94页。

的民间艺术，不仅是新鲜感使然，还有深厚的狂欢追求在里面。"试图借用另一群体的文化等于向对方表示敬意，是一种群体对群体的嫉羡，承认了对方的威望……并且借鉴和模仿对方的文化表现形式。"① 以乡土为根的"城市总是不断地从农村地区吸收新鲜的、纯粹的生命，这些生命充满了旺盛的肌肉力量、性活力、生育热望和忠实的肉体。这些农村人以他们的血肉之躯，更以他们的希望使城市重新复活"。② 都市人在乡土文化的狂欢中，回归了生命的内在本性。

二 都市对乡土的整合

东北民俗喜剧的乡土情结对都市文化是一种诱惑和补偿，反之，都市文化也是乡土文化前行的坐标。自古以来，理性有序始终被认为是文明进化的表征之一，也是都市文化有别于乡土文化的重要特征。由于工业化和现代化的介入，当代都市文化并非传统文化合乎逻辑的自然进化和选择，反而在一定程度上表现为传统文化的断裂。在滕尼斯看来，与乡村的礼俗社会不同，城市是理性支配的社会。乡村人生活空间、生活方式以及娱乐方式都单调而稳定，但都市人群流动性强，职业性质、生活追求、价值观念差异很大，因而更需要理性和制度规约以保证都市生活的有序进行。自都市产生以来，乡土文化似乎就成了弱势文化，具有强烈的自卑心理。都市是人类文明的标志，它完备的套系制度、复杂的文化构成以及丰富的物质生活和高雅的审美情趣对乡下人构成强烈的诱惑，所以多少年来，乡下人常常把变成城里人作为人生的奋斗目标。进城打工不只是农民谋生的手段，在很大程度上，促使农民进城打工的动力是都市人相对优越的生活方式以及对这种生活方式的体验所

---

① 王逢振主编：《詹姆逊文集 3：文化研究和政治意识》，中国人民大学出版社 2004 年版，第 26 页。
② ［美］刘易斯·芒福德：《城市发展史——起源、演变和前景》，宋俊岭、倪文彦译，中国建筑工业出版社 2005 年版，第 59 页。

带给他们的精神上的实现感。"在现代社会，城市继续具有'高雅'文化的功能。博物馆、交响乐团、艺术廊、动植物园、出版社、剧院和大学仍坐落在主要的城市中，这些设施吸引了乡村和城市的人。"① "除了象征和重大事件（节庆、运动）可以整合文化之外，城市也是维持和传递文化系统和世界观的中心。雷德菲尔德写的著作中与农民社会相对的文化是大传统，大传统是正统的、有文化的精英文化，这是以都市中心为主导的。大传统是由各更正规、精致、规整的和有意识的文化传承所构成的。"② 高度组织化的城市具有文化整合的机制，它既能传递和保存正统的文化体系，又是意识形态的变迁之所，所以城市文化一直保持着文化主导和自尊地位。美国新版《城市世界》一书把都市化定义为："都市化是一个过程，包括两个方面的变化。其一是人口从乡村向城市运动，并在都市中从事非农业的工作。其二是乡村生活方式向都市生活方式的转变，这包括价值观、态度和行为等方面。"③ 二者中，后者是更为本质性的。东北民俗喜剧的都市化也是在后者的驱动下进行的。东北民俗喜剧把走进都市，被都市人认同作为自己的目标和荣耀。赵本山振兴二人转、扶持弟子们走进城市媒体和主流文化圈的举动是乡土文化试图获得都市文化认同的典型例证。而小品《红高粱模特队》对这一愿望的表达就更为直接："我们白天想，夜里哭，做梦都想进首都。首都的楼儿高又高，我们时刻准备着。"

改革开放后，中国都市化进程加快，国家统计局 2018 年 2 月发布的《中华人民共和国 2017 年国民经济和社会发展统计公报》显示，2017 年末全国大陆总人口 139008 万人，比上年末增加 737 万人，其中城镇常住人口 81347 万人，占总人口比重（常住人口城镇化率）为 58.52%。伴随着都市化的脚步，

---

① 周大鸣编著：《现代都市人类学》，中山大学出版社 1997 年版，第 66 页。
② 同上书，第 65 页。
③ 同上书，第 27 页。

东北民俗喜剧迅速占据了城市剧场，将二人转艺术展演送到了北京、南京、上海、深圳、海南、香港、台湾等地，甚至走进了日本、美国。

但东北民俗喜剧走进都市并非一帆风顺。都市文化有着鲜明的被规范过的印记，所以当土俗的东北民俗喜剧浩浩荡荡地涌进都市时，还是迎来都市人审视和挑剔的目光。乡土化的审美情趣和艺术追求构成与主流文化难以通约的另类文化，所以走进都市的东北民俗喜剧如同进城的农民一样努力遵循城里人的审美标准梳洗打扮了一番，才有勇气出现在都市舞台上。它不再肆无忌惮，而是小心翼翼，在顺应主流与高雅的前提下不失自己的特色。这时的性玩笑不再如乡间演出那般直接和赤裸裸，而总是通过修辞策略含蓄、委婉地表达出来。如赵本山和他的大弟子李正春在河北电视台2006年春节晚会现场表演的小品中就以谐音的语言修辞造成无伤大雅的喜剧性效果。两个人在表演中涉及李正春在医院做手术的情节，当赵本山问他什么地方出问题时，李告诉他是前列腺手术，赵以一个无知的农民口吻问道："前列县是哪个县呢？没听说过呀！"既保存了乡土文化的狂欢色彩，又没有越出都市传媒的道德底线。更为高雅的性玩笑出现在中央电视台1990年春节联欢晚会上，赵本山在小品《相亲》中扮作徐老蔫与马丫谈恋爱时对老年人婚恋的一段感慨："就兴你们年轻人搂搂抱抱，我们老年人只能干靠""一般来说，说出'傻样'这个词就百分之八十了"，既维护了主流媒体的尊严，又亮出了东北民俗喜剧的底色，显示出"发乎情，止乎礼义"的节制。

都市文化对东北民俗喜剧的整合更多地体现在后者狂欢性的收敛。走进都市剧场的东北喜剧在一定程度上藏起了搞笑的本性，也以一个俨然卫道士的形象出场，开始了道德训诫。电视剧《都市外乡人》把进取、勤劳、善良、奉献、正义等作为自己的主题：艾武装的弃恶从善、钱秀夫妇的勤劳和正义感、钱秀儿子儿媳的孝顺、乡村医生的无私奉献以及社区干部、退休局长为百姓排忧解难。即使钱秀夫妇刚进城时被小混混骗去的几千元钱，最后也被如数归还，夫妇俩还成了敢于和坏人坏事做斗争的典型……整个电视剧演绎的就是一个互助、向上的和谐生活场景，其道德说教意图不言自明。《福星高照》也演绎着类似的主题，农村干部锐意改革和进取的精神、人与人之间的关爱、惩恶扬善等，由李静扮演的"响八乡"形象很富有东北女性的狂放性格，她的快言快语、爽朗的笑声以及时不时甩出的"俏皮嗑"提醒人们关注它的东北民间特色，但和全剧的道德主旋律相比，这也只能算作强行贴上去的艺术调料而已。这些都体现了乡土文化对都市文化的依附和妥协。

都市文化对东北民俗喜剧的整合还体现在后者对政治主旋律的弘扬。相对于乡下人而言，都市人对政治更为关心和敏感，政治也在他们的生活中扮演着举足轻重的角色。"城市的产生总是伴随着文明的起源。可见，城市与国家这类政治体制是紧密相连的，城市常常成为国家和地区政治控制的中心。"① "中国各层级城市均是差序格局的科层制度中各层级中的一部分，是中央集权统治下的一个环节，因而最突出的是政治职能。所以，中国的城市的规模与城市的政治地位是呈正相关的。"② 主流意识形态是都市文化的基本层面。在中央电视台播放的系列东北影视喜剧，都或多或少地弘扬改革开放的政治主题。电视剧《刘老根》中的主人公刘老根是一个带领大家致富的农民企业家形象，虽然作品着力刻画他作为农民的朴实、厚道，但他努力改变农村旧有的生存模式，为村民提供就业机会，并且吸引大量的城里人到他的山庄休闲度假，其身份已经脱离了传统的依附于土地生活的农民的定义，而成了都市化的农民。尤其是在生意场上的锤炼使他渐渐改变了农民式的思维方式而成了具有一定管理经验的企业家。他兢兢业业，严肃地思考着农民致富的途径和思路，在跌倒之后能够重新站起来，这些都使他的形象变得庄严而高大，完全不是东北民俗喜剧中所惯于塑造的自由、直爽、大大咧咧的普通百姓形

---

① 周大鸣编著：《现代都市人类学》，中山大学出版社 1997 年版，第 58 页。
② 同上书，第 55 页。

象。这个英雄式的农民形象也迎合了"改革春风吹满地,农民朋友心欢喜"的主流文化期待。也许赵本山已经意识到了这个形象的政治虚拟性,于是当被问及是否继续拍《刘老根》第三部时,他说不会了,因为再拍下去就不好看了,这"不好看"与较多脱离乡土情结恐怕不无关系。"抗拒的共同体保护着它们的空间、它们的场所,反抗着作为信息时代社会统治特征的流动空间的无场所逻辑。它们要求拥有自己的历史记忆,要求维护其价值观的永恒性,反对历史消解于无时间的时间里。"[1] 当代东北民俗喜剧在努力承续其乡土基因的同时难免被都市文化收编。赵本山的表演贴近农民的生活,但也备受政府的关注。当赵本山被封为"旅游形象大使""全国人大代表"时,他已经不知不觉地都市化、雅化并获得了主流文化的认同。

在都市文化的整合下,当代东北民俗喜剧在很大程度上被流行文化同化。都市流行文化借助传媒的巨大力量几乎无孔不入。在"刘老根大舞台"、长春和平大戏院、东北风等东北民俗喜剧的主要演出场所,总会有现代舞蹈和流行歌曲的穿插表演,东北风剧场的表演则在很大程度上失却了东北文化的特色,变成了"曲苑杂坛"。二人转表演走向与流行文化混搭的新模式:开场说口、小帽、模仿秀、流行歌舞、绝活等的大杂烩,即使绝活表演也常常与流行文化挂钩。如 2009 年春晚一炮走红的小沈阳,以模仿当红歌星的演唱作为自己的"绝活",几乎完全失去了传统二人转的绝活特色。2009 年 8 月 2 日吉林市关东大戏院表演内容如下:(1)说口"大串烧";(2)传统二人转《杨八姐游春》,掺杂大量流行文化元素和即兴说口,演员扮相怪异,旦角丑角化;(3)绝活展示,包括歌曲《青藏高原》《流行歌曲串烧》,耍手绢和没有情节中心的搞笑小品;(4)脱口秀,实为搞笑、嘲弄、炫技拼盘。这张节目单较为典型地反映了当下都市二人转剧场为流行文化染指的演出现状。在当

---

[1] [美]曼纽尔·卡斯特:《认同的力量》,夏铸九等译,社会科学文献出版社 2006 年版,第 415 页。

下，即使乡下的东北民俗喜剧的演出仍然不乏都市流行文化的影子，甚至由"调料"转而成为表演的主体，无怪乎有些业内人士感叹当代东北民俗喜剧丧失了自己的文化之根。"社会学家则认为'城市在迅速发展的同时，将其特有的生活方式、思想观念和文化模式向农村地区传播、扩散，导致城乡之间的文化差异逐步缩小'。"[①] 中国农村的当代都市化过程的重要内容之一是乡村生活方式一定程度上的终结和都市生活方式的兴起，它伴随着农民的旧有的集体感的丧失。"用斯宾格勒（Oswald Spengler）的话来说，传统社会是人与乡土和谐相处的时期，是乡野的充满自然活力的时期；而程式化开启了现代化的进程，人们逐渐脱离了乡野大地而生活在人造的世界里。"[②]"杜尔卡姆的'迷惘'描写的就是那些在城市中生活，不属于任何集体的人的精神状态，一种很强的离异感、孤独感，相互之间谁也不认识，陷于不断的焦虑和不安中。个人现在找不到任何保护，也没有什么社会性共同体可以依靠，完全暴露在这种消极性、破坏性的情形面前。"[③] 东北民俗喜剧进城后，同样面临着集体精神的缺失，甚至破坏和消解。

"过去的 20 年，可以说是中国工业化和现代化发展最迅速的时期。但这个工业化和现代化却是一个分裂型的工业化和现代化。或者说，只是城市的工业化和现代化，广大的农村和农民，并没有同步进入这个过程。过去年代形成的城乡壁垒的存在以及对城市化过程的抑制，使得作为中国人口绝大多数的农民与这个工业化和现代化的过程无缘。"[④] 在这样的处境下，乡土文化要完全保持自己的品性似乎只能站在都市文化的边缘翘首遥望，与现代化无缘却又想跻身现代化的行列，东北民俗喜剧无疑要付出代价。它以在一定程

---

① 章人英主编：《社会学词典》，上海辞书出版社 1992 年版，第 316 页。
② 周宪：《视觉文化的转向》，北京大学出版社 2008 年版，第 349 页。
③ [美] 杰姆逊：《后现代主义与文化理论（经校本）》，唐小兵译，北京大学出版社 1997 年版，第 191 页。
④ 孙立平：《断裂——20 世纪 90 年代以来的中国社会》，社会科学文献出版社 2003 年版，第 28 页。

度上丧失自己的乡土品性为赌注换取都市文化的认同,这从某种程度上说是东北民俗喜剧无奈的生存选择。"人们将会抗拒个体化(individualization)和社会原子化(social atomization)的过程,而更愿意在那些不断产生归属感,最终在许多情况下产生一种共同体的、文化的认同的共同体组织中聚集到一起。"① 对集体无意识的本能追索与对都市文化的向往之间所产生的裂隙在东北民俗喜剧这里的难以弥合,造就了它的尴尬存在。赵本山说:"二人转艺人大多身怀绝技,虽然收入很高,但社会地位却很低,在一些人的眼里,他们是下九流。我是从他们中间走出来的,我有责任也有能力拉他们一把,让他们堂堂正正地走进艺术的殿堂。"② 然而当艺人们摆脱低微的社会地位,步入"都市艺术殿堂"的一刹那,东北民俗喜剧也便失去了乡土文化的俚俗而呈现出市民文化和主流文化趣味。在经过都市文化的整合后,赵本山及其弟子们演绎的东北民俗喜剧终于走进了春晚,也走进了世界级导演张艺谋的视野。小沈阳以及其他二人转演员被选进张艺谋导演的《三枪拍案惊奇》时"做梦一样的感觉",展示了他们由乡土向都市挣扎的艰辛与感慨,但与此同时,也实现了"乡土气"与都市趣味的融合。然而,在被整合的同时东北民俗喜剧是否还能如社会学家所说:"某一趣味公众的人们可能会参与到许多种趣味文化中去,但总是保持了他们自己独有的行动方式?"③ 也许下述观点更为公允地诠释了东北民俗喜剧都市化后的处境:"集体的力量和持久性来自全体成员,那么个体则是作为集体的成员在进行回忆,这种共同的、相互支持的回忆对每个人而言似乎并非都是最清晰的。我们倾向于认为,每个个体记忆都是一个对集体记忆的'远眺点',这个远眺点随着我们在集体中的位置而变

---

① [美]曼纽尔·卡斯特:《认同的力量》,夏铸九等译,社会科学文献出版社2006年版,第65页。
② 霍长和、金芳:《二人转档案》,春风文艺出版社2004年版,第28页。
③ [美]约翰·R.霍尔、玛丽·乔·尼兹:《文化:社会学的视野》,周晓虹、徐彬译,商务印书馆2009年版,第11页。

化，并根据我与其他环境的关系调整自身的位置。"① 对于已被都市化进程裹挟的创作个体和欣赏个体而言，他们相对于东北民俗喜剧的远眺点已然发生了变化，那些在极度严寒中躲在大炕上猫冬的东北人形象在今天渐渐远去，代之以现代时尚包裹下的既亲近又疏离于集体记忆的陌生个体。

三 乡土与都市的碰撞与融合

文化是一种群体"利比多"，"所谓'文化'——即弱化的、世俗化的宗教形式——本身并非一种实质或现象，它指的是一种客观的海市蜃楼，源自至少两个群体以上的关系。这就是说，任何一个群体都不可能独自拥有一种文化：文化是一个群体接触并观察另一群体时所发现的氛围。……在这个意义上来说，一种'文化'是某一团体在另一团体看来所背负的全部耻辱（反之亦然）。"② 文化是一种关系，一种文化是在和他种文化的比较和审视中见出各自的特点的。每种文化都有自己的基本疆界和防御体系，以防止他种文化的渗透和侵袭。乡土文化和都市文化一方面在努力保护自己的文化疆界，另一方面又在小心翼翼地向对方渗透和妥协。都市文化将乡土文化集体抽象为粗俗和狂野，乡土文化也将都市文化视为机械和伪装；走进都市的东北民俗喜剧虽然不会忘却对乡土的认同感，一如《刘老根》中的"大辣椒"所说："我稀得吃城里的辣椒，要吃就吃个人园子的。"然而依然挡不住都市文化的整合与渗透；都市文化虽然得意扬扬于自己的精致和有序，却无法抵挡东北民俗喜剧自由与放纵的诱惑，两种文化在自爱和自卑以及相互的嫉妒和憎厌中若即若离。东北民俗喜剧在乡土与都市间的游移在小品《红高粱模特队》中得到了形象表达。

---

① ［法］莫里斯·哈布瓦赫：《集体记忆与个体记忆》，丁佳宁译，［德］阿斯特莉特·埃尔、冯亚琳主编《文化记忆理论读本》，北京大学出版社2012年版，第65页。
② 王逢振主编：《詹姆逊文集3：文化研究和政治意识》，中国人民大学出版社2004年版，第25页。

赵本山：哈哈，报告范师傅，这就是我们牤牛屯红高粱模特队赴京表演的全部阵容，站好。

范　伟：赵队长，您不是开玩笑吧？

赵本山：我开玩笑干吗？

范　伟：模特怎么能是这样造型呢？

赵本山：范师傅，就这种造型，才代表我们牤牛屯的特点。

范　伟：是吗？

赵本山：唉，这都是专业户啊，有养鸡养鸭的，种粮大户，还有养大鹅的，这是养西瓜的，可了不得呀，她，去过铁岭啊，做过报告。

范　伟：哎哟，这既然去过这么大的城市，那咱们就抓紧时间开始排练吧。

乡村农民模特队渴望赴京演出，城里来的专业教练（范伟饰演）对这支模特队嗤之以鼻，操着一口专业术语与农民裁缝（赵本山饰）之间的艰难对话：

范　伟：我们探讨的是走直线的问题。

赵本山：报告范师傅，走直线你就不要和劳模探讨了，他们一年四季天天走直线，从种到收，天天地垄沟，走歪了，他踩苗啊。

范　伟：这怎么又扯到种地上去了呢？

赵本山：跟种地有关系嘛。

范　伟：有什么关系啊？

乡土与都市迥异的生活空间和文化语境培育出不同的价值观念和思维方式，农民裁缝也以对土地的本能热爱之情取代城市教练的规范有序，训练出富含乡土气息的"红高粱模特队"：

范　伟：你好，好，大家要找到这样的感觉，那么这条通道，就是巴黎时装博览会的天桥，你们是名模，你们是世界名模，你们是世纪名模。

赵本山：你，过来。你拿着，你，范老师。注意，大家一定要找着这种感觉，这条通道，就是村头的巴里墩大桥，记住，你们是劳模，你们是县级劳模，省级劳模，将来会成为世界的名劳模。可里啊，什么啊。听我口令，one，one，one（英语）

赵本山：啊是，one，two，three，come，进，好，很好，挺胸抬头，看，前边是一片火红火红的高粱地啊，这是玉米，这是黄豆，丰收了，丰收的农民在收粮食，只看所有的男同事挥舞着镰刀嚓嚓嚓……割完了一片高粱，看这边，所有的女同事也都嚓嚓嚓……嚓出一片苞米，所有人收工了，都在那里嚓嚓……

赵本山：收腹是勒紧小肚，提臀是要把药箱卡住，斜视是要看清果树，这边加压，这边喷雾，他的节拍是这样的，嗤……一嗤嗤，二嗤嗤，三嗤嗤，四嗤嗤……

经由一系列的交锋，乡土与都市的冲突最后在"不管是乡村都市，还是那少女壮男，你穿的是地你披的是天，走的是阳关道奔的是日子甜，千百年创业艰辛，换来这春满家园"的歌声中和解。

也许在赵本山走进央视晚会的一瞬间并未意识到东北民俗喜剧在当代文化语境中竟然有如此阔大的生存和发展空间，也并未意识到都市人对于狂野的民间文化有着如此热切的期盼和渴望。他们实现了东北民俗喜剧都市化的夙愿，也使都市的人们在厌倦了精致而矫饰的高雅文化之后得以回到生命的本真状态，回到他们原初的自我。然而乡土情结是东北民俗喜剧之根，一旦它脱离了生于斯长于斯的文化土壤，便会委顿、困惑和不知所措。在对都市的理想憧憬和对乡土的本体追求中，东北民俗喜剧陷入了矛盾和尴尬的状况。

这一状况在《都市外乡人》中所塑造的一批都市边缘人身上得到了充分体现：社区诊所因周到的服务和高超的医术博得社区百姓的尊敬和支持，但因不符合城市的行医规范被吊销营业执照；进城打工的农村夫妇，因对城市文化的陌生而遭到抢劫。他们被都市人看作乡下人，又被乡下人看作见过一些世面的都市人，由于没有明确的文化定位，只能被唤作"都市外乡人"。这些人物的尴尬处境也是东北民俗喜剧进城后对乡土的守候与对都市的皈依之间矛盾心态的折射。当忙碌的都市人分享自由的乡土人的精神果实，而乡土人也从被分享中获得被确认的快感时，东北民俗喜剧便达到了乡土气与都市性暂时的握手言和。

在从乡土向都市游移的过程中，东北民俗喜剧并未从根本上失却自己的文化特色，它的尴尬也正印证了它对乡土气的坚守。"原文化的因素对边界维持的符号作用是重要的。符号的维持也导致集体的活动以及群体成员之间的交往增加。这种群体认同的符号之所以受到重视，是因为其代表了集体的认同。经常，这些文化的符号可能不是来自原文化，而是新制造的。尽管是一种新的模式，但是通常相信仍是来自原文化的继承。"[①] 东北民俗喜剧给观众带来的不可替代的笑声证实它作为东北民间文化的坚守者，作为独特的非物质文化遗产，值得我们保护和传承。

第二节　在民间与庙堂间徘徊

东北民俗喜剧从来就是一个文化悖论。自产生以来，它一方面在民间受到热捧，另一方面在主流文化网络中如履薄冰。在东北民俗喜剧史上更多被

[①]　周大鸣编著：《现代都市人类学》，中山大学出版社1997年版，第151页。

书写的是它被主流文化作为异类铲除的悲惨命运。据史料记载，从清代到民国，作为东北民俗喜剧重要组成部分的二人转就曾经以"有伤风化"为名被查禁过十几次，而二人转艺人的处境则更加悲惨，不仅生活艰难，而且常被警察毒打、官府查禁是家常便饭。① "民国六年（1917年）二月二十六日，发布丰田省长公署训令第11×11号文中，称'……旧社会心理正盛，一切杂剧有伤风化而炽乱源，于施行社会教育尤有影响……令各县严谨乡屯演戏，改为致祭酬神，以表敬忱……'于同年三月十四日，抚松县知事由升堂，根据该训令，回复到：'……查抚松地方僻远，人民稀少，并无演戏举动，惟村店之间，时有两三人在演唱，俗名曰棒子戏（即二人转），尤为鄙俚不堪，早经知事严行禁止……'（抚松县档案馆存档11号案卷）。种种禁令，使民间小戏演出受到障碍。"② 二人转表演在很多时候处在地下状态。很多二人转艺人因为担心被逐出家门，不敢向家人透露自己的真实身份。以主流文化的潜在标准衡量，二人转艺人的身份比乞丐还要低下，他们被认为是人格的乞丐、道德的罪人。为求生存，东北民俗喜剧始终努力迎合主流文化，增强担当意识。在民间与庙堂间的徘徊中，东北民俗喜剧不断地转换自己的文化角色，却始终未能摆脱尴尬的处境。

一　居庙堂之高

东北民俗喜剧生于民间、长于民间，民间性是它的灵魂。二人转自产生以来，就既没有意愿也没有能力担当起宏大叙事的重任，这也是民间文学的共同属性。《毛诗序》将《关雎》附会为"后妃之德"，实在是违背了创作者的本意，《诗经》本也无力承担"经夫妇，成孝敬，厚人伦，美教化，移风俗"的沉重使命，却被强行从民间抬上了高高的庙堂。"俗"是民间文学和文

---

① 吉林省地方戏曲研究室：《二人转史料4》，1982年编印，第100页。
② 王木箫编：《1780—1946吉林省二人转纪事》第一辑，吉林省艺术研究所，1986年4月，第106页。

化的本然规定。然而经过精英文化改造过的俗文学无疑能在人们的视野中走得更远。《诗经》经过孔子等人的加工改造后成为中国文学史上的千古绝唱就是最经典的例证。在很大程度上，文化的传播权甚至生存权掌握在精英文化手中，于是包括东北民俗喜剧在内的俗文化纷纷有意无意地登台，担当起关注国计民生的重任。

中华人民共和国成立前，二人转表演基本限于民间，题材多取自传统文学作品、民间故事以及其他艺术形式，往往有着先天的教化色彩，但主要是百姓自娱自乐的活动和艺人糊口养家的行当，除了"有伤风化"被禁止之外，尚未进入主流文化的视野。中华人民共和国成立后，二人转也加入了社会主义建设的时代洪流中。这一时期的二人转作品紧紧围绕政治主旋律，有些作品几乎完全看不出传统二人转的真面目。如1972年改编自舞剧《红色娘子军》的二人转《常青指路》紧紧围绕当时的社会政治主题展开：

女　清华走上革命路，

男　常青含笑喜心中。

　　唤起工农求解放，

　　五洲四海装在胸，

女　五指山上红云涌，

男　红色娘子军，

合　战旗分外红，

男　红旗高插椰林寨，

女　消灭南霸天，剿匪一扫平。

合　武装斗争烈火猛，

　　无产阶级政权在斗争中诞生！[1]

---

[1] 王也夫、于永江编：《吉林二人转选·现代作品集》，时代文艺出版社1991年版，第50页。

又如1964年刊登在《东北二人转选集》的《巧相逢》歌颂抗日英雄吴妈妈在丈夫牺牲于抗日战场上之后，又为了不让丈夫的革命同志孙洁的女儿被日本人杀害，交出亲生儿子金娃的革命英雄主义精神，和同一时期其他类型的文学作品的主题毫无二致，只不过用二人转的"瓶"装了主流文化的"酒"，与传统二人转以笑骂为基本内容的情况迥然不同。

20世纪80年代，二人转也走进改革开放的文化前沿。它赞美农村生产承包责任制中的合作精神（《车走向阳岭》），歌颂军民互爱（《离娘认母》），倡导诚信的市场规则（《葡萄姻缘》），颂扬致富后农村干部先人后己的奉献精神（《书记盖房》）。赵本山也从这个大环境中脱颖而出。他的早期作品《摔三弦》和《1+1=?》无疑是和主流文化密切合作的结果。《摔三弦》倡导科学，反对迷信，宣传计划生育政策，提倡新的婚姻观，虽然还保持着二人转的说唱形式，但已经褪去了二人转惯有的喜剧色彩，反而瞎子张志在旧社会的悲惨命运不能不让人掬一把同情之泪，喜剧性为严肃和沉重所取代。《1+1=?》虽然主体是养鸡专业户对乡长吃鸡不还钱的担忧，但结尾依然是乡长的声音："我还你们钱来了"，反映改革开放中乡镇干部对农村搞活经济的支持和廉洁奉公。凭借这两部作品的出色表演，赵本山和他的二人转才真正走进了主流文化的视野。"文化具有社会功能，文化既受制于制度又为制度服务，文化的审美和悠闲、恢复和空想的外表是一种假象，一种诱惑。"[①] 二人转在主流文化面前，只能在一定程度上放弃悠闲与狂欢。

巩汉林、潘长江和黄宏的小品如《如此包装》《过河》《一张邮票》《三号楼》《找焦点》等始终与主流意识形态合而一体，它们与所依附的文化生态之间的关系简单明了，因而不是本章节讨论的对象。赵本山的作品则体现了

[①] 王逢振主编：《詹姆逊文集3：文化研究和政治意识》，中国人民大学出版社2004年版，第40页。

第五章　东北民俗喜剧文化因子传承与文化生态

东北民俗喜剧当代生态环境的复杂性。赵本山早期主演的电影紧跟时代主旋律，《来的都是客》对社会上吃喝歪风进行批判，《男妇女主任》讴歌农村精神风貌，《幸福时光》颂扬人间大爱，《落叶归根》彰显对承诺与诚信的坚守，都紧扣时代脉搏，传播社会正能量。走上春晚的赵氏小品没有忘记对主流文化的关怀。1990年的《相亲》、1991年的《小九老乐》、1992年的《我想有个家》和1993年的《老拜年》围绕着改革开放后人们精神面貌的变化展开叙述，前三部作品聚焦新时代的婚姻观，《老拜年》提示人们不能让情感和传统文化迷失在金钱里。1995年的《牛大叔提干》和1996年的《三鞭子》则把目光投向更为深远的社会问题。《牛大叔提干》把乡村学校缺玻璃却始终被以"经费不足"为由得不到解决和乡镇企业"变成饭店"的奢华无度作对比，引发人们对农村基层社会问题的思考，具有强烈的批判意识；《三鞭子》透过老农在不知情的情况下对下乡领导的敌意折射出农民和有权有势的领导间的积怨，尤其是小品结尾处赵本山的那一跪，跪出了中国农民对现实的无奈和对清官的渴望。这时的赵本山成了中国当代农民的代言人。

到1997年的《红高粱模特队》，东北民俗喜剧笔锋一转，又高唱起了"土地是爹，劳动是妈"的劳动号子。更突出的是1999年的小品《昨天·今天·明天》：

> 九八九八不得了，粮食大丰收，洪水被赶跑。百姓安居乐业，齐夸党的领导。尤其人民军队，更是天下难找。国外比较乱套，成天钩心斗角。今天内阁下台，明天首相被炒。闹完金融危机，又要弹劾领导。纵观世界风云，风景这边独好！
>
> 改革春风吹进门，中国人民抖精神；海湾那旮旯挺闹心，美英合伙欺负人。
>
> 改革春风吹满地，中国人民真争气；齐心合力跨世纪，一场大水没咋地。

这些文字以口号的形式直接表白了东北喜剧小品对主流意识形态的配合与认同。

在赵氏小品几乎占据了央视春晚舞台语言类节目的半壁江山时，东北影视喜剧也在轰轰烈烈地连续上演。《刘老根》《马大帅》《圣水湖畔》《乡村爱情》……这些作品无一不和意识形态达成了共识。《刘老根》的情节在乡间旅游景点——龙凤山庄展开，演绎的是农民企业家刘老根艰辛而又充满希望的创业历程。刘老根不再是农民的代言人，而是农民的救世主，是农民中锐意进取、改革创新的典型，他带领农民致富，处处为农民着想，打造了党的十六届五中全会上提出的"建设社会主义新农村"的经典样板。《乡村爱情》虽然演绎的只是东北农村小人物的日常，但谢永强、王小蒙、赵玉田、刘一水等年轻人都开辟出了自己的事业，新农村的美好理想仿佛已经变成现实。然而这些在很大程度上脱离了当代农村的发展实际：

> 20世纪80年代中期农村改革的能量基本释放完毕；90年代中期乡镇企业走到强弩之末；加之粮食等农副产品价格的持续下降，农民的"弱势"特征开始逐渐表露出来。据专家估算，在90年代的最后几年中，粮食的价格下降了30%多。这意味着，对于绝大多数以种植业为主的农民来说，近年来实际收入是下降的。一方面是农民实际收入的下降，另一方面是城市居民收入的提高，结果就是城乡差距的迅速扩大。1978年中国城乡人均收入之比是2.4∶1，到1983年缩小到1.7∶1。但到了1997年，又迅速扩大到2.5∶1，2000年扩大到2.79∶1。从占有的金融资产来看，1999年末农户储蓄余额约为10000亿元，不到全国居民储蓄

存款余额的 20%，而农民在全国人口中所占的比重将近 65%。①

通过对东北影视喜剧加工过的农村和当代农民生存状况的对比不难看出，前者只是选取了当代农村的少数典型加以表现，从总体上是对农民生存状况的美化，或者说用"一片大好"的景象遮蔽了农村发展中的现实问题。也许意识到了《刘老根》中农民世界的虚拟性，《马大帅》及时捕捉住了进城农民的生活状况，透露出对当代农民生存状况的深层次思考。马大帅在城市的成功失败、起起落落、悲欢离合，是当代农民工"城市生活"的缩影。面对这样的作品，人们在喜剧性的轻松愉悦之外，感受更深的是沉重和反思。

自 2000 年春晚开始，赵本山的小品似乎远离了"纵观世界风云，风景这边独好"的重大社会主题，重新关注起百姓的日常喜怒哀乐。《钟点工》《卖拐》《卖车》《心病》《送水工》《功夫》《说事》《火炬手》以及《不差钱》《捐助》等都淡化了宏大叙事，但对老年人精神生活的关注（《钟点工》），对母爱的歌颂（《送水工》），对欺诈行为的批判（《卖拐》《卖车》《功夫》），对全民参与奥运的号召（《火炬手》），对社会不良风气的讽刺（《心病》《说事儿》《策划》《不差钱》），对乐于助人品质的讴歌（《捐助》）又分明没有远离对国计民生的思考，只不过转向了更贴近大众的微观叙事。

走进都市的东北民俗喜剧在内容上弱化甚至剔除了本性中的游戏因素，不再肆无忌惮地笑骂和俗浪，而是更为严肃和沉重；在形式上褪去了粗俗和狂欢，变得典雅和精致了。信息化社会加速了东北民俗喜剧的雅化过程。在当代，电子媒体成为政治的特权空间，人人都卷入了相同的游戏，虽然方式和目的不同。这个时代"原子化与同质化同时发生。社会无止境地片段化，没有记忆也没有团结，社会只在意象的连续剧中（媒体每周回顾一次）重寻

---

① 孙立平：《断裂——20 世纪 90 年代以来的中国社会》，社会科学文献出版社 2003 年版，第 64 页。

其一体性。这是一个没有市民的社会，且最终是一个非社会"。① 电视、网络将区域文化同质化，"巡回演出"是这个时代文化的基本特征。东北民俗喜剧的"巡回演出"就变成携着有方音的"普通话"和有地域特色的"普通"文化走进千家万户，这也意味着它地域性文化特征的衰弱。和民间舞台上的大红大绿相比，央视春晚舞台上小沈阳的苏格兰长裙套装显得更为典雅和斯文，他干净利落的发型也符合一个"纯爷们儿"的标准。他在民间舞台上头顶那朵标志性的小花已经被卸去，手中的女式挎包也不见了踪影。如果不是他说话的腔调和肢体语言还明显带着女人气，他的形象和一个在理性有序社会中成长起来的男人并无二致。他的笑谑性的语言"人这一生可短暂了。眼睛一闭一睁，一天过去了；眼睛一闭不睁，一辈子过去了""你知道人生最痛苦的是什么吗？是人死了，可钱还没花完"以及赵本山的回应"人生最最痛苦的是人还活着，可钱没了"，承载的是关于时间、金钱和人的生存价值的思考。或许恰恰是这一点"意义"使小品得以顺利登上央视春晚的舞台。至于东北民俗喜剧在民间甚至是都市剧场中不同程度的夸张、粗俗的表演，则要接受主流文化的净化。为了获得更广泛的文化认同，东北小品和影视剧也不同程度地削弱了它的方言特色，这一点可以从赵本山早期小品《卖梨》和后来一系列小品的反差中清楚地感受到。东北民俗喜剧并未拒绝主流文化的收编而仅仅固守差异感，更没有对体制化进行规避与抵抗，而是主动接受为主流意识形态所召唤的客体位置，这种文化修辞和文化策略使得东北民俗喜剧获得了更多的生存空间，但也在一定程度上弱化了它的地域文化特征。

纵观东北民俗喜剧的发展历程，似乎总是和主流意识形态交相伴随，在向后者有意无意的认同与崇拜中，东北民俗喜剧担当起了宏大叙事的重任。"社会机构能够发挥功能并不仅仅是依靠了武力制裁，也就是说人们必须通过

---

① ［美］曼纽尔·卡斯特：《认同的力量》，夏铸九等译，社会科学文献出版社 2003 年版，第 358 页。

这种或那种方法表示赞同某种现存的社会制度。……他们接受这种制度并非纯粹由于惧怕暴力,恰恰相反,是因为他们相信这种制度是合法的,相信某种社会制度的存在,总是有其合理原因,尽管这种制度向你设下种种限制,但它还是为你做了不少事情。从这个意义上来说,没有任何一种社会制度是合法的、是自然的,因此一个社会中的臣民就必须被说服、被训练,直至相信这种制度是合法的,甚至是自然的,相信他们生活在这个制度下是正确合理的。这个极为复杂的合法化过程,似乎总是某种占有统治地位的意识形态的基本作用之一,这就是葛兰西所称的'政治主导权'。"① 东北民俗喜剧在不同历史时期应意识形态的脉搏而动,将意识形态的合理性诉诸叙述实践。经过主流意识形态整合的东北民俗喜剧获得了意识形态的群体性确认,也因此得到了更广泛的传播。

二 处江湖之远

东北民俗喜剧和主流意识形态的对话始终是矛盾的。一方面,在主流意识形态的规约下,东北民俗喜剧自觉不自觉地与之打成一片,但另一方面,它时不时地跳出主流文化的圈子,试图回归到文化之根,恢复被社会秩序所摧毁的狂欢形象。于是恰到好处地向主流意识形态示好和迎合与宣泄大众的政治情绪,化解来自上层与下层的双重质疑,成为东北民俗喜剧一以贯之的生存策略。

东北民俗喜剧生长在民间。二人转的源头之一——莲花落本是乞丐行乞的辅助手段,或宣泄悲苦,或自嘲打趣,或愉悦别人以获得更多的施舍。秧歌也是二人转的源头之一,从清初《柳边纪略》中提到的"上元夜,好事者辄扮秧歌"可知,秧歌是"好事者"在无事的情况下给自己制造的闲情逸致。

---

① [美]杰姆逊:《后现代主义与文化理论(经校本)》,唐小兵译,北京大学出版社1997年版,第63页。

二人转艺人多出身贫寒，除了少数出于对二人转艺术的喜爱之外，大多数艺人是为了求乐和寻找生活的出路才走上了二人转表演的道路。传统二人转作品虽然叙述完整的故事，但不关注宏大主题，讲的是鸡毛蒜皮的生活琐事和普通百姓的人情冷暖。即使是历史上的英雄人物也被加工成富有东北地域个性的人物形象。如《穆柯寨》叙述的中心不是穆桂英在沙场上的英勇无敌和精忠报国，而是如何坚定地给自己选丈夫；《双锁山》中的刘金定一样勇猛善战，但故事讲述的是刘金定如何霸道地为自己招亲。《马寡妇开店》中的狄仁杰也收起了他的宰相智慧，成了和马寡妇逗趣打闹的东北小伙。马寡妇对前来住店的狄仁杰一番语言逗弄后，狄仁杰的反应是："嘻嘻嘻，整得明白呀，大嫂，我问问你这都有什么饭菜？"接着，二人便围绕饭菜的品种和质量进行对话。其间，身为宰相的狄仁杰甚至为"小豆腐算白搭"而沾沾自喜："呀哈，这回算住着啦，穷家富路，省钱就好呀。"[①] 二人转的传统唱段多取材于历史或改编自传统文学作品，崔莺莺、樊梨花、李自成、穆桂英、石秀、诸葛亮、包公、燕青、董卓、西太后等都是传统二人转的主角，但进入二人转唱段后，除了必要的情节牵连外，这些人物和历史变迁的关联被隐去，二人转演绎的或是他们在主流历史之外的生活的边角料，或是在原作中某一性格侧面和生活细节的夸大和变形。结果，这些在经典文学史或历史上被关注的人物都成了东北俗文化的代言人。

东北民俗喜剧的"俗"最典型地体现在"性"的笑闹与狂欢上，这也是东北民俗喜剧历来被争议以至非议的根本原因。二人转由一男一女即丑和旦表演，二人之间的逗骂游戏是不可缺少的组成部分，其中常常包含着或隐或显的性内容。从二人转《西厢记》的开头可以看出丑对旦的挑逗：

[①] 王也夫、于永江编：《东北二人转选·传统作品集》，时代文艺出版社1991年版，第194—206页。

第五章　东北民俗喜剧文化因子传承与文化生态

旦　莺莺就在前头走，

丑　张生就在后边、边边边边蹭。

旦（说）　别蹭了，再蹭把我挤台下去了！①

　　类似的情形在民间二人转的表演过程中屡见不鲜，丑绕着旦走矮子步就是丑对旦的挑逗过程。一般情况下，这种挑逗被加上隐晦的形式包装，无伤大雅。在二人转说口中，经常掺杂"闹洞房"（《滚车轴》）的情节、"好孩子不打亲爸爸"（《八打八不打》）一类的辈分玩笑以及"姐夫戏小姨儿"（《姐夫戏小姨儿》）之类和性相关的内容。类似的还有"傻哥老妹如手足，人亲行亲艺更亲，未从开口一唱，解开心中愁闷，虽说光棍半辈，跟包头的在一块也觉借劲"（《苦中求乐》），以及"你二哥看你二嫂——怎么样？小白菜打单棵，看那个贱（间）劲儿"（《说大伙爱听的》），还有"大白天没人，拽儿媳妇袜子"② 这些和性内容打擦边球的玩笑。当代小品取消了二人转的长篇大唱，但保留了一男一女打情骂俏的惯有模式。小品《钟点工》开头宋丹丹把赵本山的吃惊"哎呀妈呀"解释为"别客气了，叫妈干啥呀，叫大妹子就行"是典型的辈分玩笑，接着脱马甲的动作被赵本山误解，也是男女之间隐晦的打情骂俏的展示。这一场景在《送水工》中，高秀敏让赵本山临时扮演范伟的后爹，并让他换下送水的衣服时再次上演，而在后来三个演员之间错误地称对方为"爹"时，东北民间以及二人转中流传已久的辈分玩笑再一次出现。在当代民间演出中，这一情况甚至发展到了恶俗的地步，并且与当下消费主义文化合谋，演变为赚取观众眼球的筹码。西方研究身体社会学的学者特纳曾经指出："身体已经多多少少与当代社会的许多制度脱钩，尤其表现在身体与家庭、繁衍和财产所有权的关系方面。身体不再在家庭经济内部的

---

①　王也夫、于永江编：《东北二人转选·传统作品集》，时代文艺出版社1991年版，第4页。

②　吉林省艺术研究所：《二人转说口汇编1》，1984年10月，第9、160、185、282、290、312页。

219

财产、财富和继承之间发挥交互作用的功能;它不再那么明显地表现为婚姻策略的焦点,王室纷争的焦点,或英雄人物暴力冲突所象征的国家间暴力行为的焦点。身体的这种社会脱位(dislocation)意味着身体更多受制于消费文化的游戏操纵,成为可称之为消费欲望的主要载体。"①

"傻子"和"骗子"是充分展示东北民俗喜剧之"俗"的特殊文化符号。前文已述,"傻子"是东北民俗喜剧的文化原型之一,他从造型、语言以及在叙事结构中的位置等方面都和"俗"相生相伴。傻子在装扮上大红大绿,胡乱搭配,毫无章法,只要刺激、惹眼,也可以在衣服上随意涂色、挖洞以及把牙齿涂黑等,不一而足。将东北民俗喜剧的陌生化效果发挥到极致的,恐怕是傻子身上各种离奇古怪的"相"(如五官挪位、动物相、小孩相等)以及其他各式杂技绝活。傻子将自身戏剧化为观众的欣赏对象,使观众远离只为主流文化认可的世界。不仅如此,傻子处在主流文化甚至常人的生活之外,他的边缘位置使它既可以打破理性世界的规约而不受责罚,也可以将隐藏在主流文化幕后的非理性世界撕破给人看。正因如此,傻子经常能够道出为理性世界遮蔽的真理,呈现人们不敢正视的另一个世界。他可以将被主流文化颠倒的世界颠倒回来,还原众生相。在傻子这里,有序与无序、干净与邋遢、聪慧与愚昧乃至是与非的界限被颠覆,使东北民俗喜剧在柴米油盐酱醋茶的关怀之外,又向人的本能世界跨越了一步,可谓"俗中之俗"。当观众暂时忘却自己现实生活的角色定位而沉浸在傻子的狂欢世界的时候,东北民俗喜剧和庙堂之间的距离便被拉得更远了。"骗子"形象系列小品《卖拐》《卖车》《功夫》展示骗子的恶行和如何防止被骗退居次要地位,是"骗子"的"忽悠"之术和上当受骗者的傻瓜形象吸引人们的眼球。这里缺少价值判断,更多的是将人间世相戏谑化。

---

① [英]布莱恩·特纳:《身体与社会》,马海良、赵国新译,春风文艺出版社2000年版,《第二版导言》第9页。

央视春晚舞台既是意识形态的大放送，也是全国民众的狂欢。东北喜剧小品在这个具有双重功能的舞台上，也扮演起双重文化角色。一方面，它紧紧围绕意识形态主题，甚至有时会对意识形态内容做"年度盘点"，如前文已列举的1999年春晚小品《昨天·今天·明天》中的台词；另一方面，东北喜剧小品特有的狂欢特色几乎是春晚舞台吸引全国亿万观众的撒手锏，东北喜剧小品在春晚舞台上，一年一度的亮相在将近二十年的时间里几乎成了必要和必然，因而东北喜剧不失时机地在这一时刻争取自己的文化生存权。在这双重文化角色之间，东北小品时时调整自己的文化策略，有时表现出对主流文化的依附，有时却努力展示自己"俗"的一面，使主流文化的内容也在某种程度上成了狂欢的遮羞布。20世纪80年代的二人转常常与主流文化合谋，甚至成为主流文化的传声筒。然而，东北民俗喜剧的狂欢性本质决定了它对主流文化的所谓"迎合"更多倾向于策略性的利用，其狂欢性本质与主流文化的神圣外表是背离的。"包括世俗化在内的社会转型在90年代发生的一个明显的变化，就是其政治和文化民主化的诉求被悬置。世俗化不再是涉及社会的经济、政治、文化各个维度的全方位转型，而是蜕变为单纯指经济的发展和物质生活的改善，再加上非政治化或者解政治化的娱乐休闲工业的发展。在这样的语境中，世俗化和大众文化都丧失了其曾经有的那种批判性和颠覆性，它迎合了大众的政治冷漠并进一步刺激这种冷漠。"① 东北民俗喜剧巧借这一文化语境开始了又一轮肆意狂欢的旅程。继《昨天·今天·明天》在1999年春晚狂呼一顿口号之后，2000年以后央视春晚的东北喜剧小品似乎在狂欢性上一路走高。《钟点工》叙述老年人的孤独，但充斥其间且流传久远的是赵本山和宋丹丹之间"太伤自尊"的笑骂以及颠覆经典和语言修辞的狂欢。在小品中，普希金、克林顿、叶利钦分别成了裤子、衣服和皮带的品牌，"三

---

① 陶东风：《当代中国文艺思潮与文化热点》，北京大学出版社2008年版，第59页。

"陪"也被解释为"陪说说话，陪聊聊天，陪唠唠嗑"。除此之外，猜谜游戏和脑筋急转弯也被纳入小品，"大象装进冰箱分为几步"的提问，老虎、蛇、乌龟之间的对话和宋丹丹穿、脱马甲的"配合"表演从此走进了街头巷尾，成了老少皆宜的笑话谈资。这一状况在此后的小品《卖车》和《功夫》中似乎一发不可收，两部小品填满了"一加一在什么情况下等于三""司机见到猴子为什么停车""青春痘长在什么地方不影响你美观""母猪为何撞树上""先杀猪还是先杀驴"之类的脑筋急转弯。《心病》《送水工》《说事》《策划》《火炬手》《不差钱》也都在主流意识形态旗号的掩护下演绎着东北民俗喜剧的狂欢特质。2008年春晚小品《奥运火炬手》虽然是一个农民对支持奥运的心情表白，但二人转的形式意味更为浓厚。白云和黑土争当奥运火炬手更像情节架构，而不是主题本身，所以专门设置一个"提问"的角色给刘流，同时小品给人深刻印象的不是农民夫妇对奥运的热忱，而是他们的扮相、眼神和说口。2009年春晚小品《不差钱》又向民间化迈进了一步。如果说《不差钱》关注了国计民生，大概是提出了"靠关系不靠本事"这一社会问题，但小品并没有把这一问题作为抨击的靶子，没有鲜明的态度褒贬，而是将问题作为制造笑料的载体。自1990年赵本山的小品走进春晚舞台，游戏气氛在逐渐增强，离主流意识形态却渐行渐远，虽然仍旧打着主流文化的幌子。东北喜剧小品在和主流意识形态的博弈过程中，逐渐回归到它的狂欢本体，主流意识形态也逐渐变为盛装"狂欢"之酒的"瓶"，狂欢形式反而被转化为了内容。"中央电视台为赵本山把娱乐消费符号'小沈阳'推向全国，标志着主流意识形态向娱乐文化产业的妥协。值得注意的是，通过这个妥协，央视的媒介权力和娱乐文化产业实现了无缝对接。这种对接以式微主流意识形态为代价，换取了央视在娱乐文化产业中的新媒介权力。"[①] 福柯认为，一方面，

[①] 《警惕"二人秀"逐灭"二人转"——清华大学教授肖鹰谈赵本山的"文化革命"》，《中华读书报》2009年8月24日。

权力话语对人们进行规训，但另一方面，规训始终伴随着颠覆、抵制和对权力话语的批判。在此基础上，霍尔提出解码的复杂性和多种可能性：主导性解码、协调性解码和对抗性解码。在东北民俗喜剧和主流意识形态之间，既有主流意识形态自始至终的主导性，也有二者之间的协调甚至前者对后者的对抗。这取决于东北民俗喜剧所处的具体的文化生态语境。在前现代、现代与后现代等多种文化形态混杂存在，市场、计划等多种经济形态重叠、交叉和互渗的文化语境中，东北民俗喜剧与意识形态之间阴晴善变的复杂关系也便顺理成章了。

在央视春晚的舞台之外，东北民俗喜剧的意识形态内容更为弱化。赵本山的早期作品《小草》展示的是老太太在家里开个人演唱会的自得其乐；由赵本山和巩汉林合演的《如此竞争》虽然表达了恶性市场竞争的恶性后果，但作品的核心内容是二人为争夺地盘的语言游戏，而报纸上的一些小道新闻诸如某某因何坐牢之类足以将"卖报宣传改革开放""卖十三香搞活经济"所蕴含的意识形态内容消解掉。《面子》与其说是教育人们不要太顾及面子，不如说是一个情节锁链的游戏，是"赵本山"一步步掉进面子的陷阱给观众带来的扣人心弦的感受。这一弱化从根本上说是东北民俗喜剧骨子里的"民间性"（即远离意识形态）所致，同时与其所处文化语境有着千丝万缕的联系。"90年代是中国社会转型畸形发展的时期，其最主要的标志是与市场化、世俗化程度加深同时的意识形态的悬置（所谓'不争论'）、政治改革的停滞、消费主义与大众文化的盛行、政治参与热情的退潮与'过日子'哲学的兴起。"[1] 这一文化语境为东北民俗喜剧民间性的再次崛起提供了温床。

东北民俗喜剧在打进了主流文化的堡垒之后便逐渐显示出自己的"江湖"特色，名正言顺地扩大自己的空间范围和话语势力，以支配性的态度来建立

---

[1] 陶东风：《当代中国文艺思潮与文化热点》，北京大学出版社2008年版，第92页。

防卫性的认同，并在强化本身疆界时翻转其曾有的价值判断。尤其在20世纪90年代以来的社会文化语境中，革命文化的大话化趋势为东北民俗喜剧游戏性的回归与扩张提供了想当然的理由。"所谓'大话化'，是指革命时期的文化符号被带有中国式后现代色彩的作家、艺术家进行调侃、拼贴、戏说、滑稽模仿，并藉此颠覆了它原来的意义。"[1] 当下东北民俗喜剧尤其是二人转和东北喜剧小品对经典的戏拟、颠覆甚至突破了底线，戏说革命史、取笑传统价值观在一定程度上成为争取观众掌声和票房的筹码。这是主流意识形态的宽容，还是民间文化的主动出击抑或是百姓对狂欢的强烈需求？或许三者兼而有之。2004年张小飞在央视舞台的出格表演被当场叫停，赵本山拍案而起，称央视"不尊重人"，起码要等唱完了再说，这恐怕可以视为东北民俗喜剧和主流意识形态之间博弈的激化。虽然这次试探性的挑战还是以东北民俗喜剧的失败而告终，但东北喜剧小品的狂欢情结在央视舞台上依然在主流文化的掩护之下一次次被强化。二人转经常被主流文化视为"下九流"，但也经常有警察一边行使着国家机器的权力，一边享受着二人转给他们带来乐趣的情况发生。[2] 这恐怕是庙堂与江湖达成共识的最形象表述。

　　福柯认为社会是各种权力组成的网络，权力广泛存在于文化的方方面面。尤其在现代社会，权力机器通过通信交往、信息网络、大众传媒、慈善救助等，以一种"社会软权力"的方式直接组织人的大脑和控制人的身体，并将规训内容生活化和社会化。所以权力不是一种属性，而是关系。"权力关系就是力量关系的整体"，"并不是运作在某一范围中，而是无所不在地存在于所有具特异性之处。"[3] 权力的公式不是某种禁忌或某种压抑"你不应该"，而是某种规训的生产。在权力的网络中，每个人都可以成为权力支配的对象，也

---

[1] 陶东风：《当代中国文艺思潮与文化热点》，北京大学出版社2008年版，第203页。
[2] 吉林省地方戏曲研究室：《二人转史料4》，1982年编印，第140—141页。
[3] 李银河：《福柯与性——解读福柯〈性〉》，山东人民出版社2001年版，第107页。

可以成为权力的发出者，话语本身也是权力。从这个角度理解，东北民俗喜剧并非单向地承受主流意识形态的制约，它也通过游戏性的话语、傻子形象的塑造、性的狂欢等方式向后者释放自己的权力，它既是权力的接受者，也是权力的发出者。在二者互相行使权力的过程中达成了不言自明的制衡规则，这使得东北民俗喜剧得以在庙堂与江湖的夹缝中平静地生存。

第三节　在传统与大众间摇摆

东北民俗喜剧能在当代文化生存，在某种意义上是个谜。是什么使那些出身寒微的二人转演员在毫无心理准备的情况下一夜走红？是什么使这种曾被视为下九流的表演，在近几十年来一定程度上征服了主流文化的趣味，走进社会的各个阶层？在被推上文化前台的过程中，东北民俗喜剧是否付出了沉重的代价抑或相反？诸如此类问题都要在当代文化与东北民俗喜剧的关系上寻找答案。

一　异化中激活本性

一般学界公认，大众文化具有以下几个特点。其一是商品性，即大众文化和其他的商品买卖活动一样，有文化产品的大量生产和大量销售，也有文化商品的消费行为。其二是通俗性，即大众文化不是特定阶层的文化，更不是精英阶层的文化，而是普及于社会上散在的众多"一般个人"的文化，不经典但通俗易懂。其三是流行性，即大众文化是一种时尚文化，能够在大众中广泛和迅速传播。其四是娱乐性，即大众文化不承载沉重的社会使命，以娱乐作为自己的手段和目的。其五是对大众传媒的依赖性，即大众文化主要依赖大众传媒发生、发展和变化，依靠大众传媒的力量拓宽自己的势力范围。以流行性和消费性为突出特征的大众文化在近几十年来无疑成了中国文化的主流，并且深刻地影响了当代人的生活方式和其他文化形态。大众文化在媒体、网络的运作下将广泛的大众纳入自己的接受视野，并迅速扩大它的影响范围，使之流行起来。"世界各地的主流行为模式似乎是：都市地区的媒体消费已经成为工作以外的第二大活动类型，而且无疑是家庭中的主要活动。……依麦克卢汉的说法，科技媒体有如生活的主要成分或自然资源。媒体——尤其是广播与电视——已经成为我们自动不断地与之互动的视听环境了。"① 当代人对媒体的依赖大概远远超出了人们的预期，人们对世界的感受多从传播媒介中获得，欣赏趣味也在无形中为大众传媒所左右，大众传媒架构了社会沟通的语言。"作为一种历史趋势，信息时代的支配性功能与过程日益以网络组织起来。网络建构了我们社会的新形态，而网络化逻辑的扩散实质地改变了生产、经验、权力与文化过程中的操作和结果。"② 网络在一定程度上解构了传统文化，建构了新的文化范式——流行文化。"流行"一词意味着大众文化受众的广泛、传播的迅速、更迭的频繁和性质上的飘忽不定，其中还潜藏着大众文化在接纳广泛受众时的同质化危机。在加速的信息与互联网的冲击下，在大众文化形式俯仰之间尽是，同时与权力、经营亲密无间结合的当下，以地域疆界为基础的文化面临着传统的缺失、地域性的削弱甚至消解。尤其在1992年邓小平南方谈话后中国经济迅速发展起来，人文精神和世俗精神的论争并没能阻止人们道德关怀和社会参与热情的衰落，理想与激情的消退，以及文化的私人性、娱乐性、物质性和肉欲性强化的趋势，不断扩张的节庆和热闹，没有后果的愉悦、乐趣与欢快是这一文化最为显著的特征。

东北民俗喜剧也被卷入这一文化大潮中。在巨大的市场利益面前，二人

---

① ［美］曼纽尔·卡斯特：《网络社会的崛起》，夏铸九、王志弘等译，社会科学文献出版社2001年版，第413页。

② 同上书，第569页。

转传统文化的性质与基本结构被修改和置换，自发的民间文化逐渐为具有商业动机的消费文化所取代。

在当下民间剧场，二人转不再是"唱说逗舞绝"兼备的完整叙事，变成流行歌曲以及各种杂技、曲艺、戏仿和笑话的大联欢。如果不是开头的二人转小帽和中间穿插的少量二人转唱段作为标志，"二人转"剧场与其他的流行文化剧场并无二致。在经历了"文化大革命"与改革开放初期意识形态的"崇高"洗礼之后，二人转又跌进了消费社会的功利性怪圈，成为"他律"的文化商品。央视舞台是品牌宣传地，以刘老根大舞台为代表的都市剧场是品牌商品的卖场，一些小剧场是制售假冒伪劣商品的杂货店，最复杂的是农村的二人转"集市"，既有二人转的土特产，也有充满狂欢精神的底层叙事，但其中不乏低俗产品。总之，在不同的舞台上，东北民俗喜剧满足或迎合着不同层次的消费需求，其努力抢占文化市场之势不可小觑。在这一过程中，东北民俗喜剧精心打造了一些文化符号，并主动接受大众消费文化的"收编"，如赵本山的破旧解放帽、小沈阳的苏格兰长裙、魏三的傻子形象、宋小宝古灵精怪又有些弱智的黑面孔乃至东北喜剧小品中的经典台词，都曾在街头巷尾广泛传播，成为东北民俗喜剧无形中为自己贴出的巨幅宣传广告，使观众的内心形成稳定的意义联想。在此基础上，东北喜剧一路打造自己的文化产业，以刘老根大舞台为代表的二人转剧场以及演员在全国的巡回演出，又将东北民俗喜剧的商业热潮推上了一个高峰，也使它占据了流行文化的制高点。随之，东北民俗喜剧也堂而皇之地将手臂伸进流行文化的其他领域，模仿赵本山、小沈阳的表演甚至成为一种文化时尚，可以说，东北民俗喜剧独领了流行文化的半边天。"霍尔在讨论城市经济和突生的文化形式的关系时，借用了罗伯特·雷德菲尔德的'大传统'与'小传统'的概念：'大传统指的是那些如严肃音乐、艺术和文学，它们声称代表了文明的精华。但另一方面，小传统的文化没有经过正式的学术加工，而是以口述故事、手工制作日常所需物品、歌唱等形式代代相传.'"① 霍尔同时指出,当城市在现代早期发展起来时,"小传统"的某些因素被融合到新出现的城市大众文化中去,而且终将被它遮蔽。这可以作为对东北民俗喜剧与流行文化关系的一部分注脚。

近些年来,东北民俗喜剧被大众文化同化甚至迷失在大众文化中的声音不绝于耳,然而仔细分析不难发现,高度商业化的东北民俗喜剧仍然保持着自己的文化特色,或者说正是它的独特性和当代文化的契合造就了东北民俗喜剧今天的辉煌。

首先,东北民俗喜剧的底层叙事和当代文化的大众叙事一拍即合。前文有述,东北民俗喜剧生于民间,是普通百姓尤其是农民寻找快乐、宣泄情感的艺术形式,它既没有庙堂情结,也缺乏哲学沉思,这和立足于民间的大众叙事不谋而合。也可以说,娱乐霸权,追求当下即时的、无距离的体验,魅化快乐是东北民俗喜剧的本能诉求。当代消费社会对陈旧的意识形态观念进行了社会学的全盘清算,文化生产者同阶级或群体公众之间的审美"契约"被打破,文化远离了精神的"乌托邦"和意识形态的崇高使命,走进世俗生活。躲避崇高、快乐至上、感官游戏,是当代大众文化的审美范式,艺术的神圣性和生活的世俗性之间的界限被消解,"身体写作"在各种艺术门类中得到彰显甚至夸大。于是,以"快乐"为己任的东北民俗喜剧稍加改造便顺理成章地走进当代大众文化的视野。它从未像今天这样如鱼得水般释放着自己粗俗、夸张和狂野的本性。性的笑闹游戏在"身体写作"这一文雅词汇的遮掩下不仅堂而皇之地得到彰显,甚至在民间剧场褪去了羞怯的外衣,由粗俗发展为恶俗。"大象装进冰箱分几步"以及诸如此类的"请听题"游戏明显是时尚文化的产物,但另一方面,在演唱之外,丑和旦一来一往的猜谜游戏

---

① [美] 约翰·R. 霍尔、玛丽·乔·尼兹:《文化:社会学的视野》,周晓虹、徐彬译,商务印书馆 2009 年版,第 124 页。

充斥于传统二人转的表演中,从这个角度说,是当代时尚文化激活了东北民俗喜剧最活跃的神经,使之抢占了文化先机而已。小品《小草》也是流行歌曲大串联,但里面包含着其他艺术形式所不具备的因子:歌曲胡乱串联的狂欢性;老太太相的自然逼真;老太太的自得其乐这种平民化的关怀。歌曲串联的表演形式在当代文化中并不陌生,但只有将这几个要素结合在一起,才是东北化的,也才是东北民俗喜剧化的。

当代人对喜剧情有独钟,因为喜剧能自始至终给人轻松愉悦的快感,可以使人在高度竞争的生存环境中获得片刻的宁静。当代人无力面对背负沉重包袱的悲剧,无力承担宏大的意识形态叙事,于是周星驰的"无厘头"、相声、各种喜剧小品都成了人们非常受用的文化快餐。但这些喜剧形态都不具备东北民俗喜剧的文化特性,东北民俗喜剧的粗俗、夸张、绝活、出相、自嘲和多技杂陈以及对世俗生活的关注,使它在各种喜剧样式中特立独行,无可替代。这恰好迎合了当代人回归生命本然状态的渴望。尽管在网络时代,文化的同质性也并非是绝对的,观众不仅是被动的接收者,也是积极的创造者和选择者。"虽然大众媒体是单向的沟通体系,但真正的沟通过程却不是单向的,而是有赖于信息解读过程中传送者与接受者的互动。"[①] 信息发送者依自己的符码组织信息,而接收者却根据他们特有的文化符码来填充各种"脱轨"的意义。同时,由于信息与来源的多样性,接收者可以怀疑、选择甚至创造意义。大众选择东北民俗喜剧作为自己情感表达的载体,是因为后者与他们对狂欢的诉求取得了默契。由此,大众文化只不过给东北民俗喜剧的生存和发展提供了一个合适的空间而已,而东北民俗喜剧不仅没有在大众文化中遗失自己的本性,反而是释放以至强化了自己的本性,加速了东北民俗喜剧基本文化因子的承传和流行。

[①] [美]曼纽尔·卡斯特:《网络社会的崛起》,夏铸九、王志弘等译,社会科学文献出版社2001年第1版,第414页。

其次，东北民俗喜剧虽然加入了文化符号消费的队伍，但这些符号既非大众文化刻意打造，亦非商业运作推波助澜的结果，而是它本有的文化个性被纳入了商业轨道。符号性是当代文化的基本特点，形象几乎无所不在、无所不能。"在当代消费社会里，商品具体化的最终形式无疑是形象本身。……新型轿车基本上是一种使其他人对我们怀有的形象，我们消费的是它的抽象观念，而很少在事物本身，而且这种观念对所有被广告精心装扮的力比多投入开放。"① 商品符号是一种形象象征，代表消费者所属的文化族群及其审美取向。在符号消费中，形象价值往往凌驾于使用价值之上，从物质消费的角度看，也就是物无所值。但在东北民俗喜剧中，人们所消费的不仅仅是形象本身，更是符号所代表的文化个性，或者说情绪宣泄的独特方式。赵本山的破帽子、中山装夹着一支钢笔、尖声尖气的说口、摔跟头的动作和斗鸡眼以及小沈阳的苏格兰长裙等，都是东北民俗喜剧文化个性的象征。东北民俗喜剧生产一种准物质的"感受心态"，"叙述"成为商品消费的对象，正如小品《钟点工》的台词"再唠十块钱的""十块钱，反正都是你消费"所言，当代东北民俗喜剧特有的情绪宣泄功能被符号化。但消费者从这些形象符号的消费中获得的不是徒有其表的文化身份，而是实实在在的快乐，这和其他商品消费的"品牌效应"判然有别。作为底层叙事的东北民俗喜剧虽然在当代受到了前所未有的认可，但还不足以成为确定文化身份的品牌。人们不会戴上破旧的解放帽招摇过市，也不会穿上苏格兰长裙以彰显自己的文化品位，这些符号只能挂在高高的广告牌上，让人不时地联想起东北小品那快乐的一瞬间。那些"阳粉"的热情也不仅是流行文化的驱使，更主要是东北民俗喜剧的狂欢性和他们的情感释放需求相吻合。从这个角度看，东北民俗喜剧的商业化与符号化不仅是流行文化打造的结果，而是始终建立在其文

---

① 王逢振主编：《詹姆逊文集第 3 卷：文化研究和政治意识》，中国人民大学出版社 2004 年版，第 55 页。

化个性的基础上,或者更确切地说,是东北民俗喜剧的独特性被纳入了商业轨道而已。所以当东北民俗喜剧被卷入时尚文化的大潮时,其文化个性并未遭到严重破坏;而在与网络社会的斗争中,东北民俗喜剧不仅没有遭遇地域性的解体,反而在一定程度上强化了集体认同。"流动空间正在转化为地方空间,电子多媒体也正在把我们分化为'互动的'与'被互动的'两种人口,前者能参与主动创新,后者则被动接受信息。在历史巨变中,流动空间并非简单地消灭了地方空间:转化的过程才是关键。"[1] 东北民俗喜剧积极争取在当代文化中的生存空间,同时也并未忘记坚守自己的文化本性,只是它固有的传统在大众文化的影响下以新的转化了的形式走进了人们的生活中。"我们也许可以发现一些原来意义上的'传统文化'的例子,但通常我们所称的'传统文化'却发生了变化。因为即便传统文化幸存下来的话,也会与最初的来源分离,而与包容它的社会秩序相融合。大多数传统文化的遗留或是在其他文化逐渐占据主流地位时走向边缘,或是以主题、旋律、神话等方式融合到其他文化残留,它们通过大众传媒而得以重新生产和传播。"[2] 东北民俗喜剧在当代娱乐拜物教的文化语境下被重新生产,同时借助大众传媒的力量得以广泛传播,这不是东北民俗喜剧独一无二的幸运。"流动空间并未渗透到网络社会里人类经验的全部领域。事实上,绝大多数的人,不论是在先进或传统社会都生活在地方里,并且感知到他们的空间是以地方为基础的空间。地方乃是一个其形式、功能与意义都自我包容于物理临近性之界线内的地域。"[3] 地方性的彻底瓦解不是文化事实,更像一种担心。与其说是消费文化成就了东北民俗喜剧,不如说是东北民俗喜剧的狂欢特色在当代文化中找到了自己

---

[1] [美] 曼纽尔·卡斯特:《网络社会的崛起》,夏铸九、王志弘等译,社会科学文献出版社2001年版,第414页。
[2] [美] 约翰·R. 霍尔、玛丽·乔·尼兹:《文化:社会学的视野》,周晓虹、徐彬译,商务印书馆2009年版,第10页。
[3] [美] 曼纽尔·卡斯特:《网络社会的崛起》,夏铸九、王志弘等译,社会科学文献出版社2001年版,第518页。

的立足空间。东北民俗喜剧和当代文化内在精神某种程度的一致，使之在接受了后者的整合之后发生了变异，但在变异中又强化了其文化因子的传承。

二 演变中继承传统

从二人转到东北喜剧小品和影视剧，是近几十年来二人转在表演形式上的革命。"唱"和"说"平分秋色甚至以唱为主的传统二人转在很大程度上退出了历史舞台，代之而起的是只说不唱的小品；韩子平、董玮等国家一级演员的经典演唱不再如过去般打动千家万户，而在民间二人转剧场上打拼了几年的普通演员却可以一夜走红，这不免让二人转界忧心忡忡。依韩子平的说法，东北小品已在很大程度上失去了二人转的本来面目。离开经典唱腔和舞步，走进当代文化的东北小品距离二人转有多远？

本书认为，东北喜剧小品在演出形式上脱离了二人转，但在文化精髓上却继承甚至强化了二人转的特色。音乐是二人转的"表演本体"，但只是形式因素，并非二人转的"文化特质"。说口虽然只起介绍剧情以及在演唱中间调节剧场气氛的作用，但概括了东北文化的地域特征。二人转的艺诀"唱丑唱丑，全仗说口，若不说口，就算肚里没有"突出了说口的重要性。二人转的说和唱分别营造了"说口的世界"和"故事的世界"，后者的故事叙述如果用其他的艺术形式来承担，在叙述的完整性和感染性上与二人转并无多大差别。二人转的独特魅力不在于讲述了一个完整的故事，而在于故事世界之外又开辟了一个"又扯又闹"的狂欢世界。说口的内容有猜谜、语言游戏、民间笑话、儿歌、丑和旦之间的笑骂、抬杠、讨饭歌等，大到政治、历史、地理以及人间万象，小到各种动物以至臭虫、跳蚤，似乎任何题材都可纳入说口，而被纳入的内容又在随意组织中被戏谑化。说口是一个文化的大杂烩，其唯一目的几乎就是制造快乐。抛掉恶俗的"性"内容不论，单就丰富的题材和别出心裁的随意组织而言，说口无疑给人们提供了一个在现实世界无法获得的娱乐空间。在这个空间里，南京大柳树之大可以被夸张到"七十二个失目先生的五尺长的马杆子,围着柳树排了七天七夜"的程度(《南京大柳树》),屎壳郎和癞蛤蟆、知了之间可以互相贬损(《癞蛤蟆哨屎壳郎子》),丑和旦也可以玩"天怕云、云怕风、风怕墙、墙怕耗子、耗子怕猫、猫怕狗、狗怕大师傅直至又回到天怕云"(《谁怕谁》)这类叙述圈套式的游戏。这种游戏方式有着孩童般的无忧无虑和丰富的想象,它不寓教于乐,只有快乐。在二人转中,尽管音乐、舞蹈也表达着东北人的狂放与乐观,但说口作为语言艺术,对二人转文化本质的表现却最直接,也最易为人接受。可以说,二人转的东北文化气质最典型地体现在说口中。

东北喜剧小品脱胎于二人转的说口,是个不争的事实,当下东北小品的台词很多可以从二人转说口那里找到影子。更重要的是,小品继承了说口的精髓。小品《拜年》把"江泽民访美"都算作乡长的功劳,除了要曝光过度的阿谀奉承外,其中的随意拼接游戏也给人们带来了快乐。与此类似的随意组合还体现在日常语言交流中附会进诗意的歌词,如在小品《昨天·今天·明天》中,当崔永元问及"白云"和"黑土"如何相识时,回答是"我们相约九八","大约在冬季",这种错位的组合和二人转说口的东拉西扯如出一辙。二人转说口所营造的狂欢世界没有主题核心,或者说核心只是游戏和快乐。东北小品虽然也在叙述故事,但不像二人转那样有复杂的情节,而是故事片段,或者说东北小品弱化了二人转的故事性、强化了它的狂欢性。从1990年《相亲》登上央视春晚的舞台直到2009年的《不差钱》,东北小品的情节越发模糊。《相亲》还有基本的情节演绎过程,但《不差钱》虽然在"差钱"和"不差钱"的冲突中展开,却基本上是包袱的接连设置和抖开。作品似乎在叙述农民"爷爷"的吝啬和欲达目的的不择手段,但这一主题淹没在小沈阳表达人生哲理时独特的一"嚎",他不男不女的扭捏作态以及毛毛"做鬼也不放过你""谢你八辈祖宗"和"长江后浪推前浪,把我爹拍在沙滩上"的语言狂欢中。而这些,恰恰是《不差钱》区别于其他喜剧样式的核心所在。所以，东北喜剧小品抛弃了二人转的形式，却传承并强化了它的文化特质。从这个角度说，东北喜剧小品是浓缩了的二人转。

与二人转转化为喜剧小品相类似，吉剧、拉场戏是从二人转中分化出来的另外两种艺术形式。但二者不仅没有得到广泛的流传，反而在当代几乎没有了市场。相对于二人转，吉剧、拉场戏打破了只有丑和旦两个演员"千军万马、全靠他俩"的表演形式，演员不是跳进跳出角色，而是直接进入角色，但这不仅仅是表演形式的变化。吉剧、拉场戏演员的"分角"实际上是抛弃了二人转演员跳出角色所营造的"游戏世界"，只保留二人转的音乐、舞蹈等艺术因素和故事叙述，所以在很大程度上抛弃了二人转的文化之根。同时，固定的戏剧样式缺少创造性、未完成性和狂欢性，因为它不能像二人转和小品那样全方位地向各类文化形态开放，也无法将上至天文、下至地理、大大小小的人间万象收入囊中，而只把注意力收缩在故事叙述里。这使得吉剧、拉场戏的意识形态的味道更浓，也更正统、严肃了。所以伴随着二人转、小品等的火爆，吉剧、拉场戏却变得越发冷清。与此相反，东北喜剧小品弱化的是二人转的"故事世界"，强化的是它的"游戏性"，这恰恰应和了当代人的文化需求。据此东北喜剧小品不仅没有违背反而继承了二人转的艺术趣味。

东北民俗喜剧叙述性的式微和当代文化的消费性有关。当代文化是快餐文化。物质的丰盈使当代人一定程度上放弃了对精神的深度追求。人们无须在超越现实的艺术幻想中寻求"精神胜利"，因为曾经在想象中出现的"可能"很多已经转化为现实。在应接不暇的物质诱惑面前，人们没有兴趣也无力承受崇高、悲剧这类审美形态所带来的心理上由痛感向快感转化的艰辛历程，轻松愉快的喜剧最易缓解他们疲惫的神经。当代人也没有耐心享受长篇叙事的细致和缜密，更没有足够的时间和精力慢慢品味二人转的唱腔和韵味。文字叙事在当代遭遇生存危机，并在很大程度上为图像叙事所取代，图像的直观性使之不必经过大脑的翻译可以直接作用于感官。现代人的大脑不堪重负，连感官也在纷繁复杂的物质世界中趋于麻木。叙事需要时间，而唱是对叙述的"永歌"，是叙述的延长，人们从戏曲艺术中享受更多的是它的形式因素——独特的唱腔、舞台动作、形象造型等，而叙述故事不仅节奏慢，而且容量小，这和快节奏的当代生活形成矛盾。当人们常常把看电视变成转换频道的走马观花时，那些千回百转的戏曲艺术无疑是对当代人的耐心发出的挑战，其结果是一定程度上退出了大众文化的舞台。在这样的背景下，东北喜剧小品的夸张和强烈刺激感官的特性在当代文化中寻找到了知音。它甚至抛弃了二人转说口的大段铺垫，迅速制造和拆解一个又一个包袱，在短时间内调动说口、出相、戏仿、自嘲等语言游戏诸种绝技，向人们集中传递笑声。东北喜剧小品善于在有限的时空范围内给观众制造一连串的快乐，人们也常常把观众开怀大笑多少次作为衡量小品艺术效果的最重要指标。如果说传统二人转还在塑造人物性格、编织故事情节，并调动悠扬的唱腔让人感动和回味，则东北喜剧小品几乎完全抛弃了这一使命，集中、即时地刺激人们相对麻木的快乐神经，并且创造了"新感性"。当代人似乎已经没有能力承受更多的生命之重，东北喜剧小品的适时跳出满足了人们对轻松愉悦的强烈需求。如果说二人转已经在很大程度上脱离了形而上之思，则当代东北喜剧小品在这条路上则走得更远。

  小品是一种短小精悍的艺术形式，它调动多种艺术手段集中、凝练地表现生活，而且很少选取严肃、重大的社会题材，注重日常生活流程，表现生活的片段和瞬间。二人转是贴近下层百姓生活的艺术，但其音乐、舞蹈动作、人物造型等艺术化的形式要素还是在观众与演出之间设置了障碍。和二人转相比，东北喜剧小品更多运用东北方言修辞策略辅以出相、戏仿、绝活等更易理解的艺术手段叙述情节和制造喜剧效果，所以更贴近生活。这一点并未违反二人转的初衷，反而使东北民俗喜剧进一步回归到了它的文化起点。从这个意义上说，由二人转到喜剧小品的转化不是二人转的"异化"，喜剧小品反而是二人转在当代文化中的又一生存形式,因为二人转的文化因子不仅仍旧留存于小品中,而且被结晶、浓缩和强化。

东北影视喜剧在某种意义上也是二人转在当代的转化形式。东北影视喜剧继承了传统二人转长篇大唱在叙事上的连贯性,同时和东北喜剧小品一样传承了二人转狂欢的文化因子。东北影视喜剧的喜剧性和一般的影视喜剧不同,它融合了东北特有的地域文化特质,如在台词上经常采用二人转的"贯口",在人物的设置上常突出有傻子原型特质的形象,同时在故事叙述之外注重演员自身的戏剧化,关注影视剧的娱乐效果,等等。

大众文化在一定程度上将东北民俗喜剧同质化、商业化、符号化,但也为东北喜剧的游戏本性提供了释放和展示的空间。东北民俗喜剧迎合了当代大众的文化需求,但也在这一过程中拯救了自己。二人转"异化"为小品和影视剧,也在一定程度上发展、强化了其文化本性。二人转演员的一夜走红并不奇怪,二人转"异化"为小品和影视喜剧不只是东北民俗喜剧在皈依大众文化的过程中付出的代价,更是二人转的另一种生存方式,也可以说是二人转在不断地适应当下新的需要而生产出新的形态。"霍布斯鲍姆发现,当代社会对古代传统的诉求从源起上说是最近出现的,传统有时是在某个活动或很短时期内被'发明'出来的:'发明的传统'(invented tradition)被用来意指一系列活动,它们通常受制于一些公开或暗中已被认可的规则,也意指一系列仪式性或象征性的自然,它以重复的方式努力重申某些价值观和行为规范,并自动地表明与过去的连续性。实际上,在任何可能的地方,人们往往会努力与一个适宜的历史过去确立连续性。……然而,就这样一种指涉过去而言,'发明的传统'之特性乃是对新情境的一种回应,这些新情境采取了参照旧情境的方式,或者说,它们以某种准义务式的重复来确立自己的过去。"[①]

---

① 周宪:《视觉文化的转向》,北京大学出版社 2008 年版,第 307 页。

"扬·阿斯曼得出了人们在后来的专业讨论中一直使用的'文化记忆'概念：它是'每个社会和每个时代所特有的重新使用的全部文字材料、图片和礼仪仪式［……］的总和。通过对它们的'呵护'，每个社会和每个时代巩固和传达着自己的自我形象。它是一种集体使用的，主要（但不仅仅是）涉及过去的知识，一个群体的认同性和独特性的意识就依靠这种知识。"① 二人转在不断被"发明"中，渐渐摆脱过去的形式，但也在努力重申着过去的价值观，并延续过去的历史。

三 文化渗透与扩张

东北民俗喜剧在近几十年来曾表现出不可阻挡的文化强势，它借助传媒的巨大力量几乎无孔不入，并不失时机地向当代文化的各个领域渗透自己的文化基因。东北民俗喜剧接受了流行文化的改造，又转身将手臂伸向了流行文化。

伴随着东北民俗喜剧的兴起，东北小品演员的模仿秀也层出不穷。赵本山、范伟、高秀敏、小沈阳都有自己的模仿者。对这些演员的模仿秀节目更是在民间乃至各层次电视媒体如火如荼地进行。各种移动传媒，包括火车广播、公交车的电视节目都在滚动式播放东北喜剧小品，一些为人们耳熟能详的小品台词和笑话在网络和广告词里大肆流行。"整"等东北方言词汇迅速进入非官方的普通话，电视节目主持人为了活跃气氛也时不时地在普通话中夹杂一点东北方言，说东北话成了一种伴随着快乐的文化时尚。东北方音成为人们熟悉的语音，对东北方言的刻意模仿也成为娱乐节目收获喜剧效果的一大砝码。

除此而外，东北民俗喜剧对当代影视剧的影响也可圈可点。当下的东北

---

① ［德］拉尔德·韦尔策编：《社会记忆：历史、回忆、传承》，季斌、王立君、白锡堃译，北京大学出版社2012年版，《社会记忆（代序）》，第5—6页。

影视剧继承了自二人转到小品的喜剧传统，在其他影视剧中，东北喜剧的影响也正在升温。张艺谋导演的电影《三枪拍案惊奇》，定义为"古装惊悚喜剧"，六位主要演员中有四位是表演二人转出身，加上赵本山的友情加盟，几乎把一部电影变成了一出东北民俗喜剧。而其中的一些台词，完全是二人转说口和东北小品的喜剧风格："他懂外语、有能力、很神秘"；"不要迷恋哥，哥是个传说"；"你绝对是南坡地区第一窝囊废，南坡腕（No.1）"；"你们村孩子一出生就繁殖啊"；"走自己的路，让别人吐去吧"；"感觉挺唯美的"；"我和毛毛是青春年华，谈恋爱是正常的"，"你就别糟蹋青春两个字了，你已经立秋了"；"请你正眼看着我"，"我都不用正眼看他们"，"您也没有正眼看过我们"；"恋爱分三个阶段，就是缠、黏、烦"。这些台词配上小沈阳的忸怩作态、毛毛的惊悚笑声、程野的粗鲁丑陋以及赵本山的斗鸡眼，更像是几台东北喜剧小品的拼接。这种喜剧小品性更突出地表现在陈七和赵六关于是否该以"偷"的方式索回工资的谈判中。谈判以"赵六请注意"和"陈七请注意"开头，以"回答完毕"结尾，加之演员的快速说口——"我的钱被人绑架了，谈判无效，我去解救，这能叫偷吗"，"不管钱在哪里，都得回到主人身边，这叫作物归原主，落叶归根"，"人会被撕票，但是钱不会被撕票"等，都使演员跳出了剧本的角色，把自己摆在了戏剧性的前台。"谈判"中的两位演员不是作品中的"赵六"和"陈七"，而是在舞台上一唱一和、比拼说口技巧的"丑"和"旦"，他们说口的迅速和伶俐以及台词的语言机制是观众欣赏的对象。这明显继承了二人转的"跳进跳出"结构模式以及说口的特色。小沈阳说自己连被张艺谋选作演员的梦都没做到却被慧眼识珠，不仅是二人转演员的个人机遇，更是东北喜剧的文化机遇。张艺谋对小沈阳等在《三枪拍案惊奇》中的表演大加赞赏，认为他们给观众带来了新鲜感，是电影中一道独特的风景线。这一评价概括了东北民俗喜剧在当代文化中的生存状况。东北喜剧的文化特质在当代的深入人心，使之渗透甚至同化了各种娱乐文化样式。当代影视剧多喜欢设置喜剧人物,就连历史剧《东方朔》也不失时机地安排了一个次要人物——汉武帝的"民间姐夫",一个宁肯杀猪也不做官的屠夫,粗俗、不知礼节,操一口东北方言制造着笑料。

然而2012年,赵本山以身体状况欠佳为由退出连续亮相21年的央视春晚,2013年又终因《中奖了》难以超越以往小品,遗憾退出央视春晚。实际上,2009年在央视春晚演出的东北喜剧小品《不差钱》、2010年的《就差钱》和2011年的《同桌的你》已显出疲惫之态,不仅地域文化因子严重缺失,而且在都市文化、主流文化和大众文化合力编织的文化生态之网中,无力周旋和自我定位。此后,东北喜剧小品和影视喜剧陆续回归于辽宁卫视等地方电视台,似乎既在宣布扩张乏力,也在努力找回文化之根。然而作为非物质文化遗产的二人转能否重塑地域文化品格,承载族群文化认同,前路依然坎坷。

参考文献

一 历史资料类

吉林省地方戏曲研究室：《二人转传统剧目汇编1》，1980年10月。

吉林省地方戏曲研究室：《二人转传统剧目汇编2》，1981年10月。

吉林省地方戏曲研究室：《二人转传统剧目汇编3》，1982年11月。

吉林省地方戏曲研究室编：《二人转史料1》，1962年。

吉林省地方戏曲研究室编：《二人转史料3》，1980年9月。

吉林省地方戏曲研究室编：《二人转史料4》，1982年8月。

吉林省艺术研究所：《二人转说口汇编1》，1984年10月。

耿英编：《二人转传统作品选》，春风文艺出版社1983年版。

王也夫、于永江编：《吉林二人转选·现代作品集》，时代文艺出版1991年版。

王也夫、于永江编：《吉林二人转选·传统作品集》，时代文艺出版1991年版。

高发口述，苗中一记录整理：《二人转传统剧目汇编4》，吉林省艺术研究所，1990年6月。

王木箫编：《1780—1946 吉林省二人转记事 1》，吉林省艺术研究所，1986 年 4 月。

于永江编写：《1947 年 10 月—1984 年 12 月吉林省二人转纪事 2》，吉林省艺术研究所，1986 年 10 月。

马思周、姜光辉：《东北方言词典》，吉林文史出版社 2005 年版。

吉林省文化厅：《四平市戏曲志》，1988 年编印。

王肯等：《东北俗文化史》，春风文艺出版社 1992 年第 1 版。

李微：《东北二人转史》，长春出版社 1990 年版。

曹保明：《乌拉手记——东北民俗的田野考察》，学苑出版社 2001 年版。

路遇：《清代和民国山东移民东北史略》，上海社会科学院出版社 1987 年版。

任光伟：《艺野知见录》，春风文艺出版社 1989 年版。

李治亭等：《关东文化》，辽宁教育出版社 1998 年版。

周永康：《清朝开国史研究》，辽宁人民出版社 1981 年版。

霍长和、金芳：《二人转档案》，春风文艺出版社 2004 年版。

佟悦：《关东旧风俗》，辽宁大学出版社 2001 年版。

杨余练等编著：《清代东北史》，辽宁教育出版社 1991 年版。

二 中国著作类

高小康：《丑的魅力》，上海文化出版社 1993 年版。

王兆一、王肯：《二人转史论》，时代文艺出版社 2002 年版。

王肯：《土野的美学》，时代文艺出版社 1989 年版。

田子馥：《二人转本体美学》，时代文艺出版社 1996 年版。

李银河：《福柯与性——解读福柯〈性〉》，山东人民出版社 2001 年版。

童恩正：《文化人类学》，上海人民出版社 1989 年版。

杨朴：《二人转与东北民俗》，吉林人民出版社 2001 年版。

叶舒宪：《神话—原型批评》，陕西师范大学出版社 1987 年版。

佴荣本：《笑与喜剧美学》，中国戏剧出版社 1988 年版。

朱立元、李钧主编：《二十世纪西方文论选》（上卷），高等教育出版 2002 年版。

朱立元、李钧主编：《二十世纪西方文论选》（下卷），高等教育出版 2002 年版。

朱光潜：《文艺心理学》，安徽教育出版社 1996 年版。

朱光潜：《诗论》，上海世纪出版集团 2005 年版。

朱光潜：《西方美学史》（下卷），人民文学出版社 1995 年版。

李泽厚：《美学旧作集》，天津社会科学院出版社 2002 年版。

李建军：《小说修辞研究》，中国人民大学出版社 2003 年版。

周大鸣、郭正林等：《中国乡村都市化》，广东人民出版社 1996 年版。

周大鸣编著：《现代都市人类学》，中山大学出版社 1997 年版。

王娟：《民俗学概论》，北京大学出版社 2002 年版。

陶立璠：《民俗学概论》，中央民族学院出版社 1987 年版。

陶东风：《当代中国文艺思潮与文化热点》，北京大学出版社 2008 年版。

汪民安等编：《后身体：文化、权力与生命政治学》，吉林人民出版 2003 年版。

王建刚：《狂欢诗学——巴赫金文学思想研究》，学林出版社 2001 年版。

周宪：《视觉文化的转向》，北京大学出版社 2008 年版。

丁一夫编著：《东北人是咋样的》，金城出版社 2002 年版。

江帆：《民间口承叙事论》，黑龙江人民出版社 2003 年版。

刘振德主编：《二人转艺术》，文化艺术出版社 2000 年版。

孙立平：《断裂——20 世纪 90 年代以来的中国社会》，社会科学文献出版社 2003 年版。

李小娟主编：《走向中国的日常生活批判》，人民出版社 2005 年版。

杨朴：《戏谑与狂欢——新型二人转艺术论》，辽宁人民出版社 2010 年版。

王铁夫：《二人转研究》，春风文艺出版社 1962 年版。

伍蠡甫、胡经之主编：《西方文艺理论名著选编》（中卷），北京大学出版社 1986 年版。

彭雅青：《沸点制造》，中国社会科学出版社 2009 年版。

章人英主编：《社会学词典》，上海辞书出版社 1992 年版。

赵无眠、余秋雨、程鳖眉等：《东西南北中国人》，北方文艺出版社 2007 年版。

吉林省戏剧理论学会：《关东戏剧论》，吉林文史出版社 1998 年版。

三　汉译西方著作类

［英］鲍桑葵：《美学史》，张今译，商务印书馆 1985 年版。

［德］莱辛：《拉奥孔》，朱光潜译，人民文学出版社 1997 年版。

［意］维柯：《新科学》，朱光潜译，人民文学出版社 1986 年版。

［美］萨丕尔：《语言论》，陆卓元译，商务印书馆 1964 年版。

［美］曼纽尔·卡斯特：《认同的力量》，夏铸九等译，社会科学文献出版社 2003 年版。

［美］曼纽尔·卡斯特：《网络社会的崛起》，夏铸九、王志弘等译，社会科学文献出版社 2001 年版。

［德］黑格尔：《美学》（第 1 卷），商务印书馆 1981 年版。

［德］黑格尔：《美学》（第 3 卷上册），商务印书馆 1979 年版。

［瑞士］荣格：《心理学与文学》，冯川、苏格译，生活·读书·新知三

联书店 1987 年版。

[捷] 米兰·昆德拉：《小说的艺术》，孟湄译，生活·读书·新知三联书店 1992 年版。

亚里士多德：《诗学》，人民文学出版社 1983 年版。

亚里士多德：《形而上学》，商务印书馆 1991 年版。

[苏联] 巴赫金：《文本、对话与人文》，白春仁等译，河北教育出版社 1998 年版。

[苏联] 巴赫金：《陀思妥耶夫斯基诗学问题》，白春仁等译，生活·读书·新知三联书店 1988 年版。

[苏联] 巴赫金：《小说理论》，白春仁等译，河北教育出版社 1998 年版。

[苏联] 巴赫金：《拉伯雷研究》，李兆林、夏忠宪等译，河北教育出版社 1998 年版。

[美] 露丝·本尼迪克特：《文化模式》，王炜等译，生活·读书·新知三联书店 1988 年版。

[美] 鲁道夫·阿恩海姆：《视觉思维——审美直觉心理学》，滕守尧译，四川人民出版社 1998 年版。

[美] 艾·阿·瑞恰慈：《文学批评原理》，杨自伍译，百花洲文艺出版社 1997 年版。

[美] 杰姆逊：《后现代主义与文化理论（经校本）》，唐小兵译，北京大学出版社 1997 年版。

[美] 韦恩·布斯：《小说修辞学》，付礼军译，广西人民出版社 1987 年版。

[荷] 米克·巴尔：《叙述学：叙事理论导论》，谭君译，中国社会科学出版社 2003 年版。

[苏] A. 齐斯：《马克思主义美学基础》，彭吉象译，中国文联出版社

1985年版。

［法］米歇尔·福柯：《癫狂与文明》，刘北成、杨远婴译，生活·读书·新知三联书店2007年版。

［奥］弗洛伊德：《释梦》，孙名之译，商务印书馆1996年版。

［日］池上嘉彦：《符号学入门》，张晓云译，国际文化出版公司1985年版。

［德］恩斯特·卡西尔：《人论》，甘阳译，上海译文出版社1985年版。

［英］查·索·博尔尼：《民俗学手册》，程德祺等译，上海文艺出版社1995年版。

［英］霭理士：《性心理学》，潘光旦译，生活·读书·新知三联书店1987年版。

［德］哈拉尔德·韦尔策编：《社会记忆：历史、回忆、传承》，季斌、王立君、白锡堃译，北京大学出版社2012年版。

［德］海德格尔：《存在与时间》，陈嘉映、王庆节译，生活·读书·新知三联书店1999年版。

［美］朱利安·史徒华：《文化变迁的理论》，张恭启译，台湾远流出版事业股份有限公司1989年版。

［美］本杰明·李·沃尔夫：《论语言、思维和现实——沃尔夫文集》，高一虹等译，商务印书馆2012年版。

［德］尤尔根·哈贝马斯：《合法化危机》，刘北成、曹卫东译，上海世纪出版集团2009年版。

［德］阿斯特莉特·埃尔、冯亚琳主编：《文化记忆理论读本》，北京大学出版社2012年版。

［德］康德：《判断力批判》（上卷），宗白华译，商务印书馆1996年版。

［英］泰勒《原始文化》，连树生译，上海文艺出版社1992年版。

［法］加缪：《西西弗的神话：加缪荒谬与反抗论集》，杜小真译，陕西师范大学出版社 2003 年版。

［英］本·海默尔：《日常生活与文化理论导论》，王志宏译，商务印书馆 2008 年版。

［英］弗雷泽：《金枝》，徐育新等译，新世界出版社 2006 年版。

［美］丹尼尔·贝尔：《资本主义文化矛盾》，蒲隆等译，生活·读书·新知三联书店 1989 年版。

［英］马林诺夫斯基：《文化论》，费孝通译，华夏出版社 2002 年版。

［美］约翰·R. 霍尔、玛丽·乔·尼兹：《文化：社会学的视野》，周晓虹、徐彬译，商务印书馆 2009 年版。

［美］F. R. 詹姆逊：《文化研究和政治意识》，王逢振主编《詹姆逊文集》（第三卷），中国人民大学出版社 2004 年版。

［德］席勒：《美育书简》，蒋孔阳、李醒尘主编《十九世纪西方美学名著选（德国卷）》，复旦大学出版社 1990 年版。

［英］安东尼·吉登斯：《现代性的后果》，田禾译，译林出版社 2011 年版。

四 论文类

高小康：《都市文化建设与非物质文化遗产》，《人文杂志》2006 年第 2 期。

高丙中：《中国民俗学三十年的发展历程》，《民俗研究》2008 年第 3 期。

贺学君：《关于非物质文化遗产保护的理论思考》，《江西社会科学》2005 年第 2 期。

陈钧：《二人转音乐与莲花落》，《沈阳音乐学院学报》2003 年第 3 期。

靳蕾：《二人转编曲研究》，《艺术研究》1993 年第 1 期。

李季云、姜婷婷：《东北喜剧小品言说张力的语言学批评》，《社会科学战线》2005年第3期。

马平安、楚双志：《移民与新型关东文化》，《辽宁大学学报》1996年第5期。

沈杏培、姜瑜：《当代小说中傻子母题的诗学阐释》，《理论与创作》2005年第1期。

王木箫：《二人转的源流》，《艺术研究》1999年第6期。

白晓颖：《二人转的早期形态探析》，《承德民族师专学报》2000年第4期。

王木箫：《民间二人转现状幽思录》，《戏剧文学》2002年第11期。

王天勇：《论黄宏小品的主流意识形态特征及其表现手法》，《信阳师范学院学报》2008年第5期。

王红箫：《同地异天：二人转的嬗变——二人转现状的深层分析》，《文艺争鸣》2007年第11期。

宁国利：《狂欢的二人转——为二人转辩说》，《安徽文学》2007年第12期。

周福岩：《东北民间笑谑艺术初探——以东北方言与"二人转"为例》，《辽宁大学学报》2007年第5期。

秦良杰：《喜剧小品的意识形态分析——以黄宏、赵本山为例》，《海南师范学院学报》2005年第3期。

董海潮：《试谈二人转的说口》，《戏剧文学》2003年第4期。

李江江：《二人转丑角艺术探微》，《戏剧文学》2003年第4期。

王崇：《二人转形式美的价值及其本体属性》，《艺术研究》1990年第3期。

袁文波：《二人转审美取向漫议》，《艺术研究》1992年第4期。

李树芳：《从美学角度看二人转的发展优势》，《艺术研究》1992年第

4 期。

常晓华：《散论二人转与审美知觉》，《艺术研究》1992 年第 4 期。

田子馥：《关东民间艺术审美判断》，《戏剧文学》1998 年第 1 期。

王木箫：《二人转美学三题》，《戏剧文学》2002 年第 1 期。

李映：《满族文化与东北二人转》，《戏剧文学》1996 年第 3 期。

孙喜军：《创造欢乐——对二人转文化精神的思考》，《戏剧文学》1996 年第 7 期。

王兆一：《为了独家的优势》，《艺术研究》1992 年第 4 期。

王红箫：《你的艺术》，《戏剧文学》1990 年第 5 期。

吕树坤：《关于二人转本体特征的再认识》，《戏剧文学》1994 年第 5、6 期。

王红箫：《活的艺术：一种不拘体系的体系》，《戏剧文学》1994 年第 5、6 期。

王红箫：《你我他结构——在"中国民间"与"西方先锋"的背后》，《戏剧文学》1996 年第 10 期。

杨朴、李艳荣：《二人转：奇特的叙述体戏剧》，《戏剧文学》1998 年第 11 期。

段昆仑：《土、野、迷狂、浪——略说二人转的艺术特征与生命活力》，《戏剧文学》2000 年第 9 期。

杨朴：《粗鄙：二人转艺术的本质》，《戏剧文学》2004 年第 7 期。

林柏奎：《二人转的"逗"和"扯"与"半、变、活"》，《戏剧文学》2003 年第 12 期。

赵凤山：《论二人转起源于萨满歌舞》，《满族研究》2003 年第 4 期。

王木箫：《回归本体　跨越时空——在市场经济条件下二人转艺术的自我认知》，《戏剧文学》2000 年第 9 期。

范春双：《回归本体——关于二人转艺术走向的思考》，《戏剧文学》

2000 年第 8 期。

梁海:《二人转现象的双重解读》,《中国戏剧》2004 年第 7 期。

王红箫:《解构、建构——关于东北民间戏剧二人转》,《文艺争鸣》2004 年第 3 期。

吴文科:《二人转:当代中国审美风尚的一个支点》,《艺术评论》2004 年第 11 期。

王兆一:《二人转现状剖析》,《艺术评论》2004 年第 11 期。

孙立亭:《当前二人转发展形势的解读》,《艺术广角》2005 年第 2 期。

蒋慧明:《从农村大炕走进城市包厢的二人转》,《艺术评论》2004 年 11 期。

罗辑:《境遇·谱系·品味——二人转文化的几个边缘话题》,《戏剧文学》2004 年第 3 期。

张爱兵:《浅谈二人转的雅与俗》,《戏剧文学》2004 年第 5 期。

李家君:《二人转:狂欢之后——对东北二人转的阐释和反思》,《渤海大学学报》2006 年第 2 期。

周福岩:《方言、二人转与东北地域文化问题》,《民俗研究》2007 年第 2 期。

程金花:《现代二人转变与不变的艺术性质》,《黑龙江史志》2007 年第 7 期。

张荔:《大众消费时代二人转演出的转型态势刍议》,《戏剧文学》2007 年第 7 期。

孙艳红:《东北喜剧小品中的二人转现象》,《戏剧文学》2007 年第 11 期。

阎丽杰:《二人转与尼采的酒神精神》,《沈阳大学学报》2008 年第 4 期。

宁国利:《"畸变"背后的"狂欢"——浅析二人转的"戏仿"》,《戏剧文学》2009 年第 11 期。

王红箫:《二人转变异现象的文化阐释》,《文艺争鸣》2009年第9期。

江朝辉:《边缘与中心的对话——狂欢化理论视域下的赵本山喜剧小品文化》,《东方丛刊》2006年第6期。

孙艳红:《东北喜剧小品中的东北文化现象透视》,《戏剧文学》2006年第4期。

齐东武:《从关联理论看东北小品中的话题突转幽默——以赵本山的作品为例》,《湖北经济学院学报》2009年第12期。

苏景春:《转坛上讲古唱史第一剧〈姜太公卖面〉——二人转传统剧目流变考证》,《戏剧文学》2014年第11期。

苏景春:《从仙到人〈锯大缸〉——二人转传统剧目流变考证》,《戏剧文学》2012年第5期。

孙红侠:《二人转戏俗研究》,博士学位论文,中国艺术研究院,2007年。

后　记

　　写作本书对我而言似乎有点宿命的味道。从小在二人转的耳濡目染下长大，农忙时节一过，便常会有二人转咿咿呀呀的唱腔钻进我的耳朵，那花里胡哨、热热闹闹的场景是冷清的乡间生活奢侈的企盼。然而人们一路享受着这份精神慰藉，一路对二人转的妖冶和美艳指指点点。这份矛盾心态一直影响我对二人转敬而远之。但人到中年，儿时的拳拳记忆搅拌着二人转的回响，却变得如此亲切和耐人寻味。

　　进入21世纪，"非物质文化遗产"的概念逐渐走进人们的视野，包括二人转在内的民间文艺在当代文化中被重新审视，我也加入了这个研究队伍，并在田野调查中欣喜地发现二人转、东北喜剧小品和影视喜剧对实现东北文化族群认同的重要意义。走进东北的大街小巷、都市乡村，不时从哪个人家传出的二人转唱段或是东北喜剧小品热热闹闹的掌声、欢笑声，提醒人们身处何处；主流媒体、百姓舞台、婚丧嫁娶甚至出租车上，都是东北民俗喜剧活跃的空间；哼唱着《小拜年》、叼着烟卷在街上溜达的女人也不是怪异的文化景观；情节支离破碎、冗长拖沓的东北影视喜剧却能轻易赚取当地百姓的口碑，收视率屡创新高。这就是东北，一个不能没有民俗喜剧的文化存在。

这些场景进一步激发了我内心深处对东北文化的血脉深情，探究东北民俗喜剧的文化品格，追寻二人转到东北喜剧小品和影视喜剧对东北民俗文化因子的传承与嬗变轨迹，剖析东北民俗喜剧与文化生态系统的关系，思考二人转作为非物质文化遗产的可持续发展之路，似乎成为我不可推卸的责任。

　　为此，我怀着深深的敬意请教二人转研究领域的专家、学者，走访演员，多次到刘老根大舞台、和平大戏院、东北风剧场以及农村的临时剧场观看演出，采访马普安、徐凯泉等二人转剧场经营者，深入了解二人转的发展现状。与此同时，阅读二人转剧本，观看东北影视喜剧也使我无意中收获了更多的快乐，而大量的理论著作阅读不仅为我分析东北民俗喜剧提供了理论武器，更沉淀了我的人生。

　　如今，这一研究告一段落，并欲将本书呈现给专家、同行和师友的时候，心中惴惴不安，因为东北民俗喜剧还在轰轰烈烈地发展中，很多问题亟待解决，这是本书力所不逮的，但这也为我日后的研究留下了空间。

　　东北文化滋养了我，我以本书回馈于曾经养育我的土地。学术研究长路漫漫，我还在路上。

卢晓侠